DER DUNKLE BANKER

BANKER #1

PENELOPE SKY

Hartwick Publishing

Der dunkle Banker

INHALT

1

SIENA

Meine Großmutter hatte mir ein kleines Haus außerhalb von Florenz hinterlassen. Es war alt, eine lebendige Antiquität. Die Rohre waren noch original und ich hörte das Wasser durch das ganze Haus laufen, wenn ich die Toilette spülte. Außen waren Risse in den Mauern und das Glas in den Fenstern war so alt, dass sie ständig matt waren, egal wie oft ich sie putzte. Es war nicht weit von der Stadt entfernt, so nah, dass ich nie das Gefühl hatte, auf dem toskanischen Land zu sein, aber es gab mir die Ruhe und den Frieden, nach dem ich mich sehnte. Im Frühling und im Sommer hörte ich jeden Morgen die Vögel vor meinem Fenster zwitschern. Es war schon lange ein Zufluchtsort für mich – seit ich meiner Familie den Rücken gekehrt hatte.

Aber im Moment konnte mich dieses Haus nicht beschützen.

Ich sprintete die Holztreppe hinauf, das Knarren der Stufen schrie förmlich unter meinen Füßen, als ich mich so schnell bewegte, wie mein Körper mich tragen konnte. Es hatte keinen Sinn, mich leise zu verhalten – nicht, wenn sie wussten, dass ich hier war.

„Lauf, Schlampe." Damien führte die Verfolgung an, seine beiden Kumpane dicht hinter ihm. „So macht es mehr Spaß." Sein bedrohlicher Ton erreichte jede Ecke des kleinen Hauses, als ob er über ein Soundsystem sprechen würde, das jede einzelne Silbe verstärkte.

„Scheiße." Ich schaffte es nach oben und rutschte über den Holzboden zu meinem Bett. Zwischen den beiden Teilen der Bettwäsche verbarg sich der Revolver, den ich für Notfälle dort aufbewahrte. Ich hatte mich schon vor Jahren von meiner Familie distanziert, weshalb ich angenommen hatte, dass ich ihn nie brauchen würde.

Doch damit schien ich falsch gelegen zu haben.

Ich entsicherte die Waffe und bereitete mich darauf vor, Damien direkt zwischen die Augen zu schießen. Ich war nicht der Typ, der zögerte, wenn es darum ging, abzudrücken. Entweder sie oder ich.

Und ich würde es sicherlich nicht sein.

Damien nahm sich Zeit, die Treppe hinaufzugehen, seine schweren Schritte schlugen wie das Geräusch von stetigen Trommeln. „Schätzchen, ich würde den Revolver überprüfen, wenn ich du wäre." Seine tiefe Stimme drang durch den Flur, sein Lächeln war geradezu hörbar, sodass ich es direkt vor meinem geistigen Auge sehen konnte.

Meine Hände fingen an zu zittern.

Ich öffnete die Trommel und sah hinein.

Leer.

„Du willst mich wohl verarschen ..." Sie mussten im Haus gewesen sein, während ich bei der Arbeit war, und alle Patronen entfernt haben, damit ich unbewaffnet wäre, wenn sie mich holen würden. Es war klug von ihnen – da ich ein guter Schütze war. „Verdammtes Arschloch."

Sein Lachen hallte durch den Flur und das Geräusch wurde lauter, weil er so nahe war. Er schien sich langsamer zu bewegen, je näher er kam, als wolle er dies so lange genießen, wie er konnte. Er hatte mich wie eine Ratte in die Enge getrieben – und er wollte, dass ich mich wand.

Ich war keine Ratte – und ich wand mich nicht.

Ich öffnete meinen Schrank und schob alle meine Schuhschachteln zur Seite, bis ich mein Schwert fand – ein Samurai-Schwert, das ich als Geschenk von Kyoto erhalten hatte. Ich entfernte die Scheide und bereitete die Klinge vor, bereit, meinem Angreifer den Hals aufzuschlitzen, wie es mir beigebracht worden war. Ich war kein Meister des Schwertes, aber ich wusste, wie man jemanden erstach.

Ich drückte meinen Rücken gegen die Wand und wartete darauf, dass Damien durch die offene Tür kam.

Damien spannte seine Waffe, bevor er hereinkam, und hielt sie auf Schulterhöhe. „Schätzchen, du weißt, dass ich es liebe, wenn du davonrennst –"

Ich zog mein Schwert schnell nach unten und zielte darauf ab, seinen Arm direkt am Ellenbogen abzutrennen.

Damien hatte erwartet, dass ich mich dort versteckte, weil er auswich. „Oh … du siehst sauer aus."

Ich schwang erneut das Schwert gegen ihn.

Er sprang aus dem Weg und richtete seine Waffe auf meine rechte Schulter. „Und jetzt, Sexy?" Sein Mundwinkel hob sich zu einem Lächeln, das eher wie ein spöttisches Grinsen aussah. Er genoss diese Situation zu sehr. Sein tiefschwarzes Haar fiel vor seinem Gesicht herunter und verdeckte einen Teil seines linken Auges. Er war der Platzhirsch der Organisation – weil er seinen Job so sehr liebte.

Ich wollte ihm mit meinem Schwert in den Bauch stechen, damit er auf meinem Boden verblutete.

Er wich bis zu meinem Bett zurück. „Schätzchen, ich werde dich erschießen."

„Und ich werde dich erstechen." Ich stecke meine ganze Kraft in die Bewegung und bereitete mich darauf vor, mein

Schwert direkt durch seinen Bauch und in die Wand hinter ihm zu treiben.

Er drückte ab.

Ich spürte nicht, wie die Kugel in meine Schulter eindrang, sondern nur den Ruck meines Körpers. Meine Schulter wurde zurückgerissen und mein Körper bewegte sich, weil die Kraft viel stärker war als meine eigene Bewegung. Rauch kam aus dem Lauf seiner Waffe. Der Geruch war erstickend – ebenso wie der meines eigenen Blutes. Es war das erste Mal, dass ich angeschossen worden war, und der Schock, der meinen Körper überflutete, schützte mich vor dem Schmerz.

Ich blieb auf den Beinen – weigerte mich, zu fallen.

Ich hielt seinen Blick, meine Augen verengten sich mit einem Versprechen des Todes.

Damien ließ sein Lächeln fallen und zeigte gegen seinen Willen einen leichten Blick von Respekt. „Verdammt, bist du stur."

„Verdammt, bist du ein schlechter Schütze." Er hatte mich an der Schulter getroffen und die Hauptarterien und -organe verfehlt.

„Nein. Ich habe mein Ziel perfekt getroffen." Er hielt die Waffe auf mich gerichtet, diesmal zwischen meinen Augen. „Lass das Schwert fallen. Oder stirb." Seine Hand zitterte nicht, während er mich anstarrte. „Wie soll es weitergehen, Schätzchen?"

Ich wollte nichts mit diesem Leben zu tun haben. Obwohl ich meinen Vater liebte, hatte ich ihm gesagt, dass ich nichts mit seinem Geschäft zu tun haben wollte. Indem ich etwas Abstand zwischen uns brachte, dachte ich, ich könnte mein eigenes Leben führen und dadurch einen Ruf haben, der von der kriminellen Unterwelt unberührt bleibt.

Aber es sah so aus, als wäre er mir trotzdem gefolgt. „Was willst du von mir?"

„Lass das Schwert fallen.“

„Was willst du von mir?“, zischte ich. Das Blut ruinierte meine Kleidung und tropfte meinen Arm herunter. Schwindel überkam mich. Meine Kraft ließ langsam nach, aber ich hielt mich aufrecht, als hätte ich etwas zu beweisen.

„Was spielt das für eine Rolle?“ Er neigte den Kopf und seine Augen verengten sich vor Wut.

„Weil ich wissen muss, ob es das Sterben wert ist.“ Ich war nicht der Typ, der ein williger Gefangener sein könnte. Anstatt aufzugeben, würde ich lieber sterben. Vielleicht hatte ich es im Blut oder meinen italienischen Wurzeln, aber ich war die hartnäckigste Frau auf dem Planeten. Ich würde lieber für das sterben, woran ich glaubte, als mich jemandem zu unterwerfen.

Er schüttelte leicht den Kopf. „Du warst schon immer eine verrückte Schlampe.“

„Ich nehme das als Kompliment.“

Sein Mundwinkel hob sich wieder. „Wir haben deinen Vater. Wenn du ihn retten willst, lass das Schwert fallen.“

Ich hielt weiterhin meine Haltung, mein Herz schlug stärker in meiner Brust. Mein Vater wurde gefangen gehalten und wenn ich jetzt hier sterben würde, könnte ich ihm nicht helfen. Damien hatte mich in die Enge getrieben und er wusste es.

„Setz diese Selbstmordmission fort und du stirbst“, sagte er einfach. „Oder komm mit uns – und wir handeln einen Deal aus.“

„Ich soll einen Deal aushandeln?“, zischte ich. „Du wirst mich einfach mitnehmen und auch töten.“

„Normalerweise, ja. Aber ich habe eine andere Verwendung für dich. Lass das Schwert fallen.“

Meine Hand wollte den Griff weiter festhalten, aber es gab jetzt Zweifel in meinem Kopf. Selbst, wenn es nichts gab, was ich tun konnte, um meinen Vater zu retten, war es keine Option, jetzt zu sterben. Wir hatten uns schon vor langer Zeit getrennt, aber meine Loyalität hatte nie nachgelassen.

Ich ließ das Schwert fallen.

Er grinste breit. „Braves Mädchen."

2

SIENA

Die Männer stoppten die Blutung und nähten dann sowohl meine Eintritts- als auch meine Austrittswunde, als wäre dies ein alltägliches Ereignis. Sie gaben mir nichts gegen die Schmerzen und ich war zu stur, um zu fragen. Ein dickes Stück Gaze wurde um meine Schulter gewickelt und unter meinem T-Shirt versteckt, sodass es nicht sofort auffiel.

Ich wurde hinten in den Escalade geworfen, bevor sie mich ins Zentrum von Florenz brachten. Es war fünf Uhr nachmittags, aber die Sonne stand noch immer am Himmel, weil es Sommer war. Wir wanden uns durch enge Gassen, bis wir uns einem alten Gebäude näherten. Mit einem Knopfdruck öffnete sich das Tor einer Tiefgarage.

Es war kein gutes Zeichen, dass sie mir erlaubten zu sehen, wohin wir fuhren.

Ich hätte das Fenster mit dem Ellenbogen einschlagen und jederzeit aus dem Auto springen können. Aber wenn sie wirklich meinen Vater hatten, war weglaufen keine Option. Ungeachtet unserer Differenzen waren wir eine

Familie. Er würde seine Waffe gleich senken ... zumindest hoffte ich das.

Wir fuhren in die Dunkelheit der Tiefgarage. Andere teure Autos waren hier geparkt, alles SUVs und alle schwarz. Nachdem wir geparkt hatten, stiegen wir aus dem Auto. Die beiden Handlanger versuchten, mir Handschellen anzulegen.

Ich trat einem gegen das Schienbein. „Willst du mich verarschen? Ich habe mich ergeben und bin angeschossen worden."

Er presste seinen Kiefer zusammen, bevor er wieder nach meinen Handgelenken griff.

Wie ein Pferd trat ich mein Bein zurück und stieß in weg.

Damien hob seine Hand. „Lass sie in Ruhe. Sie kann sowieso nichts tun."

Der Typ ließ mich endlich in Ruhe.

Ich trat ihm trotzdem noch einmal gegen den Fußknöchel.

Er zögerte nicht, bevor er mich mit dem Handrücken so kräftig ins Gesicht schlug, dass sich mein Körper mit dem Schlag drehte.

Ich bewegte mich mit dem Schwung und stürzte fast zu Boden, aber ich fand mein Gleichgewicht wieder, bevor dieses demütigende Ereignis eintreten konnte. Ich richtete mich wieder auf und starrte ihn an, ignorierte das Brennen in meiner Wange.

Er zeigte vor sich. „Beweg dich, Schlampe."

„Weißt du, ich habe diesen Spitznamen langsam satt." Ich trat vor ihn und folgte Damien.

Damien öffnete die Tür und ging voran. „Ich hoffe nicht. Er passt so gut zu dir."

Ich war versucht, ihn in die Kniekehle zu treten, aber Damien würde etwas Schlimmeres tun, als mich nur zu schlagen. Ich hatte bereits eine Schusswunde und wollte nicht, dass noch eine Stichwunde dazu kam.

Er führte mich in das Gebäude und an einer Bar vorbei, an der die Lakaien nach einem langen Tag krimineller Aktivitäten ihren Schnaps genossen. Die meisten von ihnen sahen mich von oben bis unten an, als wäre ich ein Spielzeug, das sie an diesem Abend genießen würden.

Das wird nicht passieren.

Ich wurde in ein Privatzimmer geführt. Mit schwarzen Wänden und schwarz gerahmten Spiegel sah es aus wie ein privates Zimmer in einem Club. Dort gab es auch eine Bar, aber statt eines Barkeepers war nur ein älterer Mann in einem schwarzen Anzug anwesend. Er saß auf einem der geschwungenen Ledersofas, die einem schwarzen Couchtisch gegenüberstanden. Es standen drei Gläser Scotch auf dem Tisch.

Ich war mir sicher, dass eines von ihnen für mich gedacht war.

Die Schläger schlossen die Tür hinter uns und ließen uns drei allein.

„Sie hat was abbekommen“, verkündete Damien, als er in den Raum schlenderte. „Aber sie ließ mir keine andere Wahl. Sie zog ein Samuraischwert gegen mich. Sie war auch ziemlich gut darin, es zu führen.“ Er näherte sich seinem Chef und drehte sich dann zu mir um. Er schnippte mit den Fingern wie ein Mann, der seinen Hund rief.

Ich weigerte mich zu kooperieren. Ich hätte mich wahrscheinlich aus freiem Willen gesetzt, weil Schnaps genau das Richtige gegen den Schmerz war. Aber solche Kommentare kamen bei mir nicht gut an. Voller Mordlust verengten sich meine Augen.

Der Mann im Anzug studierte mich mit einem unleserlichen Gesichtsausdruck. Er hatte einen grauen Bart, der zu den Haaren auf seinem Kopf passte. Seine Haut war gebräunt und straff, aber er sah aus, als wäre er in seinen Fünfzigern. Sein Alter hatte seine Muskulatur nicht beeinflusst und er füllte den Anzug gut aus. Er besaß immer noch genug Kraft, um ein gewaltiger Gegner zu sein. „Wir behandeln unsere Gäste besser als das." Er stand auf und deutete auf die Ledercouch ihm gegenüber. „Ich bin sicher, sie hat nach dem Tag, den sie hatte, Durst. Damien, bring ihr ein paar Schmerztabletten, die sie mit ihrem Scotch einnehmen kann. Es ist nicht nötig, dass sie leidet."

Wenn dieser Typ versuchte, meinen Arsch zu küssen, würde es nicht funktionieren. Wenn er einen Dämon wie Damien auf seiner Gehaltsliste hatte, war er definitiv nicht vertrauenswürdig. Aber der Schnaps und die Tabletten riefen meinen Namen, also nahm ich Platz. Wenn sie mich töten wollten, hätten sie es bereits getan, also wusste ich, dass sie mich nicht vergiften wollten.

Ich nahm die Tabletten und spülte sie mit dem Scotch hinunter. Ich trank das ganze Glas und brauchte jeden Tropfen, um meine Nerven zu beruhigen. Wie mein Vater zeigte ich keine Angst vor der Gefahr, aber ein gutes Glas Alkohol machte es immer etwas leichter. Ein Tropfen lief aus meinem Mundwinkel, also wischte ich ihn mit meinem Unterarm weg. „Lassen Sie uns die Machtspiele und den Bullshit überspringen. Ich brauche meinen Vater und Sie brauchen mich. Das ist schon alles." Ich stützte meine Ellbogen auf die Knie und starrte den Gentleman an, der mir gegenübersaß. Er wirkte harmlos, wie ein Großvater, der dich nur bestraft hat, wenn du es wirklich verdient hast. Aber ich würde nicht zulassen, dass die falsche Freundlichkeit in seinen Augen überschattet, wer er wirklich war.

Er hielt sein Glas in der Hand auf seinem Knie und lächelte mich an. „Wie der Vater, so die Tochter."

„Ich bin mir nicht sicher, ob das ein Kompliment ist oder nicht." Ich hatte die Härte meines Vaters geerbt, nicht aber seine mangelnde Moral. Ich hatte auch seine Augen, aber das war es schon, mit unseren gemeinsamen Eigenschaften. Alles andere hatte ich von meiner Mutter, die seit vielen Jahren tot war.

„Ich lasse Sie entscheiden." Er nahm einen Schluck, bevor er das Glas auf den Tisch stellte.

Damien saß neben ihm, seine räuberischen Augen hingen an meinem Gesicht. Lust und Feindseligkeit strahlten in seinen Augen. Er wollte erneut auf mich schießen, nur um einen Kick zu bekommen. Er war ein Dämon, den man von der Leine gelassen hatte. Es war nicht abzusehen, was er tun würde.

Sie brauchten mich offensichtlich für etwas. Sonst wäre ich nicht mehr am Leben. Wenn sie meinen Vater foltern und bestrafen wollten, wäre es sinnvoll, seine einzige Tochter hinzurichten. Aber ich saß immer noch da und die Schmerzmittel taten ihre Wirkung. „Also, weiter." Vielleicht war ich mutiger als sonst, weil ich wusste, dass ich in diesem Spiel gute Karten hatte.

„Sie kennen Damien offensichtlich gut", begann er. „Aber wir hatten noch nicht das Vergnügen, einander kennenzulernen. Ich bin Micah."

„Und Sie wissen, wer ich bin", sagte ich und kümmerte mich nicht um eine Vorstellung. „Wo ist mein Vater?"

„Im Gebäude." Micah trug einen goldenen Ring an seinem Finger mit einem grünen Smaragd in der Mitte. Seine Hände zeigten sein Alter, die Adern vermischten sich mit den Falten. Er musste ein paar Jahre jünger sein als mein Vater. „Die Einzelheiten spielen keine Rolle."

„Sie sind wichtig, wenn Sie meine Kooperation wollen." Mein Vater lehrte mich, immer stark zu sein, unabhängig davon, welchem Gegner ich gegenüberstand. Den Respekt deines Feindes zu verdienen, war die einzige rettende Gnade, die man jemals erhalten würde. Und wenn das eigene Schicksal unvermeidlich war, war es am besten, mit Ehre zu sterben. Ich war zu stolz, um vor jemandem niederzuknien – denn so war ich erzogen worden.

Damien grinste träge. „Du hast Glück, dass du noch am Leben bist."

Ich blickte zu ihm. „Genau wie du."

Sein Grinsen wurde breiter, er hasste mich, wollte mich aber gleichzeitig. Seine grünen Augen waren von einem hübschen Gesicht umgeben, seine maskulinen Wangenknochen ergänzten seine vollen Lippen. Er war ein schöner Mann, aber er war von solchem Bösen erfüllt, das seine Schönheit verloren ging.

Micah ignorierte seine rechte Hand. „Wenn Ihr Vater in meiner Gefangenschaft bleibt, werde ich ihn foltern und töten."

Ich hielt den gleichen Gesichtsausdruck bei, genau wie in einem Pokerspiel. Mein Bruder war Teil des Familienunternehmens, aber er wurde nicht ein Mal erwähnt. Er musste verschwunden sein, bevor sie ihn erreichen konnten – und jetzt hatten sie keine Ahnung, wo er sich versteckt hielt. Er würde es mir nie sagen, also war es sinnlos, zu fragen. „Das kann ich mir denken. Was wollen Sie von mir?" Ich hatte keine besonderen Fähigkeiten oder eine Verbindung zum Familienunternehmen, also hatte ich nicht viel zu bieten. Sogar meine Informationen waren nutzlos, weil ich dem Handel den Rücken gekehrt hatte. Das sollte für sie offensichtlich sein – wenn sie nachgeforscht hatten.

„Wir machen einen Handel mit Ihnen", bot Micah an. „Ein Mann für den anderen."

Ich verengte meine Augen automatisch, die Angst kontrollierte unwillkürlich meine Reaktionen. Die einzige Person, die sie sich wünschen konnten, war mein Bruder – und das war ein Handel, den ich nicht machen würde. Sie könnten drohen, mich zu töten, und es würde trotzdem keinen Unterschied machen. „Sie haben ein Gebäude voller fähiger Männer zur Verfügung. Warum fragen Sie mich?"

„Dieser Mann ist unantastbar." Micah zog eine Mappe aus der Innenseite seiner Jacke und legte sie zwischen uns auf den Tisch.

Ich öffnete sie nicht. „Wenn er unantastbar ist, bin ich die absolut Falsche, die man fragen sollte. Ich bin vielleicht ein guter Schütze, aber ich bin kein Killer." Ich konnte keine Art von Stunt abziehen. Ich lebte ein ruhiges Leben außerhalb von Florenz. Ich ging jeden Tag zur Arbeit in die Galerie, verbrachte Zeit mit meinen Freunden, hatte hier und da ein paar Verabredungen und ging dann nach Hause.

„Wir wollen nicht, dass Sie ihn töten." Micah schob den Ordner näher zu mir. „Wir brauchen diesen Mann lebendig. Bringen Sie ihn uns und Ihr Vater ist frei."

Ich durfte nicht über den Zustand meines Vaters nachdenken. Wahrscheinlich war er in einem Raum ohne Fenster und wenn überhaupt, mit einem Feldbett eingesperrt. Vielleicht hatte er es wegen seines Geschäfts verdient, aber es brach mir das Herz, ihn mir so vorzustellen. Wenn es etwas gäbe, was ich für ihn tun könnte, würde ich es tun. „Wie gesagt, ich habe keine besonderen Fähigkeiten. Ich bin Kunsthändlerin."

Damien beobachtete mich mit diesen bösartigen Augen. „Du solltest mehr an dich glauben, Schätzchen."

Ich behielt meinen Blick auf Micah gerichtet, damit ich Damien nicht seine Kehle herausreißen würde. „Wer ist dieser Mann?"

Micah nahm sich wieder sein Glas, aber anstatt davon zu trinken, hielt er es nur in seiner Hand. „Cato Marino."

Dieser Name sagte mir nichts.

Micah muss die Unwissenheit in meinen Augen erkannt haben, weil er es weiter ausführte. „Er besitzt die größte Bank der Welt. Er versteckt Geld für die Chinesen, hat

Verbindungen zu den Bankhäusern in der Schweiz, und die Hälfte der Schulden der Vereinigten Staaten kann ihm zugeschrieben werden. Es mag Banken unter verschiedenen Namen geben, aber sie gehören alle demselben Mann."

„Oh Gott ... und Sie denken, ich kann an diesen Kerl rankommen?" Ich lachte trotz der Ernsthaftigkeit der Situation, weil es lächerlich war. „Er ist der reichste Kerl im Universum. Denken Sie, ich kann einfach zu ihm gehen und ihn bitten, mit mir zu kommen?"

„Nein." Damien beobachtete mich, ohne zu blinzeln. „Aber Sie könnten in sein Bett gelangen."

Jetzt wurde es glasklar. Sie wollten, dass ich meine Beine spreizte und diesen Mann verführte. Sie wollten, dass ich wie eine Hure mit ihm ins Bett stieg. Sobald ich sein Vertrauen gewonnen hatte, konnte ich ihn dazu bringen, in die Hände der falschen Leute zu fallen. „In dieser Branche bin ich nicht tätig." Ich nahm die Flasche Scotch und füllte mein Glas wieder auf.

„Dann sollten Sie sich besser einen anderen Plan ausdenken", sagte Micah. „Es ist egal, wie Sie das durchziehen. Sobald wir Cato Marino haben, ist Ihr Vater frei. So einfach ist das. Tun Sie nichts – werde ich ihn töten." Die Haltung des Gentlemans war längst vorbei und jetzt kam sein wahres Gesicht zum Vorschein. Er drückte sein Glas mit den Fingern. „Ihr Vater hat sich in unser Geschäft eingemischt und war dumm genug, die Grenze zu oft zu überschreiten. Ich war so freundlich, ihn zu warnen – aber jetzt nicht mehr."

Mein Vater leitete ein Unternehmen für Zigarren und exportierte sie nach ganz Europa. Sie waren von hoher Qualität und kosteten manchmal achtzig Euro pro Stück. Aber so verdiente er nicht sein Geld. Seine Zigarren waren mit Drogen gefüllt – die besten Drogen dieser Hemisphäre. Er schmuggelte sie in dieser cleveren Verkleidung dorthin, wo immer sie gebraucht wurden. Das Problem war, dass Micah in der gleichen Branche tätig war – und Italien war einfach nicht groß genug für die beiden. Ich hatte meinen Vater davor gewarnt, dass ihn sein Glück eines Tages verlassen würde, dass er zu gierig wurde. Als er nicht auf mich hörte, wandte ich mich von meiner Familie ab – denn ich wollte ein einfaches Leben.

„Sie sind eine kluge Frau und ich respektiere Sie." Micah hatte mich gerade noch bedroht, aber jetzt hatte er seine Haltung geändert, als wäre es nicht passiert. „Sie haben nicht gebilligt, was er tat. Sie haben ihn gewarnt, dass dies passieren würde. Sie haben Ihre Familie verlassen und neu angefangen. Leider hat der Rest Ihrer Familie nicht die gleiche Intelligenz geerbt."

„Aber ich bin trotzdem hier bei Ihnen ... also kann ich nicht besonders klug sein." Ich hätte Italien verlassen sollen. Ich hätte nach Frankreich oder London ziehen sollen. Oder besser noch, ich hätte den Teich überqueren und ein neues Leben in Amerika beginnen sollen.

Micah schenkte mir ein leichtes Lächeln. „Sie können Ihrem Vater dafür die Schuld geben."

Ja, ich könnte ihm die Schuld für all das geben. Ich wollte nichts mit seinem kriminellen Leben zu tun haben, aber irgendwie war ich wieder hineingezogen worden. „Was wollen Sie von Cato Marino?" Ich wusste nichts über diesen Kerl, aber ich wusste, dass er nicht unschuldig war. Wenn er es wäre, würde Micah seine Organisation nicht riskieren, um einen so mächtigen Mann zu schnappen. Es muss einen guten Grund geben.

„Das ist unsere Sache." Micah trank einen Schluck. „Nicht Ihre."

Warum hatte ich etwas anderes erwartet? „Und wenn ich Nein sage?" Ich hatte das Recht, sofort zu gehen. Ich hatte meinen Vater so oft gewarnt. Selbst als meine Mutter ermordet worden war, hörte er nicht auf. Das war der Tropfen, der das Fass zum Überlaufen brachte. Er war von Gier und Macht geblendet. Sein Vermögen war ihm wichtiger als seine Familie, wichtiger als die Frau, die ihm seine Kinder geschenkt hatte. Er hatte sich selbst in diesen Schlamassel gebracht und ich sollte ihn dafür leiden lassen.

Damien neigte leicht den Kopf, als ob diese Antwort die war, auf die er gehofft hatte. „Dann kannst du dich mir in meinem Bett anschließen." Die Bedrohung war spürbar, füllte die Luft um uns herum und durchdrang unsere Haut. Seine Lust entsprach seiner Feindseligkeit und es gab keinen Hinweis darauf, dass er bluffte. „Und wenn ich mit dir fertig bin, werde ich deine Leiche in das Gefängnis deines Vaters werfen – nackt und mit aus jedem Loch tropfendem Sperma."

Als ob Käfer über meine Haut krabbelten, fühlte ich, wie sich mein Körper innerlich schüttelte. Meine Atmung nahm etwas zu und meine Finger zogen sich automatisch zusammen. Ich wünschte, ich könnte mir ein Glas greifen und es Damien über den Kopf schlagen. Aber ich hatte bereits eine Schusswunde und hatte kein Verlangen nach einer weiteren.

Selbst, wenn Damien mir nicht mit dieser schrecklichen Vorstellung gedroht hätte, wäre mir bewusst gewesen, dass mein Gewissen mir nicht erlauben würde, meinen Vater im Stich zu lassen. Wenn er jemand anderes wäre, hätte ich weitergekämpft, bis der letzte Tropfen Blut meine Venen verlassen hätte, aber meine Loyalität ließ es nicht zu. Wenn ich es schaffen würde, das durchzuziehen, würde ich nicht nur mein eigenes Leben retten, sondern auch das meines Vaters.

Und das kleine Mädchen in mir wünschte immer noch, dass wir das märchenhafte Ende bekämen, das ich immer gewollt hatte – ein einfaches Leben zusammen. Familienessen am Sonntag. Den Weihnachtsbaum aufstellen, während der Frost gegen die Fenster drückte. Wein trinken auf unserem Lieblingsweingut, gerade wenn die Ernte beendet war. Ich hatte mich mein ganzes Leben lang allein gefühlt – auch wenn meine Familie nur ein paar Kilometer entfernt war. „Wenn ich Cato zu Ihnen bringe, lassen Sie meinen Vater und mich frei?"

Micah nickte. „Solange Ihr Vater sein Geschäft einstellt."

Mein Vater liebte dieses Geschäft mehr als mich, aber vielleicht würde er seine Meinung ändern, wenn er weiß Gott wie lange eingesperrt wäre. „Gut. Aber ich werde nicht mit ihm schlafen." Ich würde alles tun, um meine Familie zu retten, aber meine Beine zu öffnen, war kein Weg, den ich gehen würde. Es muss einen anderen Weg geben, um es möglich zu machen.

„Es ist mir egal, wie Sie es machen", sagte Micah. „Erledigen Sie einfach den Job. Aber wenn Sie versagen, gibt es keinen Deal. Bis Cato Marino in meiner Gewalt ist, wird Ihr Vater hierbleiben. Und wenn Sie nicht halten können, was Sie versprochen haben, muss ich Ihren Vater töten. Wenn ich Sie wäre ... würde ich keine Zeit verlieren."

Damien lächelte mich an. „Aber wenn ich dich wieder gefangen nehmen sollte ... werde ich mir definitiv Zeit nehmen."

3

SIENA

ICH HATTE FOLGENDES ÜBER CATO MARINO herausgefunden:

Er war ein unglaublich reicher Multimilliardär.

Er hatte sich all das selbst aufgebaut. Ich konnte mir die Leistungen dieses einzelnen Mannes kaum vorstellen.

Er war jung. Er war im März erst dreißig geworden.

Wie hatte jemand in so jungen Jahren bereits so viel erreicht?

Und die überraschendste Offenbarung … er war heiß.

Unbeschreiblich schön. So gut aussehend, dass es kaum zu glauben war. Er bestand aus ein Meter neunzig stahlhartem Material – und wahrscheinlich galt das auch für sein bestes Stück in seiner Hose. Jedes Bild, das ich von ihm gesehen hatte, hob seine höhlenmenschartigen Schultern hervor, seine muskulösen Arme und seine schlanke Taille. Es war egal, ob er Jeans oder einen Anzug trug – die Härte seines Körpers konnte nicht geleugnet werden. Er war von Kopf bis Fuß sexy und könnte somit Model, anstatt Banker sein.

Ich hatte nicht vorgehabt, ihn zu verführen, um mein

Ziel zu erreichen, doch nun erkannte ich, dass mein Plan sowieso nicht funktioniert hätte. Ein heißer Milliardär wie er bekam sowieso genug Muschis ab. Er hätte jede Frau haben können, die er wollte, daher konnte ich ihn damit nicht beeindrucken. Er würde mich vielleicht ansehen und mich hübsch finden, doch einen Moment später würde er bereits an etwas anderes denken.

Ich recherchierte so viel ich konnte und es war eindeutig, dass dieser Mann unerreichbar war. Auf jedem Bild, das ich fand, stand ein Sicherheitsteam im Hintergrund. Seine einzigen Auftritte in der Öffentlichkeit waren für die Arbeit. Über sein Privatleben war nichts bekannt. Es gab nicht einmal ein Bild von ihm, wie er Orangensaft kaufte.

Kein Wunder, dass Micah mir diese Aufgabe aufgebürdet hatte.

Es gab ein paar Orte in Florenz, die Cato regelmäßig besuchte, daher beschloss ich, mir persönlich ein Bild von ihm zu machen. Wenn ich mein Opfer beobachtete, würde ich vielleicht einen Weg finden, wie ich diese Sache durchziehen konnte. Mit einer Waffe auf ihn zuzumarschieren, würde zu nichts führen. Einer seiner Männer würde mich binnen Sekunden ausschalten. Ich würde wahrscheinlich nicht einmal bei ihm ankommen, ohne dass sich einer seiner Bodyguards mir in den Weg stellen würde.

Ich hatte nicht viel Zeit zu verschwenden, aber ich musste es langsam angehen, wenn ich überhaupt etwas erreichen wollte.

Ich ging in einen seiner Lieblingsclubs in Florenz. Ich hatte keine Ahnung, ob und wann er sich dort blicken lassen würde, daher ging ich an drei aufeinanderfolgenden Abenden dorthin. Ich trug jedes Mal ein anderes Kleid. Der Barkeeper dachte, dass ich eine einsame Alkoholikerin war, die schnell zum Stammgast geworden war.

In der dritten Nacht saß ich allein an meinem Tisch, als

ich endlich Glück hatte. Meine Hände waren um mein Glas Scotch gelegt, während ich den Aufruhr am Eingang beobachtete. Die Türsteher traten zur Seite, damit Cato seine Clique hereinführen konnte. Er betrat die Bar, zusammen mit drei anderen gut aussehenden Männern in Anzügen, und alle Köpfe drehten sich in ihre Richtung, als wären sie schöne Frauen in High Heels. Nicht nur Frauen starrten, sondern auch Männer, welche vermutlich neidisch auf den Mann waren, der so reich und gut aussehend war, dass er jede Frau haben konnte, die er wollte – wann immer er wollte.

Eine besondere Ecke wurde für die Männer freigemacht und bevor sie sich mit ihren muskulösen Ärschen auf den Ledersitzen niederließen, tauchte aus dem nichts eine spärlich bekleidete sexy Bedienung auf, um sie zu bedienen.

Ich konzentrierte mich auf Cato und ignorierte seine drei Freunde. Selbst in der Dunkelheit des Clubs sah er genau wie auf den Bildern aus. Wild, gut aussehend und selbstbewusst. Er trug einen grauen Pullover mit V-Ausschnitt, welcher seine muskulösen Arme und Brust betonte. Seine Schultern waren in Wahrheit noch breiter als auf den Bildern. Mit blauen Augen und braunem Haar war er ein schöner Mann. Seine gebräunte Haut implizierte, dass er gerne im Freien war, obgleich ich kein einziges Bild von ihm beim Wandern oder auf einer Yacht gefunden hatte.

Ich genoss weiter meinen Scotch, während ich ihn von meinem Stuhl aus anstarrte und versuchte, so viele Informationen wie möglich zu sammeln. Die drei Männer, die bei ihm waren, schienen Freunde und nicht sein Sicherheitsteam zu sein. Die Männer, die ihn beschützen sollten, blieben in der Nähe des Eingangs und beobachteten die Bar und alle, die sich darin befanden. Hoffentlich sahen sie mich nicht als verdächtig, sondern nur als Frau, die darüber nachdachte, ihren Boss anzusprechen.

Als die Bedienung gerade mit den Drinks zurückkehrte, gesellte sich eine Gruppe selbstbewusster Frauen zu den Männern. Sie waren alle hübsch und hatten sich dem Anlass entsprechend gekleidet. Sie lächelten und zeigten ihre langen Beine, wissend, wer Cato war.

Ich hatte angenommen, dass ein gut aussehender Kerl wie er ein Playboy war, aber ich war nicht darauf vorbereitet, was für ein extremer Playboy er war.

Er packte die Frau, die ihm am nächsten war, beim Handgelenk und zog sie sanft zu sich. Seine Hand führte ihre Hüften über seine Oberschenkel, bis sie auf seinem Schoß saß. Dann ergriff er ihren Rücken und zog sie für einen Kuss zu sich heran, sodass ihr Kleid hochrutschte und sie allen ihren schwarzen Tanga zeigte.

Die anderen Männer schienen nicht im Geringsten überrascht davon.

Die Mitarbeiter des Clubs kamen nicht angelaufen, um ihr zu sagen, dass sie sich an den Dresscode halten solle.

Mit offenem Mund sah ich zu, wie Cato mit einer Fremden herummachte. Als könne er tun, was er wollte, übernahm er die Kontrolle, ohne um Erlaubnis zu bitten. Er vergrub seine Hand in ihrem Haar und küsste sie mit seinen vollen Lippen, behandelte sie, als bewundere er sie und nicht, als hätte er keine Ahnung, wer sie war. Seine Finger strichen ihr Haar hinter ihr Ohr und dann packte er ihren Hintern.

Obgleich er ein Schwein war, war es dennoch heiß. Er wusste jedenfalls seinen wilden Mund zu benutzen.

Er beendete den Kuss und lotste sie dann auf den Sitz neben sich. Sein Arm ruhte auf der Rückenlehne der Couch und er drehte sich zu ihr, um mit ihr zu reden. Vielleicht wollte er ihren Namen erfahren, doch eine andere Frau saß bereits auf seinem Schoß und zog seine Aufmerksamkeit auf sich.

Dann machte er mit dieser Frau herum.

„Gott ..." Ich nahm einen großen Schluck von meinem Scotch.

Sie küsste ihn fester als die erste Frau, ihre Hände kratzten über seine Brust, während sie sich gegen die Erektion in seiner Hose rieb. Sie gab ihr Bestes und tat alles, um die Frau auszulöschen, die gerade das Gleiche getan hatte.

Der Kuss dauerte eine Weile an, bevor er sie auf seine andere Seite leitete. Seine beiden Arme ruhten nun auf der ledernen Rückenlehne der Couch, während er beide Frauen für die Nacht beanspruchte, eine unter jedem Arm.

„Wow ... was für ein Schwein."

Die anderen Männer fanden ihre Frauen und sie verbrachten ihren Abend mit Trinken und Reden.

Ich hatte bereits mit einigen Playboys geschlafen, aber keiner von ihnen war in seiner Klasse gewesen. Dieser Mann musste keine Muschis jagen, da er von ihnen gejagt wurde. Er musste nur dreißig Sekunden warten und eine schöne Frau würde auftauchen, um die letzte zu ersetzen. Wenn der Abend vorbei war, würde er wahrscheinlich beide Frauen mit heimnehmen und mit beiden schlafen. Wahrscheinlich hofften sie, dass sie seine Aufmerksamkeit erregen würden, wenn sie abenteuerlustig genug wären, aber sie würden wie all die anderen am Morgen weg sein.

Und er würde ihre Gesichter für immer vergessen.

Als ich gerade meinen Scotch ausgetrunken hatte, tauchte eine weitere Frau auf. Sie setzte sich auf seinen Schoß und eine weitere Kussszene spielte sich ab.

Ich hatte den ganzen Abend dort gesessen, ohne Freier anzuziehen, während Cato mehr Muschis abbekam, als er verarbeiten konnte. „Scheiße ... ich brauche noch einen Drink."

Ich hatte ein paar Freunde auf höheren Ebenen und das nutzte ich zu meinem Vorteil, um ein Treffen mit dem richtigen Mann zu vereinbaren.

Einem Auftragskiller.

Seine Spezialität war es, prominente Ziele zu erledigen und es wie Unfälle aussehen zu lassen. Er war vor ein paar Jahren in Rente gegangen, hatte jedoch eine glanzvolle Karriere gehabt, die ihm sehr viel Respekt eingebracht hatte. Bosco Roth war ein guter Freund meines Bruders, daher rief ich ihn an und bat ihn, mich diesem bekannten Killer vorzustellen.

Nun saß ich mitten in der Nacht an einer Bushaltestelle. Es war zwei Uhr morgens und alle waren zu Hause. Nur ein Obdachloser, der auf der anderen Straßenseite schlief, leistete mir Gesellschaft. Die Sonne war bereits vor Stunden untergegangen, aber die Schwüle erdrückte mich auch in der Dunkelheit noch. Ich trug Jeans und ein T-Shirt, aber selbst das war zu warm.

Zu meiner Linken erklangen schwere Schritte und ich drehte mich um und erblickte einen riesigen Mann, dessen Arme von Tattoos bedeckt waren. Seine Erscheinung war furchteinflößend, besonders, da er so die Zähne zusammenbiss. Er sah nicht so aus, als würde er sich freuen, mich zu sehen, als wäre er über diesen Gefallen für Bosco nicht erfreut.

Ich stand auf und stellte mich ins Licht der Straßenlaterne. Wie immer zeigte ich keine Angst, obgleich dieser Mann sehr viel furchteinflößender war, als Damien es je gewesen war. „Bones?"

Er blieb vor mir stehen und hielt Abstand. Wir waren im Licht der Laterne zu sehen, doch ihm schien das egal zu sein. Er trug ein schwarzes T-Shirt und schwarze Jeans, die zu den Tattoos passten, die seine Arme bedeckten und unter dem Kragen seines T-Shirts verschwanden. „Ich bin nur hier, weil Bosco ein Freund ist. Ich bin nicht mehr im Rennen und es gibt nichts, was du mir anbieten kannst, um meine Meinung zu ändern. Wenn wir hier fertig sind, muss ich wohin." Er spuckte all das, so schnell er konnte, aus, als wäre auch nur eine Sekunde unseres Treffens zu viel für ihn.

Als ich ein Teil meiner Familie gewesen war, war ich an Luxus gewöhnt. Wir waren eine reiche Familie, daher hatte ich immer alles gehabt, was ich brauchte. Wenn ich geblieben wäre, wäre das vielleicht noch immer der Fall und ich könnte ihm Geld anbieten. Leider besaß ich nur den Kredit für mein Haus, ein wenig Schmuck, den mein Vater mir gekauft hatte, und mein Auto. „Ich zahle dir eine Million Euro, wenn du mir helfen kannst." Für mich war das ein Vermögen.

Seiner Kälte nach zu urteilen, war es für ihn nur Kleingeld. „Ich sagte, dass es nichts gibt, was du mir anbieten kannst. Ich meinte es ernst." Er steckte seine Hände in seine Taschen und dabei fiel mir der Ring auf, der auf seinen Ringfinger tätowiert war.

„Ich will diesen Kerl nicht umbringen. Ich muss ihn nur von Punkt A zu Punkt B bekommen." Nun, da ich Cato mit eigenen Augen gesehen hatte, erkannte ich erst, wie schwierig diese Mission sein würde. Es war unmöglich sich ihm zu nähern, da er nie allein war und wenn er allein war, steckte ihm wahrscheinlich eine Zunge im Hals. Dies lag nicht im Bereich meiner Möglichkeiten. „Es ist eine einfache Mission."

„Warum brauchst du dann mich?"

„Es ist nicht meine Stärke …"

Er blickte weiterhin gelangweilt drein.

„Hör zu, ich stecke tief in der Scheiße und ich brauche Hilfe."

Bones sah noch immer genervt aus, als wäre jeder Moment, den er verschwendete, wertvoll. „Ich habe einen Mann, der dir helfen kann. Aber eine Million wird nicht reichen."

„Wie viel dann?" Vielleicht konnte ich das Geld irgendwie zusammenkratzen.

„Es kommt auf das Ziel an. Um wen geht es?"

Ich sah mich um und ging sicher, dass uns niemand belauschte. „Cato Marino."

In seinen Augen leuchtete sofort Erkenntnis auf. „Das wird niemand für weniger als hundert Millionen erledigen."

Ich riss meine Augen auf. „Das kann nicht dein ernst sein."

„Er ist ein prominentes Ziel. Ich bin nicht mal sicher, ob das zu machen ist. Hundert Millionen sind noch konservativ geschätzt."

„So viel Geld habe ich nicht ..."

„Dann bekommst du Cato nicht." Er trat einen Schritt zurück, als würde er gehen. „Ich habe zu Hause Frau und Kind. Ich hätte gar nicht erst kommen sollen."

„Warte, bitte."

Er blieb stehen und sein eiskalter Blick bohrte sich in mich. „Ich habe dir gerade gesagt, dass ich dir nicht helfen kann. Du bist allein, Lady."

„Könntest du mir wenigstens einen Rat geben?" Ich versuchte, nicht zu betteln, aber meine Stimme wurde langsam höher. Wenn mir niemand helfen würde, war es noch unwahrscheinlicher, dass ich meine Mission erfüllte. Cato umzubringen wäre einfacher, als ihn zu Micah zu bringen. Wenigstens könnte ich mich dann auf einem Dach verstecken und ihn erschießen. „Wie würdest du Cato gefangen nehmen und ihn übergeben?"

„Cato Marino ist ein mächtiger Mann. Er hat immer Sicherheitsleute um sich."

„Deshalb frage ich nach deinem Rat." Vielleicht sollte ich in diesem Moment nicht vorlaut sein, aber ich verlor die Konzentration.

Er kniff die Augen zusammen. „Du hast keine Chance. Wenn du keine Männer und kein Geld hast, ist es unmöglich ihn gefangenzunehmen. Du hast nur eine Option und selbst dann wird es vermutlich nicht funktionieren."

„Die da wäre?", fragte ich und verschränkte die Arme vor der Brust.

Er starrte mich ein paar Sekunden lang an, seine Augen waren ruhig und weit geöffnet. Er blinzelte nicht oft, was ihn immerzu mit einer feindseligen Aura umgab. „Fick ihn. Fick ihn gut durch!"

Gegenüber von einer von Catos Banken gab es ein Café und er war ab und zu gesehen worden, wie er dort einen Kaffee trank. Er hatte Anzug und Krawatte getragen und es schien, als hätte er den ganzen Morgen damit verbracht, über Geld zu reden, sodass sein Kopf davon rauchte.

Ich saß mit einem Latte und einem Buch draußen an einem der Tische und hoffte, dass er diese Woche irgendwann vorbeikommen würde. Ein paar Tage vergingen und er tauchte nicht auf. Ich war mit meinem Buch fast fertig und würde bald ein neues kaufen müssen. Zum Glück lief in der Galerie in den letzten Wochen nicht viel, sodass mein Chef mich nicht oft brauchte.

Ich konnte also weiterhin mein Ziel verfolgen.

Endlich tauchte Cato Marino auf. Es war zwei Uhr nachmittags, als er über die Straße ging und das Café betrat.

Ich konnte ihn durchs Fenster beobachten. Er trug

einen grauen Anzug und eine schwarze Krawatte. Seine Hose schmiegte sich an seinen stahlharten Hintern und er hielt sich mit perfekter Haltung. Er stand an und wartete darauf, zu bestellen, während er beiläufig auf seine Uhr blickte. Dann rieb er mit seinen Fingern über seinen Dreitagebart, der auf seinem gemeißelten Kinn auftauchte.

Ich fragte mich, ob er mit allen drei Frauen aus der Bar heimgegangen war.

Es würde mich nicht überraschen.

Er war an der Reihe und bestellte. Er warf hundert Euro in den Becher mit Trinkgeld, als niemand hinsah, und wartete dann darauf, dass sein Kaffee zubereitet wurde.

Also war er großzügig.

Ich wusste nicht, was ich mit meinen Beobachtungen erreichen würde. Es schien nicht so, als würde ich dabei hilfreiche Informationen sammeln. Bis jetzt hatte ich nur entdeckt, dass er ständig Sex hatte und im Anzug verdammt gut aussah. Außerdem gab er viel Trinkgeld. Aber keines dieser Dinge würde mir dabei helfen, ihn Micah in die Hände zu spielen.

Und egal wie heiß er war, ich würde nicht mit ihm schlafen.

Ich musste einen anderen Weg finden.

Der Barista gab Cato den Kaffee und er nahm einen Schluck, bevor er das Café verließ und über die Straße ging. Er sah mich kein einziges Mal an, da ich inmitten der gefüllten Tische nicht auffiel. Das kam mir recht, denn wenn ich ihm auffiel, würde ich ihm nicht mehr folgen können.

Ich beobachtete ihn, als er die Tür öffnete und die Bank betrat – über ein Meter neunzig pure Maskulinität und Muskeln. Der Anzug passte ihm so gut, dass er maßgeschneidert worden sein musste und er bewegte sich mehr wie ein Gott als ein Mensch. Die Tür schloss sich hinter ihm und er verschwand aus meinem Blickfeld.

Wie würde ich es bloß anstellen?

Ich fuhr auf den Hof des Barsetti Weinguts und ließ mein Auto auf dem Kiesparkplatz stehen. Die Sonne stand hoch am Himmel und mitten in der Toskana konnte man den ikonischen Ausblick genießen, der diesen Landstrich so berühmt machte. Der Duft der Olivenbäume hing in der Luft, zusammen mit dem saftigen Geruch der Trauben des Weinguts.

Ich betrat das Grundstück und ging zum Hauptgebäude. Ein Freund meines Vaters betrieb das Weingut und soweit ich mich erinnerte, war er nicht nur Winzer. Seine Hände waren ebenso schmutzig wie die meines Vaters.

Ich sprach mit seiner Assistentin, bevor ich hineinging.

Als ich Crow Barsetti das letzte Mal gesehen hatte, war ich ein Kind gewesen. Seine Gesichtszüge waren mir kaum noch im Gedächtnis, da ich einfach zu jung gewesen war, doch ich erinnerte mich an seine Augen. Er hatte einzigartige grün-braune Augen. Es waren Jahrzehnte vergangen und er war ein anderer Mann als der, den ich vor all den Jahren getroffen hatte – doch seine Augen waren die gleichen.

Er stand hinter seinem Tisch auf und kam zu mir an die Tür, dabei musterte er mich, als versuche er, mich einzuordnen. „Siena Russo … du bist Stefans Tochter?“

Er hatte ein gutes Gedächtnis. „Ich bin froh, dass du dich an mich erinnerst.“

„Nur vage“, sagte er einfach. „Wie kann ich dir helfen, Siena? Geht es deinem Vater gut?“

„Äh … nicht wirklich.“ Ich verschränkte meine Arme vor

der Brust und hoffte, dass dieser Mann alles riskieren würde, um mir zu helfen. Es ergab keinen Sinn, dass er das tun würde, aber ich musste es versuchen. Vielleicht hätte er Mitleid mit mir.

„Was ist los?“ Er war ein großer und starker Mann, der gut gealtert war. Seine Tage damit zu verbringen, auf dem Weingut zu arbeiten, hatte ihn fit gehalten. Überall auf seinem Tisch standen Bilder verteilt, vermutlich von seiner Familie.

„Mein Vater wurde von Micah und seinen Männern gefangen genommen. Mein Bruder wird vermisst und ich bin nicht sicher, was mit dem Geschäft ist.“

Er seufzte leise. „Es tut mir leid, das zu hören, Siena.“ Er schien es ernst zu meinen.

„Micah hat einen Deal mit mir gemacht. Wenn ich ihm den Mann bringe, den er will, lässt er meinen Vater gehen. Wenn nicht ... bringt er mich und meinen Vater um.“ Das mit der Vergewaltigung verschwieg ich. Dieses Thema wollte niemand besprechen.

„Um welchen Mann handelt es sich?“

„Cato Marino.“

Crow seufzte und rieb sich den Nacken. „Also hat er dir eine Mission aufgetragen, die du in keinem Fall erfüllen kannst ...“

„So scheint es.“

„Es tut mir leid, Siena. Dein Vater hätte das Geschäft aufgeben sollen. Ein kriminelles Leben hält nur eine Weile ... bis das Glück aufgebraucht ist. Ich habe mit dem Waffenhandel aufgehört, als ich meine Frau geheiratet habe. Wir wollten beide ein einfaches Leben.“

„Das ist schön. Ich wünschte, mein Vater hätte das Gleiche getan.“ Vielleicht wäre meine Mutter dann noch am Leben.

Er sah mich mitleidig an. „Ich weiß, dass du mich um

Hilfe bitten wirst. Aber bevor du das tust, muss ich dir von meiner Familie erzählen. Mein Bruder und ich betreiben dieses Weingut seit dreißig Jahren. Jetzt lerne ich meinen Schwiegersohn an, damit er es übernehmen kann. Ich habe zwei Enkel. Reid ist zwei und Crow Junior ist ein Jahr alt."

Ich lächelte. „Er wurde nach dir benannt."

„Ja." Seine Freude spiegelte meine nicht wider. „Ich habe über die Jahre hinweg viele Schlachten ausgefochten. Ich kann nicht mehr. Es tut mir sehr leid, Siena. Wirklich. Aber ich kann meine Familie nicht in Gefahr bringen, nicht jetzt, da ich endlich den Frieden habe, für welchen ich so hart gearbeitet habe."

Was konnte ich einem Mann entgegensetzen, der seine Familie beschützen wollte? Er hatte die richtige Entscheidung getroffen, mein Vater nicht. Er hatte das Geschäft hinter sich gelassen und seine kriminellen Verbindungen gekappt, um seine Familie zu beschützen. Er war weder gierig noch egoistisch wie mein Vater. Er hatte die richtige Entscheidung getroffen. „Ich verstehe." Crow Barsetti verdiente den Frieden, für den er so hart gekämpft hatte – und das würde ich ihm niemals nehmen. „Du hast recht."

Er neigte seinen Kopf leicht, in seinen Augen schimmerte Mitleid. „Willst du meinen Rat?"

„Ja bitte." Ich sah ihn an.

„Lauf weg."

Mein Herz begann, schneller zu schlagen.

„Dein Vater würde nicht wollen, dass du dein Leben für seins aufs Spiel setzt. Er würde nicht wollen, dass du diese Mission angehst und dabei umkommst. Und wenn du versagst, wird Micah dich jagen. Nimm alles Geld, was du hast, und renn."

Es war ein guter Rat, der gleiche Rat, den ich jedem anderen geben würde.

„Stefan hatte seine Chance auf ein friedliches Leben. Er

hat sie nicht wahrgenommen. Dafür solltest du nicht bezahlen müssen, Siena."

Er hatte recht. Ich sollte nicht für die Dummheit meines Vaters bezahlen müssen. „Da stimme ich dir zu. Aber meine Loyalität erlaubt es mir nicht, aufzugeben. Er ist mein Fleisch und Blut. Ich weiß, dass er nicht aufgeben würde, wenn unsere Situation umgekehrt wäre."

„Das ist etwas anderes. Er ist dein Vater. Das ist seine Last – nicht deine. Und als Vater und Großvater kann ich dir versichern, dass er wollen würde, dass du die Flucht ergreifst. Er würde wollen, dass du ihn zurücklässt. Wenn meine Tochter in deiner Position wäre … würde ich wollen, dass sie flieht. Ich würde sowieso in ihrer Erinnerung weiterleben."

Es war sehr lieb von ihm, das zu sagen, da es so ehrlich war. „Ich kann es dennoch nicht tun." Ich konnte meinen Vater nicht in diesem Gefängnis leiden lassen, bis sie ihn zu Tode folterten. „Ich wäre sowieso niemals glücklich. Ich würde mich immer fragen, ob er bereits getötet worden wäre. Und wenn er tot wäre, würden mich die Schuldgefühle ewig verfolgen. Er verdient meine Treue nicht … aber er hat sie trotzdem."

NACHDEM ICH MEINE Arbeit in der Galerie erledigt hatte, ging ich ein paar Häuserblocks weiter, bis ich das Café erreichte, welches Cato gerne besuchte. Dieses Mal blieb ich nicht, weil ich hoffte, ihn zu sehen. Nach meinem langen Tag wollte ich einfach nur einen Eiskaffee und einen Muffin, den ich mit den Fingern zerreißen konnte.

Die meisten Menschen hassten die brutalen Sommer in Florenz, aber mich störten sie nicht. Ich war in der verräterischen Hitze aufgewachsen und konnte mir mein Leben ohne diese Erfahrung nicht vorstellen. Also nahm ich meinen Kaffee und setzte mich draußen hin. Ein Kunde hatte mich angeheuert, um seine Sommerresidenz in der Toskana zu dekorieren und nun sah ich mir Bilder seines Wohn- und Esszimmers an, um mich für Größen und Farben für die Rahmen zu entscheiden sowie für die Kunstwerke, die einander ergänzen würden. Das war mein Job – Kunstwerke für reiche Menschen finden. Manchmal wollten die Kunden nur billige Ware, die sie an ihre Wände hängen konnten, aber manchmal hatten sie edlen Geschmack und bevorzugten Meisterstücke von Künstlern aus der Umgebung. Diese musste ich immer länger suchen, aber da ich stundenweise bezahlt wurde, kam mir das zugute.

Der Stuhl, der mir gegenüberstand, bewegte sich und dann erfüllte ein schwerer Körper ihn.

Als ich aufblickte, sah ich den Mann, den ich jagte. Mit seinen blauen Augen, die zum Sommerhimmel passten und seinem harten Kinn, das wie gemeißelt aussah, saß der schöne Mann dort, den ich aus der Ferne beobachtet hatte.

Er begrüßte mich nicht mit dem schönen Lächeln, das er anderen Frauen geschenkt hatte. Stattdessen waren seine Augen feindselig und seine Lippen amüsiert aufeinandergepresst. Er trug heute keinen Anzug wie gewöhnlich, wenn er zu diesem Café kam. An diesem Tag trug er Jeans und ein olivgrünes T-Shirt mit einem V-Ausschnitt, das seine Muskeln deutlich hervorhob. Als er mir so nah war, konnte ich die Sehnen in seinem Nacken sehen, die offensichtliche Spannung in den Muskeln seines Körpers. Seine Sonnenbrille hing in seinem V-Ausschnitt und er stützte sich auf den Armlehnen des Stuhls ab. Seine Arme waren ebenfalls mit Sehnen bedeckt und er war der durchtrainierteste Mann, den ich je gesehen hatte. Es schien, als würde er nur Sport machen und Proteine essen. Kein Wunder, dass er drei Frauen dazu brachte, nacheinander mit ihm rumzumachen, ohne dass er sich vorstellen musste.

Er erwischte mich auf dem falschen Fuß und er wusste es, wenn ich von dem Hauch der Arroganz in seinem Blick ausging, aber ich weigerte mich, darauf einzugehen. Mein Tisch war von Bilden eines Wohnzimmers bedeckt und ich sah mir online Bilder von Kunstwerken an, daher war es ersichtlich, dass ich an etwas arbeitete. Ich ließ nicht zu, dass Angst auf meinem Gesicht auftauchte, also blieb ich ruhig wie immer. „Hallo." Das war die einzige Antwort, die ich ihm geben würde. So wenig wie möglich zu sagen war das Beste, was ich in dieser Situation tun konnte. Vielleicht hatte er herausgefunden, dass ich ihm gefolgt war. Oder vielleicht machte er mich an. Ich würde es nicht wissen, solange er es mir nicht sagte.

„Meine Stalker sind für gewöhnlich keine jungen und schönen Frauen. Es ist eine schöne Überraschung." Er lehnte sich vor und stützte sich mit seinen Unterarmen auf dem Tisch ab. Seine Hände lagen auf meinen Papieren, aber er blickte nicht auf die Unterlagen, um mein Projekt zu betrachten. Seine Augen hingen an mir und er konzentrierte sich auf mich, als gäbe es auf der Welt nichts Wichtigeres, als mich anzusehen. Er blinzelte nicht, als er mich musterte und es schien, als säße ich ihm in einem Geschäftsmeeting gegenüber. Ich würde nicht gehen können, bis ich ihm gab, was er wollte.

Ich hielt meinen Blick auf ihn gerichtet, als ich meinen Laptop schloss. „Danke. Aber ich bin kein Stalker."

Sein Blick konzentrierte sich ganz auf mich, als er mich betrachtete. „Beleidige mich nicht. Es gibt nichts, was um mich herum geschieht, das ich nicht mitbekomme." Seine Stimme passte perfekt zu seiner Erscheinung. Sie war tief und stechend, wie die Klinge eines Messers.

Obwohl seine Annahme korrekt war, gefiel mir seine

Arroganz nicht. Er war genau der überhebliche Playboy, für den ich ihn gehalten hatte. Die ganze Welt drehte sich um ihn – und nur um ihn. Vielleicht war ich nur neidisch, dass er jede Nacht heißen Sex haben konnte, während ich seit über einem Monat keinen mehr gehabt hatte. Oder vielleicht hasste ich Männer, die dachten, dass sie besser seien als alle anderen. Ich war auch mal reich gewesen. Ich wusste, wie reiche Menschen dachten – dass sie besser als alle anderen seien. „Vielleicht würdest du erkennen, dass es ein Zufall ist, wenn du nicht so eingebildet wärst. Nicht jede will dich ficken."

Seine Mundwinkel zuckten leicht, als wolle er lächeln, hielt sich jedoch davon ab. „Wenn du mich nicht ficken willst, weshalb folgst du mir dann?" Binnen der kurzen Zeit, in der er hier gesessen hatte, hatte er bereits die Aufmerksamkeit der anderen Tische auf sich gezogen. Frauen drehten sich um, um ihn anzusehen und ihnen war bewusst, dass der heißeste Junggeselle Italiens eine beliebige Frau gefunden hatte, die ihm gefiel.

Das war eine falsche Annahme. „Zufall."

„Wirklich?" Er neigte seinen Kopf leicht und seine blauen Augen durchbohrten mich aggressiv. Seine breiten Schultern sahen in seinem Baumwolloberteil noch breiter aus und die Adern seiner Unterarme wanderten bis zu seinen Bizepsen. „Wenn du mich wirklich nicht ficken willst und es wirklich ein Zufall ist, sollte ich dich nie wiedersehen." Er stand auf und schob gleichzeitig seinen Stuhl zurück. Er ging davon, wandte mir den Rücken zu und ging den Bürgersteig entlang. Sein Hintern sah in seiner Jeans gut aus und das fiel auch allen anderen Frauen in der Umgebung auf.

Die unterschwellige Drohung war nicht zu überhören gewesen. Er ließ mich gehen, weil seine Macht stark genug war, um jeden zu verjagen. Wenn ich ihn nicht tatsächlich ficken wollte, wollte er nichts mit mir zu tun haben. Wenn ich ein anderes Motiv hatte, sollte ich mich von ihm fernhalten.

Aber es gab ein Problem.

Ich konnte mich nicht von ihm fernhalten – nicht, wenn ich meinen Vater am Leben halten wollte.

4

SIENA

CATO WAR MIR BEI MEINEN BEOBACHTUNGEN UNSYMPATHISCH gewesen, aber nach unserem kurzen Gespräch mochte ich ihn noch weniger. Er war genau so, wie ich ihn mir vorgestellt hatte – ein arrogantes Arschloch. Ich musste mich für meine Intention, ihn Micah zu übergeben, nicht schlecht fühlen, da ich wusste, was für ein Arschloch er war.

Gott, war er arrogant.

Ich wollte die ganze Sache abblasen, weil ich mich nicht mit ihm herumschlagen wollte, aber als ich mich daran erinnerte, dass das Leben meines Vaters davon abhing, erkannte ich, dass ich nicht aufgeben konnte. Außerdem wollte ich nicht, dass Damien mich vergewaltigte. Dies war der einfachste Weg aus diesem Schlamassel – für meinen Vater und mich.

Es sah so aus, als wäre es meine einzige Option, mit Cato zu schlafen.

Ich wollte es nicht tun, egal wie heiß er war. Er war ein arrogantes Arschloch und das empfand ich nicht als sexy. Ich mochte sexy Männer genauso wie alle anderen Frauen, aber ich brauchte auch andere Eigenschaften – zum Beispiel Bescheidenheit.

Aber ich hatte in dieser Situation nicht den Luxus der freien Wahl.

Ich ging ein paar Nächte später wieder in seinen Lieblingsclub und dieses Mal wollte ich, dass er mich bemerkte. Unter diesen Umständen konnte ich ihn nicht weiter beschatten und hatte auch nichts Neues über ihn in Erfahrung bringen können, abgesehen davon, dass er der arroganteste Mann auf der Erde war.

Aber ich wusste nicht, wie ich mir das zum Vorteil machen konnte.

Ich trug eines meiner alten Cocktailkleider, das ich in meinem Schrank vergraben hatte. Ich hatte es zu einem besonderen Abendessen getragen, das mein Vater veranstaltet hatte, und bei welchem fünfhundert Menschen das Design seiner neuen Zigarre gefeiert hatten. Das Kleid war schwarz und rückenfrei und schmiegte sich direkt über meinem Hintern an meinen Körper. Das Oberteil mit Neckholder war hauteng und zeigte die Umrisse meiner Brüste und lag eng an meinem flachen Bauch. Es war kurz und wirkte mit den sehr hohen High Heels noch kürzer. Bis zu diesem Zeitpunkt hatte ich noch nie jemanden mit meiner Kleidung beeindrucken wollen, aber nun musste ich mich mehr anstrengen. In meinen Ohrläppchen steckten Diamanten und meine Haare waren zu einer eleganten Hochsteckfrisur zusammengefasst, sodass mein nackter Rücken gut sichtbar war.

Ich hoffte, dass Cato anbeißen würde.

Ich nahm an, dass er mich bemerken würde, egal, ob er

beeindruckt wäre oder nicht, einfach, weil ich ihn vor ein paar Tagen in dem Café gesehen hatte.

Ich konnte nicht glauben, dass ich das tat.

Ich würde mich flachlegen lassen, um meine Ziele zu erreichen.

Wenn es doch nur einen anderen Weg gäbe.

Eine Stunde später kamen Cato und ein weiterer Mann herein. Sie trugen beide Jeans und T-Shirts, ignorierten den Dresscode, welcher Hemden vorschrieb, und setzten sich auf die Ledersofas in ihrem Lieblingsteil des Clubs. Der Mann war das letzte Mal nicht bei Cato gewesen, aber seine stechend blauen Augen und seine kräftige Statur sagten mir, dass sie verwandt sein mussten.

Wahrscheinlich Brüder.

Die Bedienung kam sofort zu ihnen und dann kamen ihre Groupies an. Sie alle waren schön und groß und füllten den leeren Raum auf der Couch aus, während sie ihre Hände gegen seine Oberschenkel rieben. Wie letztes Mal, wurden auch dieses Mal Küsse ausgetauscht.

Sein Bruder bekam ebenso viel Aufmerksamkeit.

Ich verdrehte die Augen so stark, dass es beinahe wehtat. „Schweine."

Fünfzehn Minuten später, begann die Aufmerksamkeit von Cato für seine Fans zu schwinden. Er sah sich in der Bar um, als wäre er nicht ganz zufrieden mit seiner Ausbeute, als würde er nach etwas anderem suchen. Es dauerte nur ein paar Sekunden, bevor er mich bemerkte.

Dann starrten wir uns eine gefühlte Ewigkeit lang an.

Er sah nicht einmal ansatzweise überrascht aus. Er wirkte nicht wütend. Stattdessen wirkte er nur intensiv, sein Blick konzentrierte sich ohne jegliches Blinzeln auf mich. Seine Arme lagen um die zwei Frauen, die ihn noch immer mit Zuneigung überschütteten, aber sein Blick ruhte allein auf mir.

Ich sah zuerst weg, nicht, weil ich mich ergab, sondern aus Gleichgültigkeit. Ich nahm mein Glas Scotch und trank einen Schluck. Ich würde auf keinen Fall zu ihm gehen und ein Gespräch anfangen, solange diese Frauen sich an seine Oberschenkel klammerten. Meine einzige Option war, ihn alleine zu erwischen – und das bedeutete, dass er zu mir kommen musste.

Ich stellte mein Glas ab und sah weg, in der Hoffnung, dass Cato anbeißen würde.

Mein brillanter Plan wurde dadurch sabotiert, dass ein gut aussehender Mann mit einem Glas Scotch in der Hand an meinen Tisch kam. „Sieht so aus, als bräuchtest du Nachschub."

War das sein ernst? Musste dieser Kerl mich in diesem Moment anmachen? Er lächelte mich an und ich behielt meine ruhige Fassade bei. Ich tat so, als hätte er nicht gerade eine Chance ruiniert, die ich mir so hart erarbeitet hatte. „Danke. Das ist nett –"

„Geh." Cato tauchte am Tisch auf und überragte meinen Gast einige Zentimeter. Seine tiefe Stimme war so scharf wie immer und schnitt den armen Kerl wie eine Rasierklinge. Er bedrohte ihn mit seinem Blick und seiner Größe und verscheuchte ihn wie einen verängstigten Hund.

Der Kerl wehrte sich nicht. Er verschwand in der Menge – und nahm seinen Scotch mit.

„Da geht mein kostenloser Drink dahin." Meine Beine waren unter dem Tisch übereinandergeschlagen und meine Arme lagen auf der Tischplatte. Meine Schultern waren zurückgezogen und ich saß gerade da, sodass ich die Situation durch mein stummes Selbstbewusstsein kontrollierte.

Anstatt sich mir gegenüberzusetzen, setzte er sich neben mich, sodass sein Oberschenkel meinen berührte und sein Arm sich gegen meine Schulter presste. Sein Blick war auf mich gerichtet, doch er hob leicht die Hand und winkte jemandem zu, der uns beobachtete.

Sofort tauchte eine Bedienung auf.

„Zwei Scotch", sagte er und sah mich weiterhin an. „Ein Eiswürfel."

Sie ging davon, ohne ein Wort zu sagen.

Er war noch intensiver als das letzte Mal. Ich sah ihn an und zeigte ihm den gleichen furchtlosen Blick, der auch in seinen Augen zu sehen war. Soweit ich wusste, war dieser Mann reich, aber ehrlich. Er war kein Krimineller, der Drogen oder Waffen verkaufte. Er verdiente seinen Lebensunterhalt auf ehrliche Weise – also konnte er nicht besonders gefährlich sein.

Die Bedienung kam sofort zurück – zusammen mit zwei Gläsern.

Ich nahm meines und nahm einen Schluck. „Danke."

Er starrte mich weiterhin unerbittlich an. „Du hast meine Aufmerksamkeit erfolgreich auf dich gezogen. Was willst du nun damit anfangen?" Sein Blick wich von meinen Augen, wanderte mein Kleid hinab, bis er meine nackten Beine unter dem Tisch sah.

„Ich wollte deine Aufmerksamkeit nicht erregen." Ich nahm noch einen Schluck, da der Alkohol mich beruhigte.

„Wirklich nicht?" Seine blauen Augen waren eiskalt, wie die Arktis. „In einem solchen Kleid?"

„Was ist mit meinem Kleid nicht in Ordnung?", erwiderte ich und hielt mich an meinem Drink fest.

Er legte seine Hand auf die Rückenlehne des Stuhls, sodass sein muskulöser Arm sich direkt gegen meine Schulterblätter drückte. Seine Haut war brennend heiß, was eine schöne Abwechslung zu dem kalten Leder bildete. Er neigte seinen Kopf zu mir und unsere Körper waren so nah beieinander, dass es nicht wirkte, als seien wir Fremde. „Du trägst es noch immer."

Ich zitterte, als die aalglatten Worte aus seinem Mund drangen. Er sagte es mit solchem Selbstbewusstsein und auf eine Weise, die sich kein anderer Mann hätte erlauben können. Ich war mit guten Männern zusammen gewesen, aber ich war nie mit einem Mann zusammen gewesen, der solch rohe Maskulinität ausstrahlte. Cato war definitiv eine ganze andere Klasse von Mann. Seine Arroganz konnte attraktiv sein – ab und zu.

Ich trank noch einen Schluck, um die Röte zu verbergen, die mein Gesicht durchflutete. „Ich bin nicht die Art von Frau, die sich auf deinen Schoß setzt und mit dir in einer Bar rumknutscht."

Er hob die Rückseite seiner Hand zu meiner Wange und strich langsam meinen Haaransatz entlang. Seine Haut war warm und sehr einladend. „Aber du bist die Art von Frau, die einen Mann zwei Wochen lang stalkt?"

Ich drehte mich zu ihm um und in meinem Blick tauchte Wildheit auf.

Langsam formte sich ein Lächeln auf seinen Lippen, ein so schöner und so arroganter Blick, dass es unbestreitbar sexy war. „Hat dir je jemand gesagt, wie wunderschön du aussiehst, wenn du sauer bist?"

Damien kam mir in den Sinn. „Ja, tatsächlich."

Sein Lächeln wurde noch breiter. „Ich fahre dir unter die Haut, nicht wahr?"

„Ich finde dich etwas arrogant."

„Wenn du mich für schlimm hältst, solltest du meinen Bruder kennenlernen."

„Du bist mehr als genug."

Sein Lächeln verschwand nicht, doch sein Blick wurde ernster. „Du hast ein loses Mundwerk."

„Danke."

„Ich frage mich, was dein Mund noch alles kann." Sein Lächeln verschwand, aber die Intensität blieb weiterhin in seinen Augen. Er feuerte einen Spruch nach dem anderen ab und verführte mich, ohne sich besonders viel Mühe zu geben. Vielleicht war er ein exzellenter Entrepreneur, aber an zweiter Stelle standen seine Verführungskünste.

„Das wirst du wohl nie erfahren." Ich trank mein Glas aus und nahm dann einen Schluck aus seinem.

Er beobachtete meine Bewegungen, protestierte jedoch nicht, als ich mich an seinem Getränk bediente. Als das Glas wieder auf dem Tisch stand, legte er seine Finger unter mein Kinn und zwang mich langsam, ihn anzusehen.

Ich hätte mich mit Leichtigkeit wehren können – aber ich versuchte es nicht einmal.

„Oh doch, das werde ich." Er ließ seine Hand in mein Haar gleiten und zog mich zu sich, um mich zu küssen. Er legte seine Hand hinter meinen Kopf und küsste mich sanft auf die Lippen. Es war ein zärtlicher Kuss, der nicht mit dem zu vergleichen war, was er mit den anderen Frauen angestellt hatte. Er ging bedächtig, sacht und so langsam vor, dass meine Knie weich wurden.

Ich hatte erst vor wenigen Minuten zugesehen, wie er diese anderen Frauen geküsst hatte, doch anstatt angewidert zu sein, weil ich die Dritte war, konnte ich nur daran denken, wie gut sein Mund schmeckte. Sein Aftershave war durch und durch männlich und als ich spürte, wie mich seine harten Muskeln berührten, wollte ich meine Fingernägel in seiner Haut vergraben. Ich spannte meine Oberschenkel an und atmete in seinen Mund, während meine Hand unter dem Tisch nach seinem Bein griff. Er fühlte sich unter meinen Fingern steinhart an, seine starken Muskeln lagen direkt unter dem Jeansstoff. Mein Mund bewegte sich automatisch in seinem Rhythmus und ich empfing seine Zunge mit Elan. Ich saugte seine Unterlippe, bevor ich ihm meine gab. Ich mochte an diesem Mann nichts außer seinem Aussehen und ich hätte nie in Erwägung gezogen, dass ich einen so unglaublichen Kuss mit einem Mann teilen könnte, den ich kaum ausstehen konnte. Ich hatte noch nie solche Lust empfunden, durch welche die physische Anziehung wichtiger als alles andere war.

Sein Kuss endete langsam. Seine letzte Zuneigung war ein sanftes Saugen an meiner Unterlippe. Genau wie bei einem anstrengenden Training ließ er es langsam abklingen, bevor er es ganz beendete. Er wich zurück, doch sein Blick hing noch immer an meinen Lippen. „Lass uns gehen." Er nahm meine Hand und führte mich aus der Nische.

Ich mochte es nicht, wenn mir gesagt wurde, was ich tun sollte. Es gefiel mir nicht, dass er annahm, dass ich mit ihm schlafen würde, nur, weil er mich einmal geküsst hatte. Doch ich hielt meinen Blick auf mein Ziel gerichtet und konzentrierte mich darauf, weshalb ich dort war.

Um meinen Vater zu retten.

WIR BETRATEN das Gebäude und nahmen den Aufzug ins oberste Stockwerk. Niemand war in der Lobby und der Bürgersteig war verlassen, daher nahm ich an, dass ihm das ganze Gebäude gehörte. Ein Multimilliardär beschützte vermutlich in erster Linie seine Privatsphäre – selbst wenn er dafür Millionen für ein ganzes Gebäude ausgeben musste.

Die Türen öffneten sich, gaben den Blick auf ein luxuriöses Wohnzimmer frei und der Klang von klassischer Musik war im Hintergrund zu hören.

Doch ich hatte keine Möglichkeit, mich nach Hinweisen umzusehen, bevor ich für einen Kuss in seine Arme gezogen wurde. Er ergriff meinen Haargummi und zog auch die Haarspangen heraus, die in meinem braunen Haar versteckt waren. Sein Mund bewegte sich weiterhin mit meinem und er war sehr viel aggressiver, als es im Club der Fall gewesen war. Er packte meinen Hintern und hob mich hoch, bevor er mich den Flur entlang trug.

Mein Arm war um seinen Nacken gelegt und ich küsste ihn weiterhin, während ich meine Lust in mein Höschen sinken spürte. Es war über einen Monat her, seit ich einen Mann in meinem Bett gehabt hatte und der Sex war nicht einmal besonders toll gewesen. Ich hatte keinen Zweifel daran, dass dieser Mann gut im Bett war – daher beschloss ich, es zu genießen.

Ich erforschte seine Schultern und seinen Rücken durch die Baumwolle seines T-Shirts und stellte mir vor, wie er splitterfasernackt aussehen würde. Er würde ebenso schön sein und noch besser, da er vermutlich eine beeindruckende Größe vorzuweisen hatte. Ein Mann konnte nicht so arrogant sein, wenn er keinen großen Schwanz in seiner Hose versteckte.

Er legte mich aufs Bett und küsste mich noch ein paar Sekunden lang, bevor er sich aufrichtete und sich sein Oberteil über den Kopf zog. Er war wie aus Marmor gehauen. Die Linien seiner Muskeln waren so tief, dass er beinahe wie eine Statue aussah. Seine Brustmuskeln waren fest und breit und seine schlanke Taille bestand aus einem komplexen Mosaik tiefer Flüsse und hoher Berge bestehend aus Muskeln.

Nun war es nicht mehr überraschend, dass er jederzeit Sex haben konnte.

„Christina." Er öffnete seine Jeans und ließ sie zu Boden fallen, sodass er nur in seinen Boxershorts dastand.

Ich konzentrierte mich nicht auf den Umriss seiner Erektion unter dem Material, da mich seine Aussage verdutzte. „Christina?"

Seine Knie trafen auf das Bett und dann lehnte er sich hinunter, um die Frau neben mir zu küssen.

Eine Frau, die ich zuvor nicht bemerkt hatte, da ich mich zu sehr auf ihn konzentriert hatte.

Er küsste sie fest auf den Mund und zog ihr dann das Höschen die langen Beine hinab.

Ich war zu schockiert, um mich zu bewegen.

Dieses Arschloch hatte mich für einen Dreier hierhergebracht?

Nachdem er den Kuss mit ihr beendet hatte, bewegte er sich über mich und ergriff einen meiner High Heels, um ihn mir auszuziehen.

Ich zog meinen Fuß aus seinem Griff. „Ist das dein ernst?"

Er hielt über mir inne und konzentrierte sich auf mein Gesicht.

Ich hatte mich bereits dazu überreden müssen, mit ihm zu schlafen, aber ich würde mich auf keinen Fall dazu überreden, einen Dreier zu haben. Es würde mich meinem Ziel nicht näherbringen. Ich war lediglich ein weiterer Körper, mit dem er seine Fantasien erfüllen würde. Es gäbe keine intime Verbindung, die es mir ermöglichen würde, ihn zu manipulieren. Ich würde früh am Morgen rausgeworfen werden oder nicht mal die Nacht überstehen. Er würde mich nie wieder beachten. Ich wäre nur eine weitere Kerbe in seinem Bettpfosten, bevor er zur nächsten Frau überging. Wahrscheinlich würde er sich in ein paar Wochen nicht mehr an diese Nacht erinnern.

Ich schob ihn fest von mir, sodass er auf den Rücken rollte. „Du bist ein Riesenschwein. Das größte Schwein, das ich je getroffen habe." Ich stand auf und stürmte aus dem Schlafzimmer. Ich war wütend, weil mein Plan nach hinten losging. Wenn ich nicht mit ihm schlafen konnte, um mein Ziel zu erreichen und ich keine anderen Optionen hatte, bedeutete das, dass ich keine weiteren Ideen hatte. Ich ging durchs Wohnzimmer und auf den Aufzug zu, wobei ich nicht erwartete, dass er mich aufhalten würde.

Seine lauten Schritte erklangen hinter mir, seine nackten Füße trafen auf das Parkett. „Was zur Hölle war das?"

Ich drückte den Knopf fest, bevor ich mich umdrehte. „Du nimmst mich für einen Dreier mit nach Hause? Nenn mich altmodisch, aber du solltest eine Frau zuerst fragen, bevor du sie zu einer anderen Frau ins Bett wirfst."

„Du bist mir wochenlang gefolgt. Wann bin ich je mit nur einer Frau zusammen?"

Ich hatte zugesehen, wie er mit mehreren Frauen rummachte, aber ich hatte nicht gewusst, dass er mehrere auf einmal fickte. „Du bist widerlich." Ich drehte mich wieder zum Aufzug um, als sich die Türen öffneten.

Er ergriff meinen Arm und zog mich zurück.

Ich wand mein Handgelenk schnell aus seinem Griff und schlug dann seine Hand weg, bevor er mich erneut ergreifen konnte. „Fass mich nicht an." Ich betrat den Aufzug.

Er folgte mir und blockierte die Tür mit seinem Körper, sodass ich nirgendwohin ausweichen konnte. Nur in seine Boxershorts gekleidet, starrte er mich mit einer Wildheit an, die mir bewies, dass mein Aufstand ihn sehr wütend machte. „Ich weiß, was ich mag und ich schäme mich nicht dafür. Jeder Mann auf der Welt wünscht sich, zu haben, was ich habe, aber sie sind nicht Mann genug, um es zu erreichen. Erinnere dich daran, wenn du das nächste Mal jemanden fickst. Er mag es genießen, mit dir zu schlafen, aber er wäre sehr viel glücklicher, wenn es zwei von dir gäbe."

Ich schüttelte meinen Kopf leicht. „Glaub mir, das würde er nicht denken. Denn ich bin die Art von Frau, mit der Männer kaum umgehen können. Ich bin die Art von Frau, die seine Aufmerksamkeit behält, bis ich endlich mit ihm fertig bin. Wenn du jede Nacht zwei Frauen in deinem Bett brauchst, hast du bisher keine Frau getroffen, die sich behaupten kann. Ich hätte diese Frau sein können – doch nun wirst du es nie erfahren.“

5

CATO

Ich lag zwischen Christina und Stephanie, die raumhohen Fenster zeigten die hellen Lichter von Florenz. Die katholische Kirche am Ende der Straße wurde jede Nacht beleuchtet, ein Leitstern für alle verlorenen Seelen dieser Stadt, einschließlich mir.

Ich hatte diese Frau nicht davon abgehalten, mein Haus zu verlassen.

Niemand sprach so mit mir.

Aber als die Wut verflogen war und ich zwei wunderschöne Frauen in meinem Bett gefickt hatte, dachte ich über alles nach, was sie gesagt hatte.

Wenn du jede Nacht zwei Frauen in deinem Bett brauchst, dann hast du offensichtlich keine einzige Frau getroffen, die sich behaupten kann. Das hätte ich sein können – aber jetzt wirst du es nie erfahren. Sie pflanzte erfolgreich einen Samen des Zweifels, einen Hauch des Bedauerns. Ich fragte mich, ob, wenn ich die Nacht nur mit ihr verbracht hätte, der Sex so wunderbar gewesen wäre, wie sie versprochen hatte.

Ich nahm an, dass es keine Rolle mehr spielte. Ich würde sie nie wiedersehen.

Ich kannte nicht einmal ihren Namen.

Sie war zu schön, um eine dieser dummen besessenen Frauen zu sein, die dachten, sie könnten mich verändern, und annahmen, sie hätten etwas Besonderes, das mich dazu bringen würde, mich niederzulassen und sie zu heiraten.

Ich würde niemals heiraten.

Ich war viel zu reich, um zu heiraten.

Frauen wollten in meinem Bett sein, weil ich gut ficken konnte. Aber sie stimmten einem Dreier zu, in der Hoffnung, dass sie mir etwas bedeuten würden, dass ich sie als abenteuerlich und aufregend genug empfinden würde, um meine Frau zu sein.

Es gab keine einzige Frau, die mich abgelehnt hatte – bis jetzt.

Mein Telefon vibrierte auf dem Nachttisch mit einem Anruf, also griff ich vorsichtig über Stephanie, um es zu beantworten. Niemand rief mich um diese Zeit an, außer es war ein Notfall.

Und es sollte besser ein Notfall sein.

Ich sah den Namen auf dem Display. *Mutter*.

Ich sprang aus dem Bett und ging ins Wohnzimmer, um den Anruf entgegenzunehmen. „Mutter, was ist los?“ Splitternackt stand ich in meinem Wohnzimmer mit der Hand an der Hüfte. Langsam ging ich auf und ab und befürchtete das Schlimmste. „Geht es dir gut?“

„Es tut mir so leid, dich jetzt zu stören, Cato.“ Sie seufzte in das Telefon, aber ihr Tonfall deutete nicht auf eine Notlage hin. Meine Mutter war schon immer so gewesen, unheimlich ruhig, selbst in den gefährlichsten Situationen. Es machte es unmöglich, sie zu lesen.

„Du störst mich nie. Jetzt sag schon, was los ist.“ Ich stand vor dem Fenster, schaute über die Stadt und hielt den Atem an, während ich auf eine Antwort wartete.

Sie seufzte, bevor sie antwortete. „Er ist hier … und ich kann ihn nicht dazu bringen, zu gehen."

Ich wusste genau, wer er war. „Warum zum Teufel hast du ihn reingelassen?"

„Er sagte, er wolle reden."

„Er hatte vor fünfundzwanzig Jahren genug Zeit, mit dir zu reden." Mit zusammengepresstem Kiefer und angespannten Bizepsen ging ich wieder durch das Wohnzimmer. „Das war seine Chance – er hat sie vermasselt."

Ruhig wie immer, reagierte sie nicht auf meine Wut. „Kommst du, Cato?"

Sie musste diese Frage nicht stellen. „Du weißt, dass ich das werde."

Da dies etwas Persönliches war, fuhr ich selbst. Ich fuhr mit meinem Bugatti Richtung Westen aufs Land, während mein Team mir folgte. Sie begleiteten mich überall hin. In diesem Fall brauchte ich sie nicht, aber wenn mich jemand tot sehen wollte, war dies eine perfekte Gelegenheit, mich allein zu erwischen.

Ich ging kein Risiko ein.

Während der Fahrt rief ich meinen Bruder an, da dies genauso seine Sache war wie meine. „Bates."

Er klang trotz der späten Stunde hellwach. „Es ist besser wichtig …"

„Mutter hat mich gerade angerufen. Dieses Stück Scheiße ist gerade in ihrem Haus."

Ohne zu fragen, wusste Bates genau, von wem ich sprach. „Was zum Teufel macht er dort um zwei Uhr morgens?"

„Mir gefällt es auch nicht." Ich fuhr mit einer Hand am Lenkrad und sah die Scheinwerfer des Trupps meiner

Männer hinter mir. „Ich bin fünf Minuten entfernt. Du kannst dich mir anschließen, wenn du willst, aber ich habe das im Griff."

„Bis ich da draußen bin, ist er schon tot."

„Ja, du hast wahrscheinlich recht." Ich dachte an meine Pistole im Handschuhfach. Geladen und bereit, aber nicht alle Männer verdienten die Gnade einer Kugel. In diesem Fall war eine saubere Kugel viel zu gut für ihn.

„Halt mich auf dem Laufenden."

„In Ordnung."

Er legte auf.

Ich hielt vor dem Haus, einem zweistöckigen toskanischen Bau, umgeben von Weinbergen. In der Dunkelheit war seine Schönheit schwer zu erkennen. Dazu gehörten mehrere Hektar Land, ein Springbrunnen inmitten einer runden Auffahrt und ein wunderschönes Haus, das ich für sie gekauft hatte. Sie zog die italienische Landschaft der Stadt vor, damit sie ihren Garten behalten und morgens den Klang der Vögel genießen konnte. Ich machte mir immer Sorgen, dass sie zu weit weg war – besonders in Zeiten wie diesen.

Im Kreisverkehr stand ein ramponiertes schwarzes Auto und ich parkte meinen Bugatti direkt dahinter.

Verärgert stürmte ich zur Haustür und stieß sie auf. „Wo zum Teufel ist er?" Ganz gleich, ob ich Jeans und ein T-Shirt oder einen Anzug trug, ich war gleichermaßen beeindruckend. Wenn jemand ein Mitglied meiner Familie belästigte, würde er nicht lange genug leben, um das zu wiederholen. Ich ging durch die Eingangshalle und an der Treppe vorbei in das Wohnzimmer, das an der hinteren Terrasse lag.

Sobald er mich sah, zuckte er zusammen.

Wie ein Feigling.

Er drehte sich zu mir und hob beide Hände. „Wir haben nur geredet –"

Ich schlug ihm so hart ins Gesicht, dass er sofort auf dem Boden lag. Und er stand nicht wieder auf.

Mutter bedeckte ihren Mund mit der Hand und unterdrückte ihr Keuchen. „Cato, du könntest ihn töten."

Ich beobachtete seinen bewegungslosen Körper auf dem Boden. „Das ist es, was ich will."

Nach ein paar Sekunden der Unbeweglichkeit hob er langsam sein Gewicht mit den Armen und stolperte auf die Füße. Aus seiner Nase quoll Blut und seine Haut verfärbte sich bereits. Mit meiner Größe und einem ähnlichen Körperbau war er kein schwacher Mann – aber ich war definitiv stärker. „Cato –"

„Komm noch einmal in die Nähe meiner Mutter und ich werde dich das nächste Mal töten." Ich sprach nie Drohungen aus, die ich nicht meinte, und diese meinte ich besonders ernst. „Niemand wird nach dir suchen. Niemand wird zur Polizei gehen. Mir gehört alles in diesem Land – und ich kann dich spurlos verschwinden lassen. Ich bluffe nicht, Arschloch." Ich trat einen Schritt auf ihn zu und war versucht, ihm ein blaues Auge zu schlagen, um die gebrochene Nase zu ergänzen.

Das Arschloch war blöd genug, wieder zu sprechen. „Ich will nur –"

„Du hast meiner Mutter den Rücken gekehrt und sie allein gelassen, um zwei Söhne großzuziehen. Sie hatte keinen Job und kein Geld und du bist trotzdem gegangen. Du bist die Definition eines Feiglings. Jetzt tauchst du vor ihrer Tür auf und bittest um ein Almosen – weil du erbärmlich bist." Ich trat noch näher an ihn heran. „Ich bin der Mann, der sich jetzt um sie kümmert. Ich bin ein größerer Mann, als du jemals sein wirst – weil meine Mutter wusste, wie man einen Mann großzieht. Wir brauchten dich damals nicht und wir brauchen dich auch jetzt nicht. Verpiss dich, verdammt noch mal.“

Er hielt meinen Blick, als er schwer atmete und das Blut über seine Lippen tropfte. Seine Gesichtszüge waren meinen ähnlich und es war klar, von wem ich so viele meiner Gesichtszüge geerbt hatte. Aber er besaß kein Rückgrat und keine Ehre. „Ich bin nicht eines Almosens wegen hier –“

„Blödsinn. Ich bin ein dreißigjähriger Mann. Ich brauche keinen Vater mehr. Du bist zwanzig Jahre zu spät. Meine Mutter braucht keinen Mann ohne Eier. Du hast für keinen von uns Verwendung. Du hast aufgehört, ein Teil dieser Familie zu sein, als du uns den Rücken gekehrt hast. Diese Tür wurde geschlossen und verriegelt. Es gibt kein Zurück mehr.“ Ich zeigte auf die Haustür. „Und jetzt verpiss dich.“

Er hielt meinen Blick noch einen Moment, bevor er endlich zur Tür ging. Er wischte seine Nase am Ärmel seines Hemdes ab, bevor er das Haus verließ und verschwand. Einige meiner Männer begleiteten ihn vom Gelände und folgten ihm, um zu sehen, wohin er ging.

Ich wandte mich wieder an meine Mutter. „Geht es dir gut?“

Sie trug einen Seidenkimono und trotz der späten Stunde war ihr Haar immer noch elegant gestylt. Ein Leben in Luxus passte zu ihr und sie behielt ihr stilvolles Aussehen ständig bei. Sie trat näher an mich heran und die Müdigkeit war in ihren Augen zu erkennen. „Es geht mir gut, Cato. Danke, dass du gekommen bist.“

„Es sollte einen Sicherheitsdienst geben, der die Umgebung bewacht.“ Ich hatte es ihr schon einmal angeboten, aber sie hatte es nicht angenommen. Ich hatte immer Männer um mich herum, die mich bewachten, weil ich viele Feinde hatte – bekannte und unbekannte. Jeder

Mann, der ein Vermögen wie ich hatte, war immer ein Ziel.

„So will ich nicht leben", sagte sie zurückhaltend.

„Und ich will mir keine Sorgen um dich machen."

„Dann tu es nicht." Sie sah zu mir auf, ihre blauen Augen waren identisch mit meinen. „Er sagt, er bedauert, dass er gegangen ist ..."

„Weil wir reich sind, Mutter." Manchmal war meine Mutter naiv, obwohl sie verraten worden war. Sie wollte das Gute in den Menschen sehen, auch wenn es dort keines gab. „Natürlich bereut er es. Seine beiden Söhne haben das lukrativste Bankunternehmen der Welt gegründet."

„Du hast wahrscheinlich recht ... aber er scheint aufrichtig zu sein."

„Er wird aufrichtig erscheinen, bis er einen Scheck bekommt." Ich war versucht, ihn auszuzahlen. Ihm einen Scheck über eine Million zu geben, damit er uns in Ruhe ließ. Das waren nur ein paar Cent für mich und er würde uns nie wieder belästigen. Aber ich war zu stolz, ihm etwas zu geben, besonders, da er meiner Mutter wehgetan hatte. Es war mir völlig egal, dass es in meinem Leben als Kind keine Vaterfigur gegeben hatte. Meine Mutter war mehr als genug. Aber meine Loyalität zu ihr heizte meine Wut an.

„Vielleicht." Sie steckte sich eine lose Haarsträhne hinter das Ohr. „Du solltest gehen, Sohn. Ich weiß, dass du morgen früh arbeiten musst."

„In Ordnung. Gute Nacht."

Sie brachte mich zur Tür. „Ich weiß es wirklich zu schätzen, dass du dich um mich kümmerst, Cato. Nicht alle Söhne sind so großzügig."

Ich blickte mich nochmal um, bevor ich zur Tür hinausging und die zierliche Frau betrachtete, die zwei so riesige Söhne zur Welt gebracht hatte. Sie arbeitete rund um die Uhr, für ein Dach über unseren Köpfen und Essen auf dem

Tisch, und irgendwie hatten wir immer ein schönes Weihnachten. Als Bates und ich unseren Erfolg fanden, brauchten wir nicht einmal ein Gespräch über unsere Mutter zu führen. Wir kümmerten uns um sie, weil es das Richtige war. „Das ist das Mindeste, was ich tun kann, Mutter."

Ich besaß ein dreistöckiges Haus auf vierzig Hektar Land in der Toskana. Die Zufahrt zweigte von der Hauptstraße ab und führte in einen Wald von Bäumen, der das Haus unsichtbar machte. Nach etwa einem Kilometer erreichte ich schließlich die schwarzen Tore mit meinem geschmiedeten Nachnamen. Eine Natursteinmauer umgab das gesamte Grundstück, schützte die vierzig Hektar und machte es zu einem versteckten Juwel inmitten der Landschaft. Männer waren ständig entlang der Mauer postiert – ob ich zu Hause war oder nicht.

Es war der perfekte Treffpunkt für meine größten Klienten.

Weil es nicht privater sein könnte.

Klienten konnten ein- und aussteigen, ohne auch nur von einer Menschenseele gesehen zu werden. Transaktionen konnten mit fünfzig Mann zum Schutz durchgeführt werden. Es war ein Ort, an dem Männer ihre Krawatten lösen und ihre Gläser nachschenken konnten, so oft wie sie wollten.

Außerdem waren nicht alle meine Transaktionen legal. Ich verdiente auf viele Arten Geld und ich brach das Gesetz auf viele Weisen, um das zu erreichen. Ich versteckte Geld von verschiedenen Regierungen aus Steuerzwecken und hatte aus diesen Investitionen einen Gewinn gemacht. Jede mächtige Person auf dieser Welt kam zu mir, wenn sie ihr Geld schützen und mehr Geld verdienen wollte.

Bates und ich hatten gerade ein Treffen mit Kunden aus China abgeschlossen. Sie wurden zum Kreisverkehr in der Nähe des Brunnens chauffiert und dann zum Ende der Einfahrt und zum eisernen Tor gebracht. Fotografen und Journalisten konnten ihnen hier nicht folgen und meine Klienten waren immer erfreut und beruhigt von der absoluten Privatsphäre – dank all der Sicherheit, die das Anwesen bot.

Unter meiner Aufsicht passierte nichts.

Ich saß im Ledersessel neben dem Fenster, meine Beine waren übereinandergeschlagen und meine Finger ruhten unter meinem Kinn. Es war ein heller Sommertag in der Toskana und die Sonnenstrahlen drangen durch das Glas und fielen über meine Oberschenkel. Meine schwieligen Fingerspitzen berührten mein Kinn, weich von der Rasur an diesem Morgen.

Bates saß im bequemen Sessel mit seinem leeren Glas Scotch auf dem Tisch. Er sah sich die Unterlagen an, die wir gerade mit unseren Klienten besprochen hatten. Uns wurde viel Geld zur Verwahrung gegeben, das als internationale Investitionen in Amerika getarnt werden sollte. Wir umgingen die Nachforschungen des Auslands und nutzten verschiedene Zinssätze aus. Er leckte sich über den Daumen, bevor er die Seite umblätterte.

Ich hielt meinen Blick aus dem Fenster und dachte an nichts, aber auch an alles. „Bates."

„Hmm?" Er trug Jeans und ein T-Shirt und hatte seinen klassischen Anzug abgelegt, weil wir keine besondere Kleidung für Meetings an diesem Ort brauchten. Das Anwesen sprach für sich selbst.

„Fühlt es sich nicht immer und immer wieder nach der gleichen Scheiße an?" Vom dritten Stock aus konnte ich über die Natursteinmauer und auf das Grundstück meines Nachbarn schauen. Die Weinberge zogen sich bis zu meiner Grundstücksgrenze, aber sein eigentlicher Wohnsitz war zu weit weg, um ihn sehen zu können.

Bates sah von den Dokumenten in seinem Schoß auf. „Das könnte man sagen – nicht, dass ich mich beschwere.“

Jeder Tag fühlte sich wie ein Déjà vu an. Meine Routine war fast immer die gleiche. Ich wurde von zufriedenen Klienten an neue Klienten empfohlen und machte so neue Geschäfte, die meine institutionellen Bestände vergrößerten. Es wurde ständig weiteres Geld auf den Tisch geworfen, aber der Stapel war immer so groß, dass ich nicht mehr sehen konnte, wie er wuchs. Als dreißigjähriger Mann hatte ich alles erreicht, wovon ein sechzigjähriger Mann nur träumen konnte. Früher war es aufregend. Jetzt schien es sich zu wiederholen.

Bates hob seinen Blick und seine Augen verengten sich auf mich. „Wir haben gerade einen riesigen Deal gemacht. Sitz nicht da und sag mir, dass du dich langweilst.“

Ich drehte mich langsam in meinem Sessel um und sah ihn an, wobei ich meinen Blick vom Fenster und der Landschaft um mein Grundstück herum abwandte.

Bates beobachtete mich mit kraftgeladenem Blick und sah in mir eher einen Gegner als einen Bruder. Der Ordner lag geöffnet auf seinen übereinandergeschlagenen Beinen und die Unterschriften waren zu sehen.

Mein Glas war leer und mein Verstand war tot. Während des gesamten Meetings stieg meine Herzfrequenz nicht ein einziges Mal an. Es war das gleiche Treffen, das ich millionenfach gehabt hatte, nur mit anderen Gesichtern. Es war das gleiche Gespräch, das ich millionenfach geführt hatte, der gleiche Handschlag. „Ja. Ich bin gelangweilt.“

Bates hob langsam seine rechte Augenbraue und sah mich an, als würde ich den Verstand verlieren. Er schloss die Mappe, ohne mich aus den Augen zu lassen, und warf sie auf den großen Holztisch, an dem sich die Männer vor zwanzig Minuten versammelt hatten. Ihre leeren Gläser standen noch da, denn die Dienstmädchen wussten es besser, und wollten uns auf keinen Fall unterbrechen. „Du hast alles, was ein Mann sich nur wünschen kann. Wie zum Teufel könntest du gelangweilt sein?"

„Gute Frage."

Bates schwieg, als er darauf wartete, dass ich es näher erläutere. Als ich nicht sprach, hakte er nach. „Die Frauen langweilen dich?"

An den Frauen in meinem Bett war nichts auszusetzen. Schön, sexy und abenteuerlustig, sie waren genau das, wovon ich geträumt habe. Ich fickte immer zwei Frauen gleichzeitig. Es war verrucht und animalisch. Eine einzelne Frau schien zu intim. Ich konnte mich nicht daran erinnern, wann ich das letzte Mal mit nur einer Frau zusammen gewesen war. Es muss Jahre her sein. „Ich denke schon."

„Oh Gott, ich hoffe, das geht nicht in die Richtung, in die ich denke …"

„Und was glaubst du, welche Richtung das ist?"

„Du willst eine Ehefrau?"

Wenn es langweilig wäre, jede Nacht mit anderen Frauen zusammen zu sein, dann wäre eine Ehe noch schlimmer. Mein Kopf würde vor alltäglicher Banalität explodieren. „Nein. Das ist das Letzte, woran ich denke."

Bates ließ einen hörbaren Seufzer der Erleichterung los.

Die Ehe kam für keinen von uns beiden infrage. Es war zu kompliziert. Es gab keine einzige Frau auf der Welt, die nicht von unserem Reichtum in Versuchung geführt werden würde. Sobald sie es in die Hände bekam, würde es sie zerstören. Es würde unsere Geschäftsbeziehung erschweren, selbst, wenn wir alle rechtlichen Unterlagen verfassen würden, um sie im Falle einer Scheidung von der Firma fernzuhalten. Es war etwas, worauf wir uns vor langer Zeit geeinigt hatten. Bisher hatte keiner von uns Mühe, sein Versprechen zu halten. Nach so vielen Jahren des Rumfickens waren die Frauen alle gleich.

„Was ist dann dein Problem, Cato?"

Ich hatte nichts zu beanstanden und es wäre kindisch, undankbar zu sein. Meine Familie kämpfte ums Überleben, als ich jung war, und ich würde meine Jahre der Armut niemals vergessen. Aber jetzt fehlte meinem Leben der Sinn. „Ich wünschte, ich wüsste es."

„Hat das damit zu tun, was Mutter letzte Nacht widerfahren ist?"

„Nein." Ich hatte dafür gesorgt, dass das Arschloch sich von ihr fernhielt. Diesmal hatte ich ein Team von Sicherheitsleuten zu ihrem Heim geschickt – auch wenn sie nicht glücklich darüber war.

„Woher kommt es dann?"

Diese grünen Augen kamen mir in den Sinn, strahlend wie Smaragde und hervorgehoben durch die Strenge ihrer Augenbrauen. Sie hatte den elegantesten Hals, lang und schlank mit wunderschöner Haut. Ihre Lippen waren weich wie Kissen und ihre kleine Zunge war schüchtern und einladend zugleich. Das Verlangen in ihren Augen war verflogen, als sie Christina neben sich gesehen hatte – und diese Sehnsucht kehrte nicht zurück. Sie beschimpfte mich, bevor sie aus meinem Haus ging und mich stehen ließ, als wäre ich nicht der mächtigste Mann in diesem Land. Es war das interessanteste Gespräch, das ich seit einem Jahr geführt hatte. „Keine Ahnung."

6

SIENA

ICH SASS AM KÜCHENTISCH IN MEINEM HAUS, INFORMATIONEN und Fotos von Cato waren überall verteilt. Es gab eine offene Tüte mit Süßigkeiten, die ich kaute, zusammen mit meiner dritten Tasse Kaffee. Da mir die Ideen ausgegangen waren, saß ich da und versuchte, einen Plan zu schmieden.

Mir fiel nichts ein.

Cato war ein zu großes Schwein, um ihn zu verführen. Er war zu stark, um ihn niederzuschlagen. Und er war zu gut bewacht, als dass ich ihn hätte entführen können.

Ich hatte eine größere Chance, zum Mond zu fliegen, als diesen Job zu erledigen.

Die letzte Erinnerung, die ich an ihn hatte, schwebte in meinem Kopf. Er stand in schwarzen Boxershorts vor dem Fahrstuhl und seine muskulöse Brust wogte vor Wut. Alles an ihm war sexy, von seinen schmalen Hüften bis zu seinen muskulösen Oberschenkeln. Er sah mich an, als würde ich ihn tierisch nerven – aber er war dennoch sexy.

So ein verdammtes Schwein.

Ich hatte schon eine Menge Playboys und Arschlöcher, aber Cato Marino war ein ganz neues Kaliber.

Dieser Mann dachte, er sei Gott.

Er dachte, er könne ohne Erklärung tun, was er wollte. Er war so egoistisch, dass er nicht einmal darüber nachdachte, was sein Date wollte. Sobald ich gegangen war, rief er wahrscheinlich eine andere Frau an, um mich zu ersetzen. Dann fickte er sie beide und vergaß mich ganz und gar.

Schwein.

Mein Telefon klingelte und jemand, mit dem ich nicht sprechen wollte, war am anderen Ende. „Ja, Damien?"

Sein Lächeln war über die Leitung zu hören. „Schätzchen, ich liebe die Freude in deiner Stimme."

„Du nennst es Freude. Ich nenne es Ekel. Also, was willst du?"

„Du kommst gleich zur Sache", sagte er mit einem Kichern.

Ich kam auf den Punkt, bevor er es herauszögern konnte. „Ich arbeite noch daran. Ich habe ein paar Mal mit Cato interagiert, aber noch keinen Weg gefunden, wie ich das hinbekomme."

„Also hast du dich entschieden, mit ihm zu schlafen."

„Nein. Das habe ich nicht gesagt."

„Was immer du sagst, Schätzchen. Wann denkst du, wird es passieren?"

„Ich weiß es wirklich nicht", blaffte ich. „Du hast mir eine Aufgabe gegeben, die unmöglich zu erfüllen ist."

„Das verheißt nichts Gutes für deinen Vater ..."

Anstatt meinen Vater zu bemitleiden, weil er eingesperrt war, war ich wütend auf ihn. Wenn er nur auf mich gehört hätte, wäre das alles nicht passiert. Er interessierte sich mehr für Geld als für den Schutz seiner Familie – jetzt war ich diejenige, die alles in Ordnung bringen musste. Ich verachtete Geld mit jeder Faser meines Seins. Ich hatte kein Luxusleben verpasst, nicht, wenn es mit so viel Mühsal verbunden war. Mein kleines Haus außerhalb von Florenz war perfekt. Ich hatte genug Geld für alles, was ich für einen Hausstand brauchte – und das war mehr als genug. „Ich werde es hinbekommen, Damien."

„In Ordnung. Aber lass dir nicht zu viel Zeit." Klick.

Ich legte das Telefon hin und schob meine Hand zurück in die Tüte mit den Süßigkeiten. Ich holte eine Handvoll heraus und stopfte mir alles in den Mund, ohne mich um die Auswirkung auf meine Taille zu kümmern. Es war nicht so, dass ich Cato noch verführen musste.

Mein Telefon klingelte erneut, diesmal mit einer Nummer, die ich nicht kannte. Ich antwortete. „Siena."

„Hallo, Siena. Wie geht es dir?" Die tiefe Stimme über die Leitung war mir vertraut und voller väterlicher Zuneigung.

Das Bild von Crow Barsetti kam mir in den Sinn, aber das war lächerlich, wenn man bedachte, dass ich ihn kaum kannte. Unsere Interaktionen hatten nur wenige Minuten gedauert. Als ich ihn das letzte Mal sah, hatte er mich sofort angezogen und ich spürte das Gefühl in meiner Brust, das ich meinem eigenen Vater gegenüber empfand. „Crow?"

„Ja." Er sprach mit Zuneigung. „Ich habe eine unverwechselbare Stimme, nicht wahr?"

„Ja, ich schätze, die hast du." Ich wurde gerade erst vor wenigen Minuten von Damien bedroht, aber das schien jetzt weit weg zu sein. Die Wärme von Crow spülte Damiens Kälte weg. „Wie kann ich dir helfen?"

„Ich habe viel über unser Gespräch nachgedacht."

Hatte er beschlossen, mir zu helfen?

„Ich habe meine Position in dieser Angelegenheit nicht geändert. Ich habe eine große Familie, an die ich denken muss. Aber ich konnte ein paar Anrufe tätigen und Informationen für dich besorgen."

„Wirklich?", fragte ich und schnaufte leicht. „Oh mein

Gott, vielen Dank. Ich weiß wirklich nicht, was ich sagen soll …"

„Nun, es ist nicht viel, mit dem man arbeiten kann, aber Cato sucht einen Kunsthändler, der sein Haus in der Toskana dekoriert. Das ist es, was du beruflich machst, oder?"

„Ja." Ich fragte nicht, woher er das wusste.

„Ich habe ein gutes Wort für dich eingelegt. Ich habe ihm gesagt, du wärst die Beste."

Er hatte sich für mich wirklich weit aus dem Fenster gelehnt. „Wow …"

„Es ist ein Weg in sein Haus und ein Weg, um seine Aufmerksamkeit zu erregen. Es ist nicht die Art von Job, die sein Assistent erledigen kann. Kunst ist sehr persönlich, also muss er alles, was du für ihn findest, genehmigen. Es ist das Beste, was du bekommen wirst."

Ich war schon ziemlich nah an seinem Bett gewesen … aber das hatte nicht funktioniert. „Vielen, vielen Dank, Crow. Wirklich … das bedeutet mir sehr viel. Ich werde deine Freundlichkeit nie vergessen."

Er war lange Zeit still und ließ die Stille zwischen uns schweben. „Ich weiß, wie wichtig Familie ist. Du weißt es auch."

EIN PAAR TAGE später war ich in der Galerie, als das Telefon auf dem Schreibtisch klingelte. Es war ein Dienstagnachmittag und die Geschäfte liefen schleppend. Wenige Leute suchten mitten am Tag nach einem professionellen Kunsteinkäufer.

Ich antwortete. „Rosa Galerie. Hier spricht Siena." Ich hatte eine Liste von Kunden, die ich über die Galerie kennengelernt hatte, und meine Aufgabe war es, die perfekten Stücke für sie zu finden. Ich hatte ein paar hochkarätige Kunden, die mich mit der Dekoration ihrer Häuser oder Büros beauftragten, aber meistens suchten die Leute nur nach einem einzigen Gemälde.

„Siena Russo?", fragte der Mann unverblümt.

„Ja, die bin ich. Wie kann ich Ihnen helfen?"

„Mein Chef sucht jemanden, der sein Haus mit bestimmten Kunstwerken dekoriert. Er hat einen ganz besonderen Geschmack und ein sehr großes Budget. Ich habe Nachforschungen angestellt und es scheint, als hätten Sie sich einen guten Namen gemacht."

Danke, Crow. „Ich fühle mich geschmeichelt."

„Sind Sie an dem Projekt interessiert?"

Ein normaler Mensch würde eine Million Fragen stellen, aber da ich bereits wusste, dass es um Cato ging, tat ich es nicht. „Sehr sogar. Lassen Sie mich einfach wissen, wann Sie anfangen möchten. Ich sollte mich wahrscheinlich mit Ihrem Chef treffen, um herauszufinden, was er mag."

„Ich werde sehen, ob er Zeit hat. Er ist sehr beschäftigt."

Ja, damit beschäftigt ein Schwein zu sein. „Sie wissen, wo Sie mich finden."

Ich fuhr in die westliche Toskana und näherte mich der großen Natursteinmauer, die das Grundstück umgab. Es war ein privates Stück Land und ich konnte keine Nachbarn auf beiden Seiten der Straße sehen. Das Laub war trotz der gnadenlosen Hitze dicht und grün und wie immer lag ein Duft von Trauben in der Luft.

Ich hielt vor dem schwarzen Eisentor und sah zu, wie die Sicherheitskräfte mich genau überprüften. Einer kam an mein Fenster und fragte nach meinem Ausweis, bevor sie das Tor öffneten und mich durchließen.

Mir rutschte das Herz in die Hose. Dieser Mann wurde ständig bewacht. Ich bräuchte hundert bewaffnete Männer, um überhaupt eine Chance zu haben, etwas zu erreichen, und selbst dann standen die Chancen nicht zu meinen Gunsten.

Ich fuhr die Straße hinauf und auf sein Grundstück und sah die üppige Landschaft, die von den Mauern umgeben waren. Catos Sicherheitsteam schien an der äußeren Begrenzung zu bleiben, weil sein eigentliches Haus friedlich und ruhig lag. Drei Stockwerke hoch, war es eine Villa, die groß genug für zwanzig Personen war.

Es war schwer vorstellbar, dass er dort allein lebte.

Auch, wenn er sicher nicht alleine schlief.

Ich parkte beim Rondell, nahm meine Sachen und bereitete mich darauf vor, den Mann zu treffen, dem ich zuvor eine mächtige Abfuhr erteilt hatte. Der wütende Blick in seinen Augen war noch frisch in meiner Erinnerung. Ich hatte ihn beleidigt und war davongestürmt, etwas, an das er wahrscheinlich nicht gewöhnt war. Alle verneigten sich vor ihm, als wäre er eine Art König.

Wahrscheinlich würde er mich erst gar nicht engagieren.

Er wird nur einen Blick auf mich werfen und mich dann von seinem Grundstück vertreiben.

Ich klopfte an die Tür und wurde von einem Mann in langen Hosen und einem Poloshirt begrüßt. „Sie müssen Siena sein.“ Ein Mann Ende fünfzig mit grau meliertem Haar lächelte und zeigte ein nettes Grinsen. Seine Haut war deutlich gebräunt, als ob er sich sowohl außerhalb des Hauses als auch im Inneren um die Bedürfnisse kümmerte. „Bitte kommen Sie herein.“

„Danke.“ Ich trug ein schwarzes Kleid mit einer schwarzen Strickjacke und eine Perlenkette um meinen Hals. Wenn ich arbeitete, trug ich immer diese Farbe. Es ergänzte das von mir gezeigte Kunstwerk und ließ mich dazu neutral wirken. Meine Absätze waren höher als sonst, was mir zusätzliche sieben Zentimeter Größe gab. Sie klackerten auf dem Parkettboden, als ich hineinging. „Ich freue mich, hier zu sein."

„Wir freuen uns, Sie hier zu haben. Es ist ein schönes Haus, aber es muss etwas aufgelockert werden." Er legte seine Hand zwischen meine Schulterblätter und führte mich dann in einen privaten Raum. Die Eingangshalle hatte zwei gegenüberliegende Treppen und der Raum dazwischen war groß genug, um eine Cocktailparty zu veranstalten. Parkettböden und schöne Zierleisten machten es zum schönsten Haus, das ich je gesehen hatte.

Im Wohnzimmer standen zwei Sofas und ein Couchtisch, Sessel und ein großes Fenster, das den Rest seines Anwesens im hinteren Teil zeigte. Es roch sauber und frisch, aber es sah aus wie ein Raum, der nie benutzt wurde. Es war wahrscheinlich einer der vielen Räume, die für private Gespräche reserviert waren, aber nicht für Geschäftstreffen.

„Möchten Sie Kaffee oder Tee?", fragte er. „Oder haben Sie an etwas Stärkeres gedacht?"

„Ich nehme, was Herr Marino nimmt."

„Nun, Herr Marino ist ein Scotch-Fan."

Das wusste ich bereits. „Was für ein Zufall. Ich auch."

Er nickte leicht. „Sie beide werden gut miteinander auskommen. Ich bin übrigens Giovanni."

„Schön, Sie kennenzulernen, Giovanni."

Er ging hinaus und ließ die Tür offen.

Ich organisierte meine Unterlagen und bereitete meine Notizen vor, mein Herz hämmerte in meiner Brust. Selbst wenn ich keine Hintergedanken hätte, wäre dies mein Traumjob. Dieser Ort war riesig und wenn man bedachte, wie elegant er bereits dekoriert war, sollten nur die schönsten Kunstwerke an diesen Wänden hängen. Es wäre eine Ehre, an so etwas zu arbeiten – und dafür bezahlt zu werden.

Aber ich fragte mich, wie er wohl reagieren würde, wenn er mich sah.

Ein paar Minuten später kam Giovanni zurück. Er stellte ein Tablett mit einer Karaffe Scotch, zwei Gläsern mit je einem Eiswürfel sowie verschiedenen Käsesorten und Trauben ab. „Herr Marino ist gerade mit seiner Mutter fertig geworden. Er wird gleich da sein."

„Danke."

Nachdem Giovanni gegangen war, setzte ich mich still hin und spürte, wie ich nervös wurde. Es gab keinen Grund, sich von seinem einschüchternden Wesen beeinflussen zu lassen, da ich eine Mission zu erfüllen hatte. Das Leben meines Vaters stand auf dem Spiel und selbst, wenn er ein guter Mensch wäre, würde es nichts an meiner Einstellung zu dieser Aufgabe ändern.

Einen Moment später hörte ich seine Stimme. „Wir sehen uns später, Mutter." Seine schweren Schritte hallten durch den Eingangsbereich.

Das Geräusch ihrer Absätze begleitete ihn. „Danke, dass du dir Zeit für mich genommen hast, Sohn. Ich weiß, wie beschäftigt du bist." Sie sprach wie eine Königin und behielt so viel Eleganz, dass ich mir vorstellte, dass sie ein Diadem trug.

Eine Tür schloss sich einen Moment später.

Dann hörte ich, wie seine Schritte näherkamen, als er sich näherte. Sie wurden immer lauter, bis seine Anwesenheit die Luft erfüllte. Aufrecht mit Macht und Autorität, besaß er den Raum, sobald er ihn betrat.

Mein Rücken war ihm zugewandt, also konnte ich sein Gesicht nicht sehen.

Und er konnte meines nicht sehen.

Er entschuldigte sich nicht dafür, dass er mich warten

ließ, und stellte sich auch nicht vor, als wäre die Bekanntgabe seines Namens einfach überflüssig. Er benahm sich wie ein König, als ob jeder einzelne seiner Untertanen genau wissen sollte, wer er war, und ihm niemals den Rücken zukehren sollte.

Ich stand auf, stellte mich ihm gegenüber und behielt meine Haltung, als ob seine unbestreitbare Kraft keine Wirkung auf mich hätte.

Er hielt nicht inne, als er mein Gesicht erkannte, doch einen Bruchteil einer Sekunde lang, tauchte Überraschung auf seinem Gesicht auf, der sich über die Oberfläche seiner Augen bewegte. Er blieb in der Nähe der Couch stehen, als wolle er mir die Hand schütteln, was er jedoch nicht tat. Seine blauen Augen waren noch heller als zuvor, wahrscheinlich wegen des Sonnenlichts, das durch das große Fenster fiel. Er trug dunkle Jeans und ein graues T-Shirt, die Art von Kleidung, die wunderbar zu seinem Körper passte.

Er starrte mich weiter an, seine Augen blinzelten nicht und sein Blick war intensiv. Es war der gleiche Blick, den wir in ruhigen Momenten durch den Raum hinweg, geteilt hatten. Ein ganzes Gespräch, das zwischen unseren Gesichtsausdrücken ablief. Vielleicht dachte er an unseren Kuss in der Bar. Vielleicht dachte er darüber nach, wie sich mein Knöchel unter seinen Fingerspitzen anfühlte. Oder vielleicht dachte er daran, mich sofort aus seinem Haus zu werfen.

Es fühlte sich nicht richtig an, Hallo zu sagen oder zu fragen, wie es ihm ging. Es fühlte sich nicht richtig an, etwas zu sagen. Also tat ich es nicht.

Er ging zur anderen Couch, setzte sich, senkte langsam seinen großen Körper mir gegenüber. Ohne seine Augen von mir zu nehmen, goss er zwei Gläser Scotch ein und nahm einen Schluck von einem.

Es war so still im Raum, dass ich jedes kleine Geräusch

hören konnte. Ich konnte hören, wie der Eiswürfel gegen das Glas schlug, das Geräusch der Karaffe, als er sie auf das Tablett zurückstellte. Ich konnte den Scotch in seinem Mund wirbeln hören, direkt über seiner Zunge.

Er stellte das Glas ab und sah mich wieder an, seine Hände kamen zwischen seinen Knien zusammen. „Siena. Ein wunderschöner Name."

Das war das Letzte, was ich von ihm erwartet hatte zu hören. „Danke."

„Bist du aus Siena?"

„Nein. Ich wurde hier geboren."

Er nahm mein Glas und gab es mir.

Ich nahm sein Angebot an und trank etwas.

Er beobachtete jede meiner Bewegungen, seine Augen konzentrierten sich auf meinen Mund und Hals.

Ich stellte das Glas wieder auf den Tisch und fing nicht an, über den Job zu sprechen. Es war gut möglich, dass er mich nicht mehr lange in seinem Zuhause haben wollte. „Willst du, dass ich gehe?"

Seine hübschen Augen waren das einzige zarte Merkmal, das er besaß. Der Rest von ihm war hart und kalt, wie ein aus dem Eis aufgetauter Mann. Er war unmöglich zu lesen, sein Gesichtsausdruck war immer ernst. Ob er absichtlich so war oder nicht, war ein Geheimnis. „Warum sollte ich wollen, dass du gehst?"

„Weil ich dich ein Schwein genannt habe." Die Erinnerung an diese Nacht war in seinen Gedanken ebenso frisch wie in meinem.

Er neigte seinen Kopf leicht. „Ich bin ein Schwein."

Ich konnte nicht verhindern, dass ein leichter Ausdruck der Überraschung in mein Gesicht trat.

Sein Mundwinkel verzog sich zu einem Lächeln, jedoch so kurz, dass ich mir nicht sicher war, ob es wirklich geschehen war. „Und ich bin gerne ein Schwein."

Mein Lächeln spiegelte seines nicht wider, aber ich verachtete ihn nicht mehr so wie zuvor. Wenigstens war er ehrlich bezüglich dessen, was er war – auch wenn es überraschend war. „Ja, ich weiß." Ich griff nach meinem Ordner und klickte auf das Ende meines Kugelschreibers. „Ich kann über meine Qualifikationen für den Job sprechen oder du kannst mich fragen, was du wissen willst."

„In Ordnung." Er brachte seine Hände zusammen und massierte seine Knöchel. „War es das, worauf du die ganze Zeit aus warst?"

Ich hielt seinen Blick, als mein Herz mir bis zum Halse schlug. Bei genauer Betrachtung fühlte ich mich wie ein Exemplar unter dem Mikroskop. Es war eine Frage, der ich nicht ausweichen konnte, und ich musste sie vorsichtig beantworten. Er wusste, dass ich ihm gefolgt war. Er wusste, dass ich nicht mit ihm schlafen wollte. Welche andere Erklärung konnte ich noch geben? Es schien ein seltsamer Zufall zu sein, dass ich jetzt dort war – und um einen Traumjob bat.

Als ich nicht antwortete, hakte er weiter nach. „Antworte mir."

„Dein Team hat sich an mich gewandt."

„Das kann kein Zufall sein."

Ich gab immer noch keine Antwort.

Er fuhr fort, seine Knöchel zu massieren. „Ich habe den ganzen Tag Zeit."

Cato Marino war viel zu misstrauisch, als dass man sich hätte bei ihm einschleichen können. Wenn ich das nicht zugeben würde, würde er weitergraben, bis er den wahren Grund gefunden hatte. Und der wahre Grund war viel schlimmer als der falsche. Das war etwas, das er nicht aufdecken durfte. „Ja. Ich wollte diesen Job. Ich wollte dich studieren, um herauszufinden, welche Art von Kunstwerken du mögen könntest. Ich wollte dich kennenlernen, um deine Seele zu verstehen. Auf diese Weise, wenn ich dir näher gewesen wäre, hätte ich mehr zu bieten als jeder andere.“

Er hielt meinen Blick und hörte auf jede Silbe, die aus meinem Mund kam. Seine Reaktion war nicht offensichtlich, weil er seine intimen Gedanken zu nahe bei sich hielt. „Das ist Hingabe.“

„Ich nehme meinen Job ernst.“ Und das Leben meines Vaters.

„Sehr ernst, wenn du bereit bist, dafür mit einem Mann zu schlafen.“

Es war eine Beleidigung, die ich verdient hatte, denn genau das tat ich. Ich wollte nichts mit diesem Mann zu tun haben. Wenn unser Schicksal nicht so eng miteinander verbunden wäre, hätte ich mich nie auf so etwas eingelassen. Er war viel zu kompliziert für mich. Aber ich wollte nicht, dass er mich so wahrnahm, als wäre ich wirklich so ehrgeizig. „Das war nicht der einzige Grund, warum ich mit dir schlafen wollte.“

Er beobachtete mich lange, seine Augen fixierten meine, ohne zu zucken. Er schien weder erfreut noch verärgert über diese Antwort zu sein. Als hätte ich gar nichts gesagt, wechselte er das Thema. „Es ist ein großes Projekt. Ich hoffe, du kannst damit umgehen.“

„Ich kann mit allem umgehen.“

Er stand auf und ließ seinen Scotch zurück. Es schien, als wäre das Gespräch beendet, weil er zur Tür ging. „Dann bist du eingestellt.“

7

CATO

GENAU WIE JEDER ANDERE, WOLLTE AUCH SIE ETWAS VON MIR.

Die meisten Frauen wollten guten Sex. Die meisten Frauen wollten die Möglichkeit, dafür zu sorgen, dass ich mich in sie verliebte. Die meisten Frauen wollten mein Geld haben.

Aber keine Frau hatte je einen Job von mir gewollt.

Ich sollte sauer auf Siena sein, aber ehrlich gesagt, war ich beeindruckt. Wenn sie etwas wollte, ging sie genau wie ich vor und nahm es sich. Die meisten Menschen hätten weder diesen Antrieb noch diese Geduld. Sie hatte gut recherchiert, bevor sie etwas unternommen hatte.

Ich hatte zu Beginn meiner Karriere das Gleiche getan. Ich hatte all meine Ziele beobachtet, bevor ich meinen Zug gemacht hatte. Hatte versucht, zu erfahren, was sie mochten und was nicht. Von ihrer Religion bis hin zu ihren politischen Ansichten hatte ich alles gewusst.

Sie war mir aufgefallen, sobald ich sie das erste Mal gesehen hatte, daher fühlte ich mich von ihrem Plan nicht hintergangen. Ich war stets auf der Hut gewesen, da ich mich mit einer Festung umgab, die meine harte Schale beschützte. Vielleicht wäre ich sauer auf sie, wenn sie mich wirklich getäuscht hätte. Aber ich konnte nicht auf eine Frau sauer sein, die so hart für das gearbeitet hatte, was sie wollte.

Ich wusste nichts über die Kunstszene, aber ich wusste, dass dies ein millionenschweres Projekt war.

Jeder würde alles für diese Chance geben.

Wenn sie ein Mann wäre, würde sie jeder als skrupellos und ambitioniert bezeichnen.

Genauso sah ich sie.

Mein Haus in der Toskana war relativ neu. Ich hatte es im letzten Sommer gekauft und den Innenarchitekten alle Änderungen vornehmen lassen, die ihm in den Sinn gekommen waren. Es war ein langes Projekt gewesen und nun, da es beendet war, brauchte es nur noch den letzten Schliff. Mein Heim war nicht nur der Ort, an dem ich meine Sommer verbrachte, sondern auch der Ort, an den ich meine besten Kunden einlud und meine Cocktailpartys veranstaltete. Besonders schöne Kunstwerke an den Wänden hängen zu haben, war ein wichtiger Teil dieser Erfahrung. Ich war kein Kunstexperte, aber ich wusste Kunst zu schätzen – bis zu einem gewissen Grad.

Bates und ich hatten gerade unsere Arbeit im Hauptbüro erledigt, als Giovanni hereinkam.

„Miss Siena wartet im Salon auf sie, Sir." Anstatt ihn das Outfit eines Butlers tragen zu lassen, erlaubte ich ihm und dem Rest der Bediensteten, sich leger zu kleiden. Ich trug nur zu besonderen Anlässen Anzüge, daher sah ich keinen Sinn darin, dass er in drei Lagen Kleidung saugen sollte.

Ich winkte ihm zu, um zu zeigen, dass ich verstanden hatte.

Giovanni ging.

Bates schloss seinen Laptop und schob ihn dann in seine braune Ledertasche. „Wer ist Siena?"

„Die Kunsthändlerin." Ich stand auf und trank mein Glas aus, bevor ich es wieder hinstellte.

„Gut. Sie wird diesen Ort auffrischen." Bates legte den Gurt über seine Schulter und lächelte leicht. „Oder wenigstens dein Schlafzimmer."

Ich hatte meinem Bruder nicht von meiner früheren Erfahrung mit ihr erzählt. „Ich glaube nicht, dass ich das Vergnügen haben werde."

„Wow. Ich wusste nicht, dass es Frauen gibt, die nicht in deiner Liga sind."

Ich brachte ihn zur Tür. „Wir haben einfach unterschiedliche Präferenzen." Mein Schwanz brauchte jede Nacht zwei Muschis, zwei Münder und zwei Arschlöcher. Egal wie schön Siena war, ich vermutete, dass Sex mit ihr enttäuschend wäre.

„Sie ist also zu haben." Bates ging hinaus und betrat den Eingangsbereich. Sobald wir draußen waren, sprach er nicht mehr über sie, da er wusste, dass sie es vielleicht hören könnte.

Weshalb auch ich nichts mehr zu dem Thema sagte.

Bates ging ungefragt in den Salon und fand Siena auf der Couch sitzend vor, genau wie beim letzten Mal, mit einem Glas Scotch vor sich. Er wandte sich mir zu, grinste verschmitzt und ging dann weiter. „Die Kunsthändlerin."

Siena drehte sich um, als sie den Klang seiner Stimme vernahm. Sie musste realisiert haben, dass wir verwandt waren, da unsere Züge sich so sehr ähnelten. Das konnte jeder sehen. Sie stand auf und lächelte ihn mühelos an. Es war nicht echt, aber ihre Schönheit war dennoch offensichtlich. Egal ob sie lächelte oder böse dreinschaute, sie hatte immer die gleiche Anziehungskraft. Es war etwas, was mir bereits aufgefallen war, als ich sie vom anderen Ende des Raumes aus beobachtet hatte. „Hallo." Sie schüttelte ihm die Hand. „Du musst Bates sein. Es ist schön, dich kennenzulernen.“

Bates erwiderte die Geste, doch in seinen Augen schimmerte ein finsterer Blick. Es war der gleiche Ausdruck, den er auch trug, wenn wir ausgingen. Ihm gefiel, was er sah und er wollte mehr. Seine Hand drückte ihr Handgelenk ein wenig zu lang und er nahm sich Zeit, bevor er seine Hand zurückzog. „Die Freude ist ganz meinerseits.“ Er steckte seine Hände in seine Taschen und starrte sie weiterhin an.

Mein Bruder und ich waren beide Raubtiere und jagten unsere Beute in freier Wildbahn. Wir hatten uns bereits Frauen geteilt, daher würde er nicht zögern, es erneut zu tun, wenn ich Interesse hätte.

Aber ich wusste, dass Siena dem nicht zustimmen würde.

Ich klopfte meinem Bruder auf den Rücken und entschuldigte ihn schweigend. „Wir sehen uns morgen, Bates.“

„Okay.“ Er sah Siena weiterhin an, bevor er sich umdrehte und ging.

Er schloss die Tür hinter sich, sodass wir zu zweit waren.

Sobald er weg war, verschwand Sienas Lächeln. Sie sah mich ernst an und wurde zu der kalten Professionellen, die sie vor ein paar Tagen gewesen war. Heute trug sie einen schwarzen Bleistiftrock, der ihre Sanduhrfigur perfekt zur Schau stellte, und dazu eine weiße Bluse. Um ihren Nacken lag eine Perlenkette. Dazu trug sie Perlenohrringe. Ihr Haar war wie gewohnt hochgesteckt, was die Konturen ihres femininen Gesichts hervorhob. Mir gefiel es besser, wenn Frauen ihre Haare offen trugen und sie lang und sinnlich um ihre Schultern lagen. Meine Finger hielten sich gerne an etwas fest, wenn ich eine Frau unter mir festhielt. Aber ihre elegante Hochsteckfrisur war dennoch anziehend. Sie forderte durch ihr Schweigen Respekt. Es musste ihre

Haltung oder ihr natürliches Selbstvertrauen sein. Sie hatte mich abgewiesen und als Schwein bezeichnet, doch ich fand sie dennoch faszinierend.

Meine Hände ruhten an meinen Seiten, während ich in ihr Gesicht sah. Trotz ihrer hohen Stilettos war sie nicht so groß wie ich – bei Weitem nicht. Doch ihre Haltung sorgte dafür, dass ihr Selbstvertrauen sich mit meinem messen konnte. Die meisten Frauen konnten mit meiner Intensität nicht umgehen. Sie traten unsicher auf der Stelle und waren sichtlich nervös, während sie darauf warteten, dass ich die Zügel in die Hand nahm und sie führte. Aber genau wie angekündigt, schien Siena eine Frau zu sein, die sich behaupten konnte.

„Lassen Sie uns Anfangen, Herr Marino." Sie setzte sich hin und verschränkte ihre Knöchel, sodass sie wie eine Prinzessin dasaß, die ein unsichtbares Diadem trug.

Ich starrte auf sie hinab und stellte mir vor, wie sie auf den Knien saß, anstatt auf ihrem Hintern. „Bitte nenn mich Cato." Ich setzte mich auf die Couch, die ihr gegenüberstand.

„Herr Marino ist mir lieber." Sie öffnete den Ordner vor sich und las ihre Notizen.

Es gefiel mir, dass sie mich respektvoll ansprach, doch ich mochte nicht, wie sie mich herausforderte. „Cato." Wenn sie mich bei meinem Nachnamen nannte, schien es, als wäre sie nur eine weitere Person in der Menge. Aber wenn sie meinen Vornamen nannte, war es mir ein Leichtes, mir vorzustellen, wie anders diese Nacht ausgegangen wäre, wenn sie nicht gegangen wäre.

Sie hob ihren Kopf und sah mich durch ihre dichten Wimpern hinweg an. Zurückhaltend aber selbstbewusst – sie war verführerisch.

Fickbar.

Als ich sie das erste Mal gesehen hatte, dachte ich, dass

sie so schön war, wie die meisten Frauen – dass an ihr nichts Besonderes war. Doch ihr vorlauter Mund und ihre Ansichten machten sie sehr viel interessanter, als ich es erwartet hatte.

Endlich gab sie nach. „Cato."

Ja, es gefiel mir wirklich, wenn sie meinen Namen sagte.

„Magst du spezielle Künstler? Soll ich mich an eine bestimmte Epoche halten? Vielleicht eine andere für jeden Raum oder jedes Stockwerk?"

„Du bist diejenige, die mich beobachtet hat. Sag du es mir." Was hatte sie herausgefunden, nachdem sie mich so viele Wochen lang beobachtet hatte? Sie hatte mein Heim in Florenz gesehen. Sie hatte mich in einem dunklen Raum geküsst. Sie hatte mich fast nackt gesehen und sie hatte das Bett gesehen, in welchem meine Fantasien wahr wurden.

Sie hielt meinem Blick einige Sekunden lang stand und dachte über ihre Antwort nach. „Ich habe einige Ideen für dich. Aber ich glaube, dass eine Führung durchs Haus mir dabei helfen würde, zu planen, wo alles hinsoll. Ich habe mein Maßband mitgebracht. Ich hoffe, es stört dich nicht, wenn ich Notizen mache."

„Nein."

Sie stand auf und hielt den Ordner an ihre Brust gepresst. „Giovanni kann mir alles zeigen. Du bist sicher beschäftigt."

Ich hatte anderes zu tun. Ich musste Anrufe tätigen und E-Mails schreiben, aber es schien verlockender, bei ihr zu bleiben. „Ich bin nur beschäftigt, wenn ich es sein will." Ich führte sie aus dem Zimmer und zurück in die Eingangshalle.

Sie folgte mir mit ihrem Stift und ihrem Maßband. „Ich habe viel über diesen Raum nachgedacht, da ich bis jetzt nur diesen gesehen habe. Er ist das Erste, was die Gäste sehen, wenn sie zur Tür hereinkommen und du hast so viel

Platz an den Wänden, dass dein bestes Stück hier hängen sollte.“ Sie ging zur linken Seite des Raumes und sah die leere Wand über der Treppe an. „Ich kann später eine Leiter holen und alles ausmessen.“

„Giovanni kann dir dabei helfen.“ Ich stand hinter ihr, meine Hände steckten in den Taschen meiner Jeans. Anstatt die leere Wand mit der gleichen Faszination wie sie anzustarren, richtete sich mein Blick auf ihren Hintern. Ich hatte ihr Kleid in jener Nacht nie auf dem Boden landen sehen. Ich war nicht näher daran herangekommen, sie nackt zu sehen, als ihr einen Schuh auszuziehen. Nun, da ich sie bei Tageslicht anstarrte, konnte ich nicht leugnen, wie sexy sie war – von ihren langen Beinen, ihrem kecken Hintern und ihren weichen Schultern.

„Danke.“ Sie schrieb ein paar Notizen nieder, bevor sie sich wieder mir zuwandte. „Ich bin fürs nächste Zimmer bereit, wann immer du es bist.“

Mein privates Büro befand sich im zweiten Stock, zusammen mit meinem Schlafzimmer. Ich benutzte das Büro nicht sehr oft und meistens saß ich dort nur, um mich zu sammeln und zu trinken. Darin befand sich ein großer Kamin, der beinahe so groß wie der im Eingangsbereich war. In Winternächten schien das lodernde Feuer die Verbitterung meiner Gedanken zu vertreiben.

Ich öffnete die Tür und erlaubte ihr, das Mahagoniholz meines Tisches zu untersuchen. Das Holz hatte eine schöne, tiefe Farbe und der Tisch war ein exzellentes Beispiel italienischer Handwerkskunst. In der Nähe des Kamins standen zwei Ledersofas, zusammen mit einem Tisch. Der Kamin wurde auf beiden Seiten von Vitrinen gesäumt, in denen sich vorwiegend Alkohol befand. Im Raum befand sich nur ein einziges Fenster, direkt hinter dem Tisch. Man hatte keinen großartigen Ausblick wie in den anderen Räumen des Hauses, aber genau so wollte ich es.

Sie nahm sich Zeit, während sie die Stimmung des Raumes aufnahm. „Dieses Zimmer ist anders als all die anderen. Wenigstens als die anderen Büros."

Ich lehnte mich gegen den Kamin und musterte sie weiterhin, studierte sie so, wie sie meine Umgebung studierte.

„Es ist dunkel. Mürrisch."

„Ich bin ein dunkler, mürrischer Mann." So war ich schon seit meiner Kindheit gewesen. Ein Therapeut würde es darauf schieben, dass mein Vater uns verlassen hatte, aber ich dachte nicht, dass das der einzige Grund war. Ich war seit meiner Geburt ein stilles Kind gewesen. Als Teenager wurde ich noch ruhiger, wählte meine Freunde weise und mied Romanzen, weil es so viele Gespräche involvierte. Bates und ich waren einander in dieser Hinsicht sehr ähnlich. Deshalb kamen wir vermutlich so gut miteinander klar.

„Du zeigst diesen Raum nicht vielen Menschen, stimmt's?" Sie drehte sich wieder um, um mich anzusehen, ihre grünen Augen vervollständigten das Holz meines Tisches und des Flurs.

Bates war einige Male in diesem Raum gewesen. Giovanni und die Putzfrauen kamen herein, um alles ordentlich zu halten. Ansonsten war ich der einzige Besucher. „Stimmt."

„Dann braucht dieser Raum vielleicht nichts. Er hat bereits so viel Charakter." Sie trat wieder neben mich und sah mich ruhig an. Sie nahm ihren Ordner und blieb selbstbewusst, obgleich ich direkt vor ihr stand. Wie ein echter Soldat ergab sie sich nicht leicht. Eigentlich gab sie gar nicht nach.

„Das ist deine Entscheidung."

Ich starrte die Perlen an, die um ihren Hals lagen und sehnte mich danach, sie zu packen. Ich wollte ihr die Kette vom Hals reißen und sie zerschmettern, sodass die Perlen mit leisem Geräusch auf den Boden trafen. Dann wollte ich ihren eleganten Hals mit meinen Lippen bedecken, küssen und ihre makellose Haut saugen, bis ich überall meine Spuren hinterlassen hätte.

Sie wartete geduldig auf eine Antwort.

Ich antwortete ihr, als hätte ich gerade keine lebhafte Fantasie gehabt. „Lass es, wie es ist." Ich verließ das Büro und führte sie in den letzten Raum meines Hauses – mein Schlafzimmer. Es nahm die Hälfte des zweiten Stockwerks ein und darin befand sich ein riesiges Bett, ein privates Wohnzimmer, ein Balkon, der den Garten überblickte und ein Schlafzimmer, in dem man ein ganzes Fitnessstudio hätte unterbringen können.

Es war der einzige Zeitpunkt während der Führung, während dem sie leicht ängstlich wirkte. Sie betrat das Zimmer und sah das Bett einen Moment lang an, bevor sie die leeren Wände drumherum abschätzte. Das Bett war individuell angefertigt und über den großen Teich geschickt worden. Es war drei mal drei Meter groß, perfekt für mehr als zwei Gäste auf einmal.

Genau deshalb besaß ich es.

Siena musste diese Informationen zusammengesetzt haben, doch sie sagte nichts dazu. Sie bewegte sich durch die Räume und betrachtete die anderen Stellen. Sie schrieb ein paar Notizen nieder und kam dann zu mir zurück. „Du hast ein schönes Heim, Cato. Es zu dekorieren sollte kein Problem darstellen, besonders, da es atemberaubend aussehen wird, egal, was an den Wänden hängt."

„Danke." Ich stand am Fußende des Bettes und dachte an unseren letzten Kuss. Wir waren aus dem Aufzug getreten und sofort hingen meine Lippen an den ihren. Ich erdrückte sie mit heißen Küssen, während ich sie zum Bett führte. Ich hatte viele Frauen geküsst, doch sie war außergewöhnlich.

Sie hatte gesagt, dass sie nicht nur des Jobs wegen mit mir hatte schlafen wollen und ich hatte ihr geglaubt. Wenn das der Fall wäre, hätte sie es durchgezogen – selbst mit Christina. Doch sie war bei dem Gedanken, mich zu teilen, sichtlich gekränkt und das hatte sie vertrieben.

Ich hätte meine Hand in diesem Moment in ihr Haar gleiten lassen und sie küssen können. Ich hätte diese Laken durch unsere verschwitzten Körper zerknittern können. Ich hätte sie genau so kommen lassen können, wie ich es mir erträumte. Doch mit nur einer Frau zusammen zu sein, war schon lange nicht mehr nach meinem Geschmack. Es war zu langweilig geworden, um noch aufregend zu sein. Nun hatte ich immer zwei Frauen auf einmal – und selbst das wurde langsam langweilig.

Siena wäre nicht anders.

Sie schrieb ein paar Notizen auf und kam dann zu mir zurück. „Da dieser Raum vorwiegend für dich ist, würde ich vorschlagen, dunkle und sinnliche Bilder aufzuhängen – von Frauen und historischen Landschaften, es sei denn, du hattest etwas Spezielles im Sinn. Ich habe ein paar Kunden, die es bevorzugen, ganze Zimmer von einem einzigen Künstler inspirieren zu lassen."

Ich hörte jedes ihrer Worte, nahm sie jedoch nicht richtig wahr. Ich sah, wie sich ihre Lippen bewegten und konzentrierte mich darauf, wie sich ihr sexy Mund öffnete und schloss. Flüchtige Blicke auf ihre Zunge erinnerten mich daran, wie sie sich in meinem Mund anfühlte. „Was immer du bevorzugst."

Bates gesellte sich in der Bar zu mir. Anstatt direkt in den Club zu gehen, trafen wir uns auf einen Drink in Florenz. Ich hatte die Toskana verlassen, weil ich etwas in einem unserer Büros in der Stadt zu tun hatte. Bates kümmerte sich um ein anderes, das eine Straße weiter lag. Das Problem einer großen Firma war, dass zwei Personen nicht genug waren, um sie am Laufen zu halten. Keiner von uns vertraute jemand anderem genug, um ihnen solch wichtige Aufgaben zu übertragen, daher mussten wir es selbst erledigen.

Bates stieß mit mir an. „Wie lief es mit Siena?"

Ich hatte in letzter Zeit viel an sie gedacht. Es überraschte mich, dass sie mein Heim betreten und dabei professionell hatte bleiben können, obgleich unser erstes Treffen ganz anders abgelaufen war. Vielleicht hatte sie damals nur versucht, einen Job zu bekommen, aber keine Frau küsste auf diese Weise, wenn sie es nicht genoss. Dass ich keine Ahnung hatte, was sie dachte oder wollte, erregte mich. Frauen gingen so schamlos mit mir um, warfen sich mir an den Hals und hatten kaum Selbstrespekt.

Siena war anders.

„Ich habe ihr das Haus gezeigt. Sie hat bereits sehr viele Ideen." Ich starrte auf den Fernseher in der Ecke und ignorierte die Frau, die mich von der anderen Seite der Bar aus anstarrte. Ich hatte eine sehr lange Liste an Frauen, die ich für eine schmutzige Nacht anrufen konnte. Die Jagd war nicht mehr aufregend für mich. Ich war wie ein Tier, das seine Beute bereits erlegt hatte, sodass es kein Grund mehr gab, loszuziehen und zu jagen.

„Ist sie verheiratet?"

„Keine Ahnung." Ich hatte sie nicht gefragt, da es mir egal war, ob eine Frau verheiratet war. Ihr Mann könnte mich so sehr hassen, wie er wollte, aber er könnte nichts daran ändern. Wenn er nicht wollte, dass seine Frau mit jemand anderem schlief, sollte er ein besserer Ehemann sein.

„Hat sie einen Freund?"

Ich nahm noch einen Schluck. „Spielt das eine Rolle?"

„Ich glaube nicht." Er stützte sich mit beiden Armen auf dem Tisch ab, während er sein Glas festhielt.

Ich wollte diese Frau noch immer ficken, aber ich hatte kein Anrecht auf sie. Ich hatte noch nie Anrecht auf irgendeine Frau gehabt. Es wäre seltsam, wenn es nun der Fall wäre. „Aber da sie für mich arbeitet, halte dich zurück."

„Ihr Job wird nicht ewig andauern, daher ist das in Ordnung für mich."

Selbst, wenn sie fertig war, würde mir die Idee nicht gefallen, wenn sie mit meinem Bruder schliefe. Bates würde sich auf sie allein einlassen und konnte ihr so genau das geben, was sie wollte. „Lass es, Bates."

Anstatt einen Schluck zu trinken, ließ er sein Glas sinken und sah mich an.

Ich spürte sein Starren, ignorierte es jedoch.

Er blickte mich weiterhin an. „Warum hast du noch nichts unternommen, wenn du sie willst?"

„Das habe ich bereits getan."

Er ignorierte seinen Drink und war an unserem Gespräch sehr viel mehr interessiert, als an seinem Getränk – und das war etwas Neues. „Also hat sie dich wirklich abgewiesen. Das ist neu – und es gefällt Cato nicht."

„Das ist nicht, was geschehen ist."

„Was ist dann passiert?" Er drehte sich auf seinem Stuhl, damit er mich besser anschauen konnte und ignorierte den Fernseher, auf den ich blickte, sowie all die hübschen Frauen in der Bar.

„Ich habe sie im Club gesehen. Ich habe sie geküsst. Dann habe ich sie mit zu mir genommen – aber sie ist abgehauen, als sie Christina sah."

„Also ist sie eine *solche* Frau." Er nickte leicht. „Nicht abenteuerlustig."

„Anscheinend nicht." Ich nahm einen großen Schluck.

„Wie ist sie zu deiner Kunsthändlerin geworden?"

„Einer meiner Männer sagte, dass sie die beste wäre."

Bates, der paranoideste Mann der Welt, brodelte vor Feindseligkeit. „Und diesen Zufall empfindest du nicht als seltsam?"

„Doch. Ich habe ihr genau diese Frage gestellt. Mir ist aufgefallen, dass sie mir schon seit einer Weile folgt."

„Wie lange?"

„Seit ein paar Wochen. Sie war in der Bäckerei vor einem unserer Büros und hat mich beobachtet. Ich habe sie überrascht und zur Rede gestellt."

„Interessant."

„Letztendlich schien es, als wolle sie lediglich den Job. Sie hat behauptet, dass sie mich beobachtet, damit sie genau herausfinden kann, was ich mag und was nicht." Ich war nicht die Art von Mann, die Menschen schnell Glauben schenkte, aber ihre Geschichte ergab Sinn. Sie war sichtlich leidenschaftlich, was ihren Job anging, und sie arbeitete schon seit vielen Jahren in der Galerie. „Sie ist ambitioniert und engagiert – und gewillt, alles zu tun, um den Job zu bekommen."

„Abgesehen von einem Dreier."

Ich zuckte mit den Schultern und nahm noch einen Schluck.

„Ich kann sie nicht einschätzen, Mann." Bates wurde finster, die Wut trat langsam in seine Augen. „Wir können nie vorsichtig genug sein."

„Das sehe ich auch so. Aber ich glaube, dass sie harmlos ist." „Du denkst, dass sie harmlos ist, weil sie schön ist."

„Nein." Je schöner sie waren, desto gefährlicher waren sie.

„Ich werde ein Auge auf sie haben. Vertrau ihr nicht."

„Das ist für mich in Ordnung." Solange er nicht mit ihr schlief, war es mir egal.

„Wenn du diese Frau willst, warum nimmst du sie dann nicht? Sie war erst vor ein paar Tagen in deinem Haus." Als die Anspannung aus dem Gespräch entwich, wandte er sich wieder dem Fernseher zu und beobachtete die Menschen in der Bar.

„Ich schlafe nicht nur mit einer."

„Nicht einmal für eine Nacht?"

Ich schüttelte den Kopf. „Wenn ich mich mit zwei Frauen schon langweile, denkst du nicht, dass ich mich mit einer erst recht langweilen werde?"

Er stieß mit mir an. „Touché."

„Und sie wird ihre Meinung nicht ändern."

„Sie muss ein gutes Mädchen sein."

Es schien so. Sie besaß die Art von Schönheit, die die Seele eines jeden Mannes berühren konnte. Die Kurven ihrer Taille und ihre Lippen waren nicht ihre einzigen sexy Eigenschaften. Ihre Augen zogen mich am meisten an. So strahlend und intelligent. Und wie sie jeden Raum betrat, als gehöre er ihr, sorgte dafür, dass ich sie noch mehr respektierte. Anstatt sich auf einen Dreier einzulassen, den sie nicht wollte, beschloss sie, zu gehen und eine bessere Alternative zu finden. Sie war nicht die Art von Frau, die ein Opfer für jemand anderen erbrachte.

Und ich war nicht die Art von Mann, die Opfer für irgendwen erbrachte.

Vielleicht wäre der Sex unglaublich. Aber wir waren zu dickköpfig, um es herauszufinden.

8

SIENA

Bones saß mir gegenüber am Tisch in der Bar und sah wütend aus, sobald er sich gesetzt hatte. Er war mit Tattoos übersät und strahlte eine so durchdringende Bedrohung aus, dass selbst seine schönen Augen ihn nicht harmlos wirken lassen konnten. Seine Muskeln dehnten sein T-Shirt aus und seine breiten Schultern sahen wie eine steinerne Mauer aus. Ein Glas Scotch stand vor ihm und er trank es schnell aus, bevor er das nächste bestellte.

„Danke, dass du gekommen bist." Nun, da ich eine Führung durch Catos Haus bekommen hatte, erkannte ich, dass es mir unmöglich sein würde, meine Mission zu erfüllen – zumindest mit meinen Fähigkeiten. Ich könnte eine Schießerei gewinnen und einen erwachsenen Mann abwehren, aber jemanden zu entführen, der so gut beschützt wurde, war unmöglich.

„Nicht gern geschehen." Er stützte sich mit beiden Ellbogen auf dem Tisch ab und seufzte, während er mich anstarrte. „Ich bin nur hier, um Crow einen Gefallen zu tun. Mach es kurz."

„Woher kennst du ihn?" Die Barsettis schienen zu jedem

in Italien eine Verbindung zu haben – von den Skull Kings, zur Mafia, bis hin zu Politikern.

„Er ist mein Schwiegervater."

Ich brauchte einen Moment, um diese Information zu verarbeiten. „Du bist mit seiner Tochter verheiratet?" Bones wirkte zu gefährlich, um Teil des einfachen Lebens zu sein, von dem Crow gesprochen hatte. Er war feindselig und aggressiv – ein Mann, der für seine Mordlust bekannt war.

„Ja."

„Oh … das wusste ich nicht."

„Nimm es ihm nicht übel, dass er sich dafür schämt. Jetzt sag, was du willst. Meine Frau hat eine Barsetti Einstellung. Wenn ich zu lange wegbleibe, macht sie einen Aufstand."

„Ja, natürlich." Ich nahm die Zeichnung heraus, die ich von Catos Heim in der Toskana angefertigt hatte. Die Dimensionen waren nicht perfekt, aber ich hatte eine gute Skizze des Hauses angefertigt. „Ich habe einen guten Blick auf das Haus werfen können. Es scheint, als gäbe es fünf Angestellte, die zu jeder Zeit dort sind, und die Außenmauern werden von einem Sicherheitsteam bewacht, das aus mindestens dreißig Männern besteht."

Bones sah sich meine Zeichnung nicht an. Er starrte mich weiterhin an, seine Feindseligkeit nahm noch zu. „Du willst mich mit diesem Scheiß verarschen, richtig?"

„Scheiß?" Ich konnte es nur schaffen, indem ich alle Informationen sammelte, die ich finden konnte. Vielleicht war Catos Haus in der Toskana nicht der beste Ort, aber sein Haus in Florenz war noch schlimmer.

Bones drückte seinen Finger auf die Seite, sein Blick ruhte noch immer auf mir. „Denkst du ernsthaft, dass du ihn überwältigen und irgendwie an all diesen Menschen vorbeischmuggeln kannst?"

„Ihn zu überwältigen wird der einfache Teil sein." Nichts, was eine Spritze nicht lösen konnte.

„Also ist es dein Plan, einen neunzig Kilo schweren Mann zur Tür hinauszutragen?" Er biss sichtlich die Zähne zusammen, von Wut erfüllt.

„Nein. Ich bitte dich um Rat, deshalb bist du hier."

„Ich habe dir meinen Rat bereits gegeben." Er schob das Papier zu mir. „Du willst diesen Kerl? Dann musst du ihn ficken."

„Und was werde ich damit erreichen? Er wird mich ficken und mich dann vergessen, genau, wie all die anderen."

„Dann geh sicher, dass er dich nicht vergisst." Als es das letzte Mal heiß herging, hatte Cato mir einen Stein in den Weg gelegt, indem er erwartete, dass ich sein Bett mit einer weiteren Frau teilte. Egal, wie offen ich war, diesen Kurs wollte ich nicht einschlagen. „Selbst, wenn ich das schaffe, was dann? Wenn ich es schaffe, dass er gerne mit mir schläft – inwiefern hilft es mir, meinen Vater zu retten?"

„Wenn ein Mann von einer Frau besessen ist, kann er nicht klar denken. Es ist die einzige Situation, in der er manipuliert oder getäuscht werden kann. Wickel ihn um den kleinen Finger und zieh ihn tief in deine Muschi – dann kannst du alles haben, was du willst."

Mir gefiel seine derbe Redensart nicht, aber ich wusste seine Ehrlichkeit zu schätzen. Er schien nicht wie die Art von Mann, die anders sprechen konnte. Brutale Ehrlichkeit war seine einzige Lebensweise. „Ich bin eine erfahrene Frau, aber wenn Cato auf Dreier steht, kann ich ihm nichts Besonderes bieten." Selbst in Dessous und einem Ass im Ärmel konnte ich ihn nicht überraschen.

Bones nahm einen großen Schluck aus seinem Glas und wischte sich dann den Mund mit dem Handrücken ab. Er sah mich mit der gleichen Verärgerung in den

Augen an. „Mein Punkt ist, dass ich klar dachte, bevor ich zwischen ihren Beinen lag. Sobald ich dort war, wurden all meine Ambitionen zerstört. Sie wurde zu meiner größten Obsession. Wie eine Droge. Ich konnte nicht aufhören, bis ich den nächsten Schuss bekam … und den nächsten."

„Wie romantisch …"

Sein harter Gesichtsausdruck veränderte sich nicht. „Das musst du mit Cato anstellen."

„Du stellst es als sehr einfach da. Hast du vorher mit vielen Frauen geschlafen?"

Er nahm noch einen Schluck. „Ja. Und ich mochte auch sehr versaute Dinge."

„Nun, ich kann Catos Reaktion auf mich nicht kontrollieren. Der Gedanke, dass er von mir besessen sein könnte, scheint unwahrscheinlich. Dieser Kerl bekommt mehr Ärsche, als er vertragen kann. Ich bin talentiert, aber es gibt nichts, womit ich ihn beeindrucken kann."

„Meine Frau lag einfach da – und das war genug." Ein teuflisches Lächeln taucht auf seinen Lippen auf.

„Vielleicht ist sie deine Seelenverwandte."

Sein Lächeln verschwand, doch die Intensität in seinen Augen vertiefte sich. „An den Mist glaube ich nicht."

„Welche Erklärung gibt es dann?" Ich glaubte ebenfalls nicht an wahre Liebe oder Seelenverwandte. Mein eigener Vater hatte meine Mutter nicht beschützen wollen und nun wurde mir von seinen Feinden mit Vergewaltigung und Tod gedroht. Wenn er mehr Zeit damit verbracht hätte, uns zu lieben, anstatt zu versuchen, an mehr Macht zu kommen, hätte ich nun ein normales Leben.

Er zuckte mit den Schultern. „Das weiß ich bis heute nicht."

„Nun, das wird mit Cato nicht geschehen. Er ist nicht mein Typ. Und ich bin auch nicht seiner."

„Alle Frauen sind sein Typ“, sagte er. „Hat er seitdem versucht, mit dir zu schlafen?“

Cato hatte nicht viel gesagt, als wir zusammen waren, aber ich konnte die Anspannung in der Luft dennoch spüren. Seine Augen wanderten stets über meinen Körper und er blinzelte so selten, dass ich mich manchmal fragte, ob er überhaupt blinzeln musste. „Nein.“

„Cato ist die Art von Mann, die immer bekommt, was er will. Vielleicht ist es der richtige Weg, sich ihm zu widersetzen.“

„Ich habe gerade gesagt, dass er mich nicht angemacht hat.“

„Das hat nichts zu bedeuten. Er wollte dich und du bist gegangen. Für ihn ist diese Sache nicht zu Ende.“

„Vielleicht.“

„Der beste Weg herauszustechen, ist, anders zu sein. Dass du ihn abgewiesen hast, macht dich definitiv anders.“

Ich versuchte, seinem Gedankengang zu folgen, landete jedoch in einer Sackgasse. „Du hast gesagt, dass ich ihn ficken muss und nun sagst du, dass ich es nicht tun soll?“

„Ich denke, dass du dich rarmachen sollst. Als ich meine Frau kennengelernt habe, hatte sie keine Angst davor, mir die Meinung zu sagen. Sie hatte keine Angst davor, auf mich zu schießen. Sie hat ihren Mann gestanden, als andere Frauen dahingeschmolzen wären. Dieser Funke hat meine Besessenheit entfacht – weil sie mich nicht brauchte.“

Was für eine Art von Beziehung war das? „Deine Frau hat auf dich geschossen?“

Sein Grinsen tauchte erneut auf seinem Gesicht auf – voller Aufrichtigkeit. „Ja.“ Er rieb sich die linke Schulter, als erinnere er sich an den Schmerz der Wunde. Man konnte den Stolz in seinen Augen nicht leugnen, als wäre es eine Erinnerung, die ihm heilig war.

„Na gut …“ Ich verstand nicht, wie eine Beziehung, die

auf solcher Gewalt beruhte, zu einer Ehe geworden war, aber ich würde es nicht besser verstehen, wenn ich ihm mehr Fragen stellte. „Nun, ich werde nicht auf Cato schießen."

„Dann halte ihn bei der Stange – und zieh ihn langsam zu dir hin."

„Und dann soll ich ihn ficken und hoffen, dass es gut läuft?", fragte ich ungläubig, während ich mich gleichzeitig dafür hasste, so tief gesunken zu sein. Niemand würde mich dafür verurteilen, mit einem Mann zu schlafen, um meinen Vater zu retten, aber ich wünschte, dass es einen besseren Weg gäbe.

„Du hast keine andere Option, Siena. Selbst, wenn du ein Team von fünfzig gut trainierten Männern hättest, wäre es unmöglich, ihn von seinem Sicherheitsteam zu trennen und ihn zu übergeben. Dann würde nicht nur dein Vater sterben, sondern auch du. Damit würdest du nichts erreichen."

„Wenn ich das schaffe, was dann?"

„Du wirst sein Vertrauen erlangen müssen. Dann müsst ihr zwei irgendwo zusammen hingehen – allein. Dort lässt du Damien auf euch warten."

„Ich habe Cato noch nirgendwohin alleine hingehen sehen."

„Ich weiß." Bones nickte zustimmend. „Weshalb er dir vertrauen muss. Lass ihn dich zu einem romantischen Abend ausführen oder so etwas. Du brauchst nur einen Zeitraum von etwa einer halben Stunde. Ihr führt den Tausch durch und dann ergreifst du die Flucht."

Das war der einzige Plan, der Sinn zu ergeben schien. Eine Flucht von seinen Häusern aus zu planen, schien aussichtslos. Unter diesen Umständen würde ich es nicht schaffen. Ihn allein zu erwischen und von seinen Männern zu trennen, wäre die einzige Möglichkeit, und damit das geschah, bräuchte er einen Grund dafür, um mit mir alleine sein zu wollen. Mit ihm zu schlafen war wirklich der einzige Weg, wie es funktionieren könnte.

Bones beobachtete mich über den Tisch hinweg und sah meinen Ausdruck aufmerksam an, während ich das Glas nahm, das vor mir stand. „Dein Vater ist ein Arschloch. Es würde dir niemand übel nehmen, wenn du ihm seinem Schicksal überlassen würdest. Es ist seine Schuld, dass er in dieser Situation steckt – nicht deine."

Ich starrte mein Glas an und spürte das kondensierende Wasser auf der Außenseite.

„Er hatte seine Chance, das alles hinter sich zu lassen – doch er hat sie nicht wahrgenommen."

Crow hatte mir den gleichen Rat gegeben. Ich blickte auf und sah Bones erneut an. „Ich möchte es nicht tun, aber ich könnte nicht mehr ruhig leben, wenn ich es nicht versuchen würde. Er ist mein Vater ... mein Fleisch und Blut. Loyalität ist das Wichtigste im Leben."

Bones öffnete seinen Mund, als würde er mit mir diskutieren wollen, doch dann schloss er ihn wieder, als hätte er seine Meinung geändert. Stattdessen nickte er leicht. „Ich verstehe."

„Ich weiß nicht, wie Cato ins Bild passt, aber das, was ich mit ihm vorhabe, tut mir langsam leid." Er war nicht die Art von Mann, die irgendwem vertraute. Er schien selbst seinem Bruder gegenüber nicht besonders warmherzig zu sein. Wenn ich ihn erfolgreich hinters Licht führen würde, würde es ihm das Herz brechen. War er ebenso unschuldig wie ich?

„Fühl dich seinetwegen nicht schlecht. Er ist kein guter Mann."

„Ist er nicht?", flüsterte ich.

Bones schüttelte den Kopf. „Sein Geld ist nicht sauber.

Es hat einen Grund, dass er der reichste Banker ist – weil er sein Blutgeld benutzt."

„Was ist Blutgeld?"

„Er ist der Kassenwart für die gesamte organisierte Kriminalität. Wenn die Mafia Geld braucht, rufen sie ihn an. Wenn die Skull Kings ihr Geld verstecken müssen, rufen sie ihn an. Wenn sie Geld für einen Waffendeal brauchen, rufen sie ihn an. Cato Marino sind die Verbrechen gegen die Menschheit bewusst, weil er die meisten davon finanziert – und damit jedes Mal Gewinn macht. Er zögert nicht, jeden umzubringen, der ihm in die Quere kommt. Sein Finger zögert am Abzug nicht lange."

Ich fühlte, wie mich ein Schauder durchfuhr, als ich erkannte, mit wem ich es zu tun hatte. Dieser Mann war äußerlich schön, aber innerlich mordend. Er hatte mehr Macht als alle anderen Menschen, von denen ich gehört hatte. „Kein Wunder, dass Damien ihn loswerden will."

„Ich bin sicher, dass Cato auch die Konkurrenz unterstützt. Wenn sie ihn loswerden können, den Kern, der alle Organisationen zusammenhält, würde Chaos ausbrechen. Ein allgemeiner Wettbewerb würde ausgelöst werden. Es gibt ebenso viele Menschen, die ihn tot wie lebendig sehen wollen."

Und ich wäre diejenige, die es möglich machen würde.

„Also fühl dich nicht schlecht. Cato Marino ist ebenso böse, wie ich es bin."

Bones zuzuhören, wie er so gut von seiner Frau sprach, hatte dafür gesorgt, dass ich keine Angst vor ihm hatte. „Du wirkst nicht böse."

Er trank aus und stellte sein Glas falsch herum auf den Tisch. „Glaube mir, das bin ich."

9

CATO

Ich hatte mein Glas nicht berührt, seit ich mich gesetzt hatte. Es war mein Lieblingsgetränk – Scotch. Ein einzelner Eiswürfel lag am Boden, schmolz langsam und mischte sich mit dem Alkohol, der mir bei jedem Schluck im Hals brannte. Vier meiner Männer standen hinter mir und griffen alle in ihre Jacketts.

Claw saß mir gegenüber. Er hatte eine große Narbe auf seiner linken Wange. Es sah so aus, als hätte jemand versucht, ihn lebendig zu häuten – aber er war entkommen. Er trug einen blauen Blazer mit einem grauen V-Ausschnitt Pullover und obwohl er mit Anmut dasaß, besaß er nicht einen Hauch von Würde, wie ich es tat. Er war ein Schläger, ein Verbrecher und ein Bauer.

Ich war der König. „Zwanzig Prozent."

Er neigte leicht den Kopf, seine Augen verengten sich vor Entrüstung. „Sie können tiefer gehen als das."

„Ich kann so tief oder so hoch gehen, wie ich will." Jeder Raum, den ich betrat, hatte eine gewisse Temperatur. Sie stieg und fiel je nach Stimmung der Bewohner. Aber ich war das Thermostat. Ich war derjenige, der alles kontrollierte.

Claw biss leicht seine Zähne zusammen. „Zehn."

Ich kicherte. „Jetzt sind es fünfundzwanzig."

Ein Schimmer von Wut funkelte in seinen Augen, aber er hielt sich unter Kontrolle. „Sie haben letzte Woche ein viel großzügigeres Angebot gemacht."

„Das war für Kevin – der um einen viel kleineren Kredit bat. Sie erwarten, dass ich Ihnen 250 Millionen ohne Gegenleistung gebe? Sie bitten mich, die Kosten für genügend militärische Waffen bereitzustellen, um die Soldaten eines ganzen Landes zu versorgen. Und Ja, Arschloch. Es sind fünfundzwanzig Prozent Zinsen. Nehmen Sie es oder lassen Sie es." Meine größten Gewinne kamen von meinen Verbindungen zur organisierten Kriminalität. Meine Investitionen stießen auf großes Interesse und da sich Kriminelle mehr um ihren Ruf als um unschuldige Menschen kümmerten, bezahlten sie immer ihre Schulden.

Claw schüttelte leicht den Kopf, wütend über die Bedingungen, aber unfähig zu protestieren. Wenn sie das möglich machen wollten, brauchten sie mich. Alle Arschlöcher der Unterwelt brauchten mich auf die eine oder andere Weise. „Ich nehme das Angebot an."

ICH SAß im Fond des gepanzerten Wagens, als ich in die Toskana zurückgebracht wurde. Es war drei Uhr morgens, aber ich hatte Klienten, die das Anwesen am nächsten Tag besuchten, daher fuhr ich lieber sofort dorthin.

Bates rief mich an. „Wie ist es gelaufen?"

„Fünfundzwanzig Prozent."

Bates hielt inne, als er die Zahl in sich aufnahm, wie ein Schwamm es mit Wasser tat. „Damit waren Sie bestimmt nicht zufrieden."

„Nein." Den Skull Kings gefiel es überhaupt nicht, aber

da ihre Eier in meiner Hand lagen, gab es nichts, was sie dagegen tun konnten.

„Scheiße. Das war einfach."

„Zu einfach." Ich war schon lange im Spiel und mein Ruf bestand darin, alles hinzubekommen. Deals abzuschließen, war für mich wenig Arbeit, und unglaubliche Deals in Geschäftsverhandlungen durchzusetzen, war nicht viel schwerer. Ich schaute aus dem Fenster, als ich über ein Wort in meinem Kopf nachdachte. Gelangweilt.

„Wir werden morgen nach dem Meeting darüber reden."

„In Ordnung." Ich legte auf und schaute aus dem Fenster in die Dunkelheit. Sobald Florenz hinter mir lag, war es auf dem Weg zum Haus nur noch schwarz. Einige Häuser waren aus der Ferne zusehen, weil sie beleuchtet waren, aber da die Landschaft schlief, waren es nur ich und die Sterne.

Ich erreichte fünfzehn Minuten später mein Haus und ging hinein.

Unabhängig von der Uhrzeit war Giovanni wach und bereit, mich zu begrüßen. „Wie ist es gelaufen, Sir?"

„Gut." Ich zog mein Jackett aus und gab es ihm.

„Kann ich Ihnen etwas bringen? Oder gehen Sie gleich schlafen?"

Ich ging ins Bett, aber nicht, um zu schlafen. „Nein. Geh schlafen, Giovanni. Es war ein langer Tag." Giovanni bediente mich den ganzen Tag über und selbst, wenn ich versuchte, ihm freizugeben, wollte er es nie annehmen. Sich um mein Zuhause zu kümmern, schien ihn fit zu halten.

„In Ordnung, Sir."

Ich drehte mich zur Treppe auf der rechten Seite.

„Sir?"

Ich sah Giovanni wieder an und wusste, dass er mich nicht stören würde, wenn es nicht wichtig war.

„Ich war mir nicht sicher, ob ich Sie jetzt oder morgen früh informieren sollte, aber … es gab einen Vorfall mit einem der Männer im Team."

Beim Überleben ging es darum, jederzeit zwei Augen vor und zwei Augen hinter sich zu haben – jederzeit. Obgleich ich von so vielen Männern bewacht wurde, fühlte ich mich nie wirklich sicher. Solange ich diese Art von Macht besaß, würde der Rest der Welt sie mir wegnehmen wollen. Niemandem konnte man vertrauen – nicht einmal meinem Butler. „Ja?"

„Sie denken, dass er von den Russen eingeschleust wurde."

Der beste Weg, um an mich ranzukommen, war über mein Sicherheitsteam. Es war mein größtes Kapital, aber auch meine größte Schwachstelle. Ich zahlte meinen Männern Gehälter, die sie bis zum letzten Atemzug loyal machen würden. Wenn einer von ihnen jemand anderem gegenüber misstrauisch war, wurden sie ermutigt, sich zu melden. „Welcher?"

„Jeremy. Sie fanden unbefugte Verkabelung in seiner Uniform. Er hat auch während seiner Schicht nicht aufgezeichnete Anrufe getätigt. Der Standort seiner Anrufe konnte nicht zurückverfolgt werden. Er kommuniziert eindeutig mit jemandem, mit dem er es nicht tun sollte."

Jede verdächtige Aktivität war in meinen Augen eine schuldhafte Aktivität. Ich machte meinen Männern klar, dass ich sie selbst hinrichten würde, wenn ich jemals einen Verdacht auf ein falsches Spiel hätte. Es gab keine Gerichtsverhandlung oder Gelegenheit, sich zu verteidigen. Dafür hatte ich einfach keine Zeit. „Ich kümmere mich morgen früh darum."

10

SIENA

„Lassen Sie mich Ihnen helfen." Giovanni erschien aus dem Nichts und hob das Gemälde, das sorgfältig in eine Plastikfolie gehüllt war, auf. „Sind die für Herrn Marino?"

„Ja. Ich wollte, dass er sie persönlich sieht, bevor er seine Entscheidung trifft." Ich nahm das nächstgrößere und trug es in den Salon. Nacheinander lehnten wir sie gegen die Wände in der Nähe des Fensters, damit das natürliche Licht die Farben auf der Leinwand traf.

Ich ging wieder nach draußen, um meine Sachen vom Beifahrersitz zu holen, als ein Auto vorfuhr. Mit getönten Scheiben und einem schwarzen Äußeren glich es eher einem Panzer als einem Auto. Bates stieg aus dem Fond aus. Er trug einen schwarzen Anzug und einen feindseligen Gesichtsausdruck.

Er sah mich nicht an.

Feindseligkeit lag in der Luft. Ich konnte es in der Luft spüren und riechen. Es schien nichts mit mir zu tun zu haben, aber was auch immer gleich überkochen würde, stand kurz bevor. Ich war versucht, wieder ins Auto zu steigen und wegzufahren, aber jetzt war die Ausfahrt blockiert.

Von zwei Männern, die einen dritten vor den Brunnen zogen. Sie stießen ihn auf die Knie und traten zurück.

Was zum Teufel war hier los?

Bates trat zur Seite und verschränkte die Arme vor der Brust. Seine Augen waren dem Mann vorbehalten, der auf dem Beton kniete.

Giovanni kehrte zu mir zurück. „Miss Siena, Sie sollten reingehen.“ Er berührte mich sanft am Ellbogen und begleitete mich die Stufen hinauf. „Das geht uns nichts an.“

„Was wird passieren?“ Es sah so aus, als ob eine Hinrichtung stattfinden würde.

Giovanni antwortete mir nicht.

In diesem Moment trat Cato aus dem Haus – eine Pistole in der Hand. Er trug dunkle Jeans und ein schwarzes T-Shirt und sein muskulöser Körper sah heute noch kräftiger aus – weil er offensichtlich sauer war. Blutlust war in seinen Augen zu sehen und sein Finger war bereits am Abzug.

Oh nein.

Er sah mich nicht an, als er an mir vorbei und die Stufen hinunterging.

Giovanni führte mich hinein.

Der Mann, der hingerichtet werden sollte, begann um sein Leben zu betteln. „Cato, bitte –“

Ein Schuss löste sich.

Das Geräusch eines fallenden Körpers ertönte eine Sekunde später.

Mein Rücken war zur Tür gerichtet, sodass ich die Hinrichtung nicht mitbekam, aber ich konnte es mir lebhaft vorstellen.

Cato zögerte nicht. Er ließ den Mann nicht betteln. Er drückte einfach ab und brachte es hinter sich.

Ich kontrollierte meine Atmung, aber ich spürte, wie das Adrenalin meine Venen versengte. Bones hatte mich davor gewarnt, dass dieser Mann gefährlich sei – und diese Warnung war keine Übertreibung. Cato erschoss diesen Mann aus einem bestimmten Grund und er zögerte nicht. Was würde er mir antun, wenn er merkte, dass ich eine Betrügerin war?

„Räumt hier auf", befahl Cato. „Und verbrennt die Leiche."

Ich wartete fünfzehn Minuten im Salon, bevor Cato auftauchte.

Völlig ruhig, als hätte er nicht gerade jemanden hingerichtet, trat er ein und warf einen Blick auf die Bilder, die ich ausgepackt hatte. Seine Augen nahmen jedes für nur wenige Sekunden auf, bevor er sich hinsetzte und mich ansah. „Ja."

Gerade als mein Herzschlag sich beruhigt hatte, beschleunigte er sich wieder. Das Herzklopfen hatte nichts mit seinem guten Aussehen zu tun, sondern mit der Erinnerung an das, was vor nicht einmal zwanzig Minuten vor seiner Haustür geschehen war. Er wusste, dass ich das Ganze miterlebt hatte, da er mit der Waffe in der Hand an mir vorbeigegangen war. „Ja, was?"

„Ja, zu den Gemälden." Er trug die gleiche Kleidung wie zuvor, aber seine Waffe fehlte.

Ich war mein ganzes Leben von Waffen umgeben gewesen und hatte sogar ein paar in meinem eigenen Haus versteckt. Sie bereiteten mir kein Unbehagen. Aber in der Gegenwart von jemandem zu sein, der eine Waffe so gnadenlos führen konnte, war mir unangenehm. „Großartig." Ich hatte mit einer längeren Diskussion gerechnet, aber nach der Hinrichtung schien es seltsam, über etwas so Frivoles wie Kunstwerke zu diskutieren.

Er musste das Unbehagen in meinem Blick bemerkt haben. „Vertrau mir, er hatte es verdient."

„Was hat er getan?", fragte ich und erwartete nicht, dass er mir tatsächlich antwortete. Nichts davon ging mich etwas an.

„Er war ein Spion."

„Oh ..." Genau wie ich ein Spion war. „Wie hast du das herausgefunden?"

Er schaute mich lange an, als würde er vielleicht nicht antworten. „Weil ich alles weiß. Nichts geht vor meinen Augen vor, von dem ich nichts weiß. Und wenn ich nichts davon weiß, werde ich es sehr bald erfahren. Ich führe eine Diktatur, keine Demokratie."

Sollte es mir Angst machen, dass er mir das alles erzählte? „Soll ich eine Geheimhaltungsvereinbarung unterschreiben oder so?"

Ein charmantes Lächeln erschien auf seinem Gesicht, als hätte ich gerade einen Witz gemacht. „Warum sollte ich das wollen? Wenn du es jemandem erzählen würdest, würden sie dir zwar glauben. Aber niemand wäre dumm genug, es zu wiederholen oder zu drucken."

Ich war eine selbstbewusste Frau, aber ich hatte meine Ziele nie unterschätzt – bis jetzt. Das Leben meines Vaters stand auf dem Spiel, aber jetzt schien es nicht mehr, als hätte er dafür gebetet. Cato Marino war ein Gegner, gegen den ich keine Chance hatte. Überhaupt keine.

„Hab keine Angst vor mir."

Meine Augen bewegten sich wieder zu seinen und sahen die Aufrichtigkeit in seinem Blick. „Ich hatte nie Angst vor dir."

„Deine Augen sagen etwas anderes."

„Nun, sie haben gerade eine Hinrichtung gesehen. Ich kann es ihnen nicht gerade verübeln."

Sein Mundwinkel hob sich wieder. „Ich töte nur Leute, die dumm genug sind, mich zu verärgern. Verärgere mich nicht und du wirst nie vor etwas Angst haben müssen."

War es meine Paranoia oder schien es, als würde er mir drohen? Was ist, wenn er mich schon verdächtigt und darauf wartet, dass ich einen endgültigen Schritt mache? Oder las ich einfach zu viel zwischen den Zeilen? Ich hielt eine leere Fassade aufrecht, obwohl das fast unmöglich war. „Du solltest mich auch nicht verärgern."

Sein Lächeln verschwand langsam und er sah mich mit seinem kalten Blick an. Seine Arme ruhten auf seinen Oberschenkeln und seine Schultern sahen breit und kräftig aus. Auch ohne Waffe war er ein erschreckender Mann. Seine Schönheit war eine Kugel und sein Körper war der Lauf. „Das würde ich nicht wagen." Seine Hände kamen zusammen und er massierte seine Knöchel, während er mich weiter beobachtete.

Ich konnte die Intensität zwischen uns spüren, fühlte die starke Lust und Feindseligkeit um uns herum. Ich war sowohl von ihm erregt als auch verängstigt, fühlte zur gleichen Zeit zwei starke widersprüchliche Emotionen.

„Du solltest mir eine Chance geben. Ich denke, es wird dir gefallen." Er sagte es mit solchem Selbstvertrauen, dass es kein anderer Mann reproduzieren konnte. Er sah sich als unantastbar an, als gäbe es nichts, wonach er nicht fragen konnte.

Er hatte das Thema die letzten Male fallen lassen, als ich ihn sah, aber jetzt sprach er es wieder an. Ich erinnerte mich daran, was Bones gesagt hatte und hielt Cato auf Distanz. „Ich mag Männer."

„Ich werde da sein." Er beugte sich ein bisschen weiter

vor und brachte uns auf den beiden Sofas näher zusammen. Seine muskulösen Arme dehnten seine Ärmel aus und seine schöne gebräunte Haut sah so köstlich aus wie Karamellbonbons. Sein Aftershave erfüllte den Raum, als er dort saß und einen Zauber aussprach, der sich bis in jede Ecke ausbreitete.

„Ich mag *nur* Männer."

„Bist du sicher? Hast du es schon mal ausprobiert? Viele Frauen, mit denen ich geschlafen habe, waren anfangs auch nicht begeistert ... aber jetzt genießen sie es."

Ich konnte nicht glauben, dass es jemals einen Moment gegeben hatte, in dem ich mich schuldig fühlte, ihn reinzulegen. Dieser Typ war ein mörderisches Schwein. Er war so stur und eingebildet, dass er mich weiterhin damit belästigte, was er wollte, anstatt einfach nachzugeben. Das war ein ganz neues Level von Arroganz. „In Ordnung. Ich bin dabei."

Seine Augen bewegten sich merklich und die Farbe wich aus seinem Gesicht, als die Erregung in seine Augen schoss.

„Du. Ich. Und ein Mann meiner Wahl."

Sofort verschwand die Erregung. Sein Kiefer presste sich leicht zusammen, als ob ich ihn ernsthaft beleidigt hätte.

„Was?", spottete ich. „Woher willst du es wissen, wenn du es nicht versuchst?"

Cato behielt seinen feindseligen Blick bei, sagte aber nichts zur Vergeltung. Es schien nicht so, als könnten Worte mit der Wut in seinen Augen mithalten, also war es einfacher, zu schweigen. Auf diese Weise stellte er definitiv seinen Standpunkt klar.

Ich schloss meinen Ordner und lege ihn auf den Tisch. „Ich werde sie für dich aufhängen. Ich komme nächste Woche mit neuen Gemälden und Skulpturen zurück, die ich dir zeigen möchte." Ich trat vom Tisch zurück und griff nach dem ersten Gemälde auf dem Boden. Ich hatte meine

Werkzeuge dabei, damit ich die Arbeit für ihn erledigen konnte.

Er trat hinter mich und legte sanft seine Hand auf meinen Ellbogen.

Mein erster Impuls war es, gegen ihn zu kämpfen und mich aus seinem Griff zu befreien, denn niemand durfte mich berühren, wann immer er Lust dazu hatte. Aber stattdessen ließ ich die Berührung zu, ließ seine Fingerspitzen langsam in meine weiche Haut sinken. „Ja?"

Er zog mich langsam zu sich und brachte mich dazu, mich umzudrehen, damit ich ihm wieder ins Gesicht sehen konnte. Er blickte mit seinen strahlenden Augen in mein Gesicht, sein harter Kiefer sah wie aus Marmor gemeißelt aus. Seine Finger umklammerten immer noch meinen Ellbogen, dieselben Finger, die den Abzug betätigt hatten. „Du provozierst mich."

Seine Lippen waren gefährlich nah an meinen und ich ließ sie nicht näher kommen. „Du hast mich zuerst provoziert." Er war derjenige, der mir den besten Kuss meines Lebens gegeben hatte, bevor er mich mit einer anderen Frau ins Bett warf. Er hatte seine Hand auf meinen Oberschenkel unter meinem Kleid gelegt und mich glauben lassen, ich sei die Einzige, die er wollte.

Seine Augen bewegten sich leicht hin und her, als sie in meine blickten. Als er so nah war, konnte ich sein Aftershave wirklich riechen, seine Anwesenheit wirklich spüren. Es war eine deutliche Wärme in ihm, als wäre er die Sonne in seinem eigenen Sonnensystem. Seine Finger gruben sich allmählich fester in meine Haut, während er mich festhielt. „Du bist ein Rätsel."

„Ich?", fragte ich und unsere Gesichter waren noch immer dicht beieinander. „Ich bin ziemlich leicht zu lesen – weil ich sage, was ich will. Du magst es nur nicht, weil das, was ich will, nicht das ist, was du willst."

„Und was will ich?“ Seine Hand verließ meinen Ellbogen und schlängelte sich über meinen Rücken. Seine große Handfläche drückte hart gegen meinen Körper, seine Finger brannten durch den dünnen Stoff meines schwarzen Kleides. Er bewegte sich weiter nach oben, bis er meinen Haaransatz erreichte. Er packte die Strähnen wie Zügel und hielt mich an Ort und Stelle, damit ich nirgendwo hingehen konnte.

Jetzt dachte ich nicht mehr an meinen Plan. Ich dachte an nichts mehr. „Mich.“

Er drehte meinen Hals und bewegte mein Gesicht, bis meine Lippen auf einer Höhe mit seinen waren. Er hatte den idealen Zugang zu meinem Mund für einen perfekten Kuss, der mit dem letzten konkurrieren würde, den wir teilten. Seine Arme waren angenehm um meinen Körper geschlungen und seine Hände fühlten sich tatsächlich wie ein sicherer Hafen an.

Es wäre leicht, meinen Hormonen nachzugeben, besonders, da dieser Mann mir den besten Sex meines Lebens geben würde, aber ich musste mich auf den Preis konzentrieren. Guter Sex würde nicht ausreichen. Er würde aufhören, an mich zu denken, sobald wir fertig waren. Ich musste ihn in Schach halten, um sicherzustellen, dass sein Interesse nicht zu schnell nachließ.

Ich fand endlich wieder meinen Halt, zog mich zurück und stoppte den Moment, bevor sich seine Lippen gegen meine drücken konnten. Ich drehte mich weg, räusperte mich und unterbrach den Augenkontakt mit ihm. „Da ich für dich arbeite, sollte das professionell bleiben.“

Er griff nicht mehr nach mir, aber seine Augen leuchteten wie zwei feindliche Leuchtfeuer. „Du willst mich.“

„Nein, ich *wollte* dich. Dieser Moment ist gekommen und gegangen.“ Ich drehte mich zu ihm um und tat mein Bestes, um aufrichtig zu wirken. „Als ich dich in dieser Bar geküsst habe, wollte ich mit dir nach Hause gehen. Ich wollte eine wundervolle Nacht voller Sex, um mich durch ein paar Wochen zu bringen, bis ich meinen nächsten Schuss fand. Aber du stehst auf einige Dinge, die ich nicht mag, und das war das Ende der Geschichte. Jetzt arbeite ich für dich – und es sollte professionell bleiben."

„Ich habe gerade jemanden in meiner Einfahrt getötet. Nicht gerade professionell."

Ich schluckte den Klumpen in meinem Hals, aus Angst, dass ich die Nächste sein könnte. „Umso mehr sollten wir das vergessen."

„Ich glaube nicht, dass einer von uns etwas vergessen kann, worüber wir nicht aufhören können nachzudenken."

Es wäre sinnlos, vorzutäuschen, dass ich ihn nicht wollte, also hörte ich auf, das Gegenteil zu behaupten. Stattdessen nahm ich das Gemälde und trat von ihm weg, damit er mich nicht wieder erreichen konnte. „Ich muss wieder an die Arbeit. Ich muss heute Abend nach Florenz zu meinem Date."

Er spannte sich auf der Stelle an, die Muskeln seines Körpers zogen sich leicht zusammen, bevor sie sich verdickten. Es war kaum möglich, dass dieser Mann eifersüchtig werden könnte, doch seine Nasenlöcher blähten sich trotzdem auf. Er war es gewohnt zu bekommen, was er wollte, und als er es nicht bekam, verlor er den Verstand. „Du hast ein Date?"

„Ja." Ich nahm meine Wasserwaage und ein paar Nägel. „Einen schönen Abend noch, Cato."

Er ignorierte alles, was ich sagte. „Du verschwendest deine Zeit mit einem zufälligen Kerl anstelle von mir?"

„Nun, ich bin mir ziemlich sicher, dass dieser Kerl keine Menschen umbringt. Und ich glaube auch nicht, dass er mich zu einem Dreier einlädt." Ich ging zur Tür, bevor Cato noch etwas sagen konnte. „Du kennst mich nicht sehr gut, aber ich bin nicht die Art von Mädchen, die etwas von einem Mann erwartet. Ich bin an einem Punkt in meinem Leben, an dem ich nur darauf aus bin, ab und zu flachgelegt zu werden und mich auf meine Karriere zu konzentrieren. Ich bin nicht für etwas Kompliziertes auf dem Markt, aber du hast es kompliziert gemacht, sobald sich das in ein krankes Machtspiel verwandelt hat. Du hast deine Regeln und das ist gut so – aber ich habe auch meine."

11

CATO

Ich saß in meinem Büro im obersten Stockwerk und rauchte meine Zigarre. Ich war kein starker Raucher, aber ab und zu gönnte ich mir diesen Luxus. Es war eine Pause von dem Brennen in meinem Hals, das von all dem Alkohol herrührte, den ich immerzu trank.

Ich starrte aus dem Fenster und dachte über die Frau nach, über die ich immer nachdachte.

Siena.

Sie sagte mir die Meinung wie kein anderer. Sie stieß mich beiseite, als hätte sie nichts zu verlieren. Sie behandelte mich, als wäre ich niemand, als wäre ich nicht der gut aussehende Milliardär, den jede Frau in ihrem Bett haben wollte. Für sie war ich nur ein weiterer Mann in der Menge. Alles, was sie von mir gewollt hatte, war der Job und nun, da sie ihn hatte, wollte sie nichts anderes.

Weshalb bewunderte ich sie dafür so sehr?

Weshalb war ich so von ihr besessen?

Ich hatte keine Ahnung.

Als meine Zigarre heruntergebrannt war, hatte ich nichts mehr, worauf ich mich freuen konnte. Eine weitere anzuzünden war verlockend, aber Siena heute Nacht in meinem Bett zu haben, war noch verlockender. Ich wollte meine Regeln für niemanden brechen, doch das tat ich bereits für sie.

Wenn das nicht der Fall wäre, würde ich in diesem Moment mit zwei Frauen schlafen.

Ich hatte nicht lange nachgedacht, bevor ich diesem Verräter eine Kugel in den Schädel gejagt hatte. Meine Hand hatte nicht gezittert und meine Finger fühlten sich nicht heiß an, nachdem ich abgedrückt hatte. Doch nun spielte ich mein letztes Gespräch mit Siena immer wieder in meinem Kopf ab, als würde ich es bereuen.

Sie hatte an diesem Abend ein Date.

Weil sie lieber damit ihre Zeit verbrachte, als sich für mich zu verbiegen.

Daran war ich nicht gewöhnt.

Ich starrte meine ausgekühlte Zigarre ein paar Minuten lang an, bevor ich aufstand und meine Gedanken verdrängte. Ich war nie die Art von Mann gewesen, die sich zurücklehnte und nichts tat, wenn mich etwas störte. Wenn mir jemand in die Quere kam, jagte ich sie und brachte sie um. Wenn es jemanden gab, den ich wollte, hörte ich nicht auf, bis ich sie hatte.

Weshalb tat ich nicht eben das in diesem Moment?

DA MIR BEINAHE DAS ganze Land zur Verfügung stand, konnte ich die Nadel im Heuhaufen sofort finden.

Ich fand Siena binnen fünf Minuten. Sie aß in einem Bistro in Florenz zu Abend. Ihr Date war ein Steuerberater. Seine Vergangenheit war so sauber, dass sie beinahe dreckig war. Nur Muschis hatten nichts zu verstecken. Echte Männer hatten Leichen im Keller, auf die sie stolz waren.

Es wäre mir ein Leichtes, sie aus dem Restaurant zu zerren. Oder ich könnte ihm einen Umschlag voller Geld hinwerfen. Er würde den Köder schlucken, genau wie jeder andere. Doch nichts davon würde Siena beeindrucken. Sie würde mir vermutlich eine runterhauen.

Vielleicht würde sie das in jedem Fall tun.

Ich sah sie zusammen an einem Tisch in der Ecke sitzen. Sie sah in ihrem roten Kleid, das nur einen Träger hatte, schön aus. Es war kurz und bis zu ihrem Oberschenkel geschlitzt. Ihr Haar war hochgesteckt, genau so, wie wenn wir miteinander arbeiteten, und dieser Look machte sie zur schönsten Frau im Raum.

Ich nahm mir einen Moment Zeit, sie anzustarren, bevor ich mir ihr Date ansah.

Er war gut aussehend. Er war gut gebaut und hatte männliche Eigenschaften. Er hatte einen kurzen Bart und strahlende Augen. Sein T-Shirt schmiegte sich an seine muskulösen Arme und er hatte einen starken Rücken, was darauf hindeutete, dass er oft mit Gewichten trainierte. Es fiel ihr offensichtlich nicht schwer, sich einen schönen Mann für den Abend auszusuchen.

Vielleicht brauchte sie mich wirklich nicht.

Ich ging auf ihren Tisch zu und zog einen Stuhl hinter mir her und stellte ihn zwischen sie, bevor ich mich setzte.

Siena wandte sich mir zu und ihr verärgerter Blick war unbestreitbar sexy.

Ihr Date starrte mich mit leerem Blick an, bevor er sie erneut anschaute und sichtlich eine Erklärung forderte.

Ich lehnte mich im Stuhl zurück, legte ein Bein übers andere und ließ meinen Knöchel auf dem anderen Knie liegen. Ich faltete meine Hände in meinem Schoß und hielt meine Aufmerksamkeit auf sie gerichtet, obwohl der verschreckte Blick ihres Dates mit Sicherheit spaßig war. „Du siehst schön aus, Siena.“ Mir gefielen die dunklen

Töne, die sie in meinem Haus getragen hatte, doch die lebendige Farbe ihres Kleides unterstrichen ihre eigene Färbung.

Sie kniff wutentbrannt die Augen zusammen. „Was tust du hier, Cato?"

„Ich genehmige mir einen Drink." Ich hielt meine Hand in die Luft und sofort tauchte eine Bedienung auf, um meine Bestellung entgegenzunehmen. „Scotch, ein Eiswürfel." Ich hielt meinen Blick auf Siena gerichtet, da sonst niemand im Raum wichtig war.

Ihr Date war offenbar ein Weichei, da er kein Wort zu mir gesagt hatte.

Ihre Schönheit war noch offensichtlicher, wenn sie genervt war. Ihre Augen leuchteten sichtlich auf und ihre Wangenknochen wurden mehr betont, da sie ihre Lippen so fest aufeinanderpresste. Ihre dichten Wimpern öffneten und schlossen sich durch ihren Frust schneller. „Ich befinde mich auf einem Date, Cato. Du gehörst hier nicht her."

Die Bedienung kam mit meinem Drink zurück und ich hob das Glas an meine Lippen. „Je mehr, desto besser, nicht wahr?"

„Nein." Sienas Augen blitzten bedrohlich auf. „Wie würde es dir gefallen, wenn ich eines deiner Dates unterbrechen würde?"

Ich grinste. „Das würde mir sehr gut gefallen."

Schnell wie eine Schlange, hob sie ihre Hand und schlug mich ins Gesicht.

Sie. Schlug. Mich.

Der Schlag tat nicht weh, aber der Schock zirkulierte in meinen Adern, bis das Adrenalin überkochte. Das hatte außer meiner Mutter noch niemand getan – und das war vor fünfundzwanzig Jahren gewesen.

Ich stellte mein Glas hin und sah sie eindringlicher an, genervt und erregt zugleich.

Ihr Date war noch immer starr wie eine Statue.

„Ich habe gerade jemanden umgebracht." Meine Worte drangen als leises Flüstern über meine Lippen. „Bist du sicher, dass du das tun willst?"

„Ja." Um ihren Standpunkt hervorzuheben, schlug sie mich erneut. „Du denkst, dass dir die ganze Welt gehört, aber ich werde dir nie gehören, Arschloch. Jetzt geh, damit Aaron und ich essen und danach Sex haben können. Gute Nacht."

Der Gedanke, dass sie mit diesem Kerl schlafen würde, obwohl sie mit mir Sex haben sollte, bestärkte meinen Entschluss noch mehr. Ohne mich ihrem Date zuzuwenden, sprach ich meinen Befehl aus. „Geh."

Er blieb sitzen.

Siena sah ihn nicht an. „Hör nicht auf ihn."

Dieses Mal drehte ich mich in meinem Stuhl zu ihm und sah ihm in die Augen. Ich warf ihm den gleichen Blick zu, wie allen meinen Feinden und erschreckte ihn allein mit meinem Blick zu Tode. Meine Männer waren überall verteilt und ich hätte ihn mit einem Fingerschnippen umbringen können.

„Du bist Cato Marino …" Er schien es mehr zu sich selbst, als zu Siena oder mir, zu sagen.

Ich schnippte ihm mit den Fingern ins Gesicht. „Hau ab."

Dieses Mal hörte er auf mich. Er schob seinen Stuhl zurück und verließ das Restaurant.

Als ich mich wieder Siena zuwandte, konnte ich den selbstgefälligen Blick nicht aus meinem Gesicht verbannen.

Nun sah sie aus, als wolle sie mich umbringen. Hass brannte in ihren Augen und ihre Hand bereitete sich auf den nächsten Schlag vor.

„Hol gut aus, Baby." Niemand sonst würde diese Möglichkeit bekommen. Niemand sonst würde einen solchen Schlag überleben. Der einzige Grund, weshalb es bei ihr anders war, war, dass ich es zuließ.

Sie schnappte sich meinen Drink und bereitete sich darauf vor, ihn mir ins Gesicht zu kippen.

Ich mochte es nicht, wenn ich Alkohol im Gesicht und auf den Klamotten hatte, also schnappte ich mir das Glas, bevor sie etwas unternehmen konnte.

Doch sie platzierte ihre Hand in meinem Gesicht und schlug ebenso fest zu, wie das letzte Mal. „Du bist so ein –"

Ich vergrub meine Hand in ihrem Haar und zog sie für einen Kuss zu mir. Meine Wange brannte durch ihre Schläge, doch das erregte mich noch mehr. Ich hielt ihr Haar mit meinen Fingern fest und schlang meinen anderen Arm um ihre Taille. Ich zog sie fest an mich und küsste sie auf ihren störrischen Mund.

Sie kämpfte nicht gegen mich an. Stattdessen erwiderte sie den Kuss mit Abscheu, als hasste sie sich dafür, dass sie sich nicht aufhalten konnte. Ihr Mund war nicht nachgiebig, wie es beim ersten Kuss der Fall gewesen war. Er war streng und aggressiv, offenbarte all ihre Feindseligkeit in einem einzigen Kuss. Doch dann ließ ihr Hass nach und ihre Lippen bewegten sich entschuldigend. Mit reuevollen Bewegungen küsste sie mich, erfühlte meinen Mund mit ihrem, wie sie es in der Bar getan hatte.

Das Restaurant war voller Menschen, doch das schien keine Rolle zu spielen.

Ich würde sie dazu herausfordern, etwas zu sagen.

Als sie zurückwich, waren ihre Augen voller Selbsthass, als hasse sie sich selbst dafür, dass sie das zugelassen hatte. Sie hasste sich dafür, dass sie den Kuss genossen hatte. Sie hasste sich dafür, dass sie erleichtert war, dass ihr Weichei von einem Date weg war.

Meine Wange musste rot sein, da sie so fest zugeschlagen hatte, doch das Brennen fühlte sich so gut an. Ich konnte den Umriss ihrer Hand auf meiner Wange spüren, als hätte sie mich gerade erst geschlagen. Wenn ich mich konzentrierte, konnte ich den Moment in Gedanken immer wieder abspielen. Jeder Rückblick ließ meinen Schwanz etwas steifer werden. Alle Frauen in meinem Leben rissen sich ein Bein für mich aus und lehnten die Annäherungsversuche anderer Männer ab, falls ich sie bemerkte. Sie machten in Clubs mit mir rum und teilten mich mit Fremden. Sie waren gewillt, für mich alles Stehen und Liegen zu lassen, damit sie nur die Möglichkeit hatte, mit Cato Marino zusammen zu sein.

Diese Frau tat nichts dergleichen.

Es war ihr egal, wer ich war.

Das war das Heißeste, was ich je gesehen hatte.

Ich legte Geld auf den Tisch, nahm ihre Hand und zog sie aus dem Restaurant. Dabei ignorierte ich alle anderen Gäste, die uns anstarrten, als wir gingen. Wir hatten gerade angeregt miteinander rumgemacht und das konnte niemand ignorieren. Meine Wange war rot und wenn jeder ein wenig mutiger wäre, hätten sie vielleicht ein Bild gemacht und es online gestellt.

Ich nahm sie mit nach draußen und mein Wagen fuhr vor. Er war kugelsicher und die Fenster waren pechschwarz getönt – es war das sicherste Gefährt auf der Welt. Selbst ein Panzer würde es nicht zur Strecke bringen können. Der große Fond bot genug Platz für meine langen Beine – und meine Dates.

Sie nahm ihre Hand von meiner, als wir den Gehweg erreichten.

Ich ließ sie nur zurückweichen, weil ich daran interessiert war, was sie zu sagen hatte. Meine Wange pochte noch immer, nachdem sie einige Male zugeschlagen hatte und mein Schwanz war so steif, dass er beinahe meine Hose zerriss. Diese Frau musste mit meinem Schwanz gefüllt werden, damit sie so befriedigt wurde, wie sie es verdiente. Nun war es mir egal, ob sie die einzige Frau in meinem Bett war. Ich hatte keine Bedenken, dass ich mich langweilen würde. Meine Knöchel zuckten aufgeregt, weil ich es nicht erwarten konnte, ihre langen Beine gespreizt in meinem Bett zu sehen.

Ihr Haar war durcheinander, weil ich meine Hände darin vergraben hatte, daher nahm sie die Haarspangen heraus und ließ ihr braunes Haar um ihre Schultern fallen. Es rahmte ihr Gesicht sofort perfekt ein, als hätte sie geplant, dass es so schön aussehen würde. Nachdem sie leicht den Kopf geschüttelt hatte, schimpfte sie mit mir. „Du bist so ein Arschloch, weißt du das eigentlich?“ Sie war nicht mehr so wütend wie zuvor, aber es gab keinen Zweifel daran, dass sie es ernst meinte.

„Ja. Das ist mir bewusst.“ Ich ging einen Schritt auf sie zu und konzentrierte mich auf ihre Oberlippe, die weiche Haut, die ich immer wieder küssen wollte. Ich wollte meine Finger über den leicht geschwungenen Bogen gleiten lassen und den Rest ihrer Wange spüren. Ich wollte diese Frau überall erforschen und ihre tollen Kurven unter dem hautengen Kleid sehen. Als ich sie an jenem unvergesslichen Abend in der Bar gesehen hatte, vergaß ich die Frauen, die mir bereits zur Verfügung standen. Keine von ihnen konnte sich mit dieser feindseligen Frau messen.

„Du kannst nicht einfach die Dates anderer Menschen so sabotieren.“

„Er hätte um dich kämpfen können.“

„Ernsthaft?“ Sie verschränkte ihre Arme vor der Brust. „Gegen Cato Marino?“

Ich zuckte mit den Schultern. „Du tust es die ganze Zeit.“

„Das ist etwas anderes.“

„Das denke ich nicht.“ Sie war die einzige Person auf der

Welt, die den Mut hatte, sich mir zu widersetzen. Natürlich tat auch mein Bruder es ab und zu, aber nicht so vehement. Sie sagte ihre Meinung, ohne Angst vor den Konsequenzen zu haben, und als ich mich während ihres Dates schlecht benommen hatte, schlug sie mich, wie ich es verdient hatte. „Die einzige Person, die mich je geschlagen hat, war meine Mutter – und ich war fünf."

Sie starrte die rote Stelle auf meiner Wange an, das Produkt der starken Schläge ihrer kleinen Hand. „Erwarte nicht, dass ich mich entschuldige."

„Ich würde dich nicht so sehr mögen, wenn du es tätest." Ich schnippte mit den Fingern und einer meiner Männer öffnete die Tür. „Lass uns fahren."

„Wohin fahren wir?"

Mein Blick sprach Bände.

„Du verjagst mein Date und denkst, dass du mich jetzt ficken kannst?" Sie neigte ihren Kopf leicht zur Seite, ihr Haar bewegte sich mit ihren Bewegungen. Jede andere Frau auf der Welt wäre begeistert davon, so schnell meine Aufmerksamkeit auf sich zu ziehen. Es war ein wahr gewordener Traum. Doch im Gegensatz zum Rest der Welt, war das Siena egal.

„Und du kannst auch mich ficken."

Sie verdrehte die Augen. „Wenn ich gerade denke, dass du kein größeres Schwein sein kannst, schaffst du es trotzdem irgendwie."

Meine Hände steckten in meinen Taschen, während ich sie im Licht der Straßenlaternen anstarrte. Mit ihrem verwuscheltem Haar und wütenden Augen, war sie der verführerischste Anblick der Welt. Ich könnte in mein Schlafzimmer gehen und drei nackte Frauen auf meinem Bett erblicken, aber das wäre nicht ansatzweise so verführerisch wie der Blick auf ihrem Gesicht. „Ich könnte in eine Bar gehen und mir jemand anderen suchen." Sie hatte die

Art von Selbstvertrauen, die es mit dem meinen aufnehmen konnte. Sie wusste genau, was sie wert war, und sie stand dazu.

„Das könnte ich auch. Aber keiner von uns beiden will das.“ Ich trat näher an sie heran und mir fiel auf, dass sie nicht zurücktrat. Ich kam ihr näher, bis unsere Gesichter im Dunkeln nah beieinander waren. Ein Paar verließ das Restaurant und ging den Gehweg entlang. Die Absätze der Frau klackerten auf dem Beton. In der Ferne erklangen die Geräusche von Fahrzeugen. Doch ich konnte nur an den sanften Klang ihres Atems denken, daran, wie sie meinem Blick mit einer Mischung aus Sehnsucht und Unsicherheit standhielt.

Ich legte meine Hand um ihren Hals. Ihr Puls schlug gegen meine Haut, langsam und ruhig, als hätte sie überhaupt keine Angst vor mir. Diese kontrollierte Reaktion war erregend und auch, wie sie mir gegenüber ihren Mann stand. Meine Finger bewegten sich zu der weichen Haut ihres Kinns, bevor ich meinen Mund auf ihren presste. Ich küsste sie sanft, wie ich es vor Wochen in der Bar getan hatte. Ich nahm mir Zeit, weil es keinen Grund gab, das Ende zu beschleunigen. Diese Geschichte würde genauso enden, wie ich es wollte – damit, dass sie ihre Fersen in meinen Hintern stemmte, während sie kam.

Sie zögerte nicht. Ihre Lippen öffneten sich für meine, genauso, wie es ihre Beine bald tun würden. Ihr warmer Atem begrüßte mich, zusammen mit ihrer Zunge. Ihre Hand wanderte zu meinem Bizeps und sie knetete den Muskel, während sie mich küsste, dabei ließ sie ihre Abneigung fallen und genoss die unbestreitbare Chemie zwischen uns.

Ich hatte noch nie einen solchen Kuss erlebt. Ich hatte mir noch nie die Zeit genommen, langsam zu machen und solche Zuneigungen mit einer Frau zu genießen. Ich bekam lieber auf dem Weg zu meiner Wohnung auf dem Rücksitz einen geblasen, während die zweite Frau meinen Nacken saugte.

Doch dies war besser.

Mein Schwanz fühlte sich in meiner Hose nicht mehr wohl, da er fest gegen meine Jeans drückte. Das Einzige, wogegen mein Schwanz gedrückt werden sollte, war eine weiche, feuchte Muschi. Die Vorstellung, tief in ihre schöne Muschi zu sinken, erregte mich so sehr, dass es mich beinahe in den Wahnsinn trieb, daher beendete ich den Kuss und wandte mich der Tür zu. „Steig ein."

Normalerweise widersetzte sie sich meinen Befehlen, doch dieses Mal sprach der sinnliche Blick in ihren Augen Bände. Sie wollte nicht mehr diskutieren. Sie wollte in meinem enormen Bett auf dem Rücken liegen, während ein echter Mann es ihr besorgte. Sie sah mich ein letztes Mal an, bevor sie einstieg. „Lass mich das nicht bereuen."

Bei dieser Herausforderung, kniff ich die Augen zusammen. „Auf keinen Fall."

12

SIENA

Wir betraten sein Haus in der Toskana und Giovanni tauchte aus den Schatten auf, um Cato zu bedienen. „Sir, ich –"

„Es kann bis morgen warten." Cato ignorierte seinen treusten Bediensteten und führte mich zur Treppe. Die Fahrt zu seinem Haus hatten wir in angespannter Stille verbracht. Seine Hand hatte meinen Oberschenkel gedrückt und er hatte mir tief in die Augen gesehen. Er hatte mich nicht geküsst, als wartete er auf den richtigen Moment, um seine Zurückhaltung fallen zu lassen.

Giovanni verschwand wieder und gehorchte somit Catos Befehl.

Er legte unerwarteterweise seine Arme um mich und hob mich an seine Brust. Als wöge ich nichts und als könne er Berge versetzen, trug er mich die drei Treppen hinauf in sein Schlafzimmer im obersten Stockwerk.

Ich legte meine Arme um seinen Nacken und sah seinen schönen Gesichtsausdruck an, die schöne Farbe seiner Augen und wie sie einen Kontrast zu der Härte seines Kiefers bildeten. Wenn ein anderer Mann so etwas getan hätte, hätte ich ihm zwischen die Beine getreten und wäre davongestürmt. Kein Mann hatte das Recht, mein Leben zu kontrollieren und meinen Abend zu sabotieren, weil ihm nicht gefiel, was ich tat. Es gab so vieles an Cato, was ich nicht mochte – und seine Arroganz stand ganz oben auf der Liste. Aber er war der heißeste Mann auf der Welt … mit seinem guten Aussehen und seinem perfekt geformten Körper. Seine Macht und sein Reichtum waren nicht nötig, um ihn unwiderstehlich zu machen, da er es so oder so war. Wenn er nicht so gut aussähe und so selbstbewusst wäre, wäre meine Mission sehr viel schwerer. Ich könnte mit jemandem schlafen, den ich nicht mochte – wenn er so schön war.

Er trug mich ohne Anstrengung in sein Schlafzimmer und setzte mich dann auf seinem enormen Bett ab, jenem Bett, auf dem er oft mit mehreren Frauen auf einmal geschlafen hatte. Verschwitzter und versauter Sex fand hier jede Nacht statt. Diese Frauen waren gewillt, alles zu tun, dreckige Dinge, zu denen ich mich nie hinreißen lassen würde. Wäre es daher genug für ihn, mich zu ficken? Oder würde er mich am morgen von sich stoßen? Es gab nur einen Weg, um das herauszufinden.

Er kniete vor mir auf dem Boden und hielt meinem Blick stand, während er jeden meiner Schuhe auszog. Er ging vorsichtig mit mir um und seine Finger strichen sanft über meine weiche Haut. Seine blauen Augen konzentrierten sich auf mein Gesicht, als wäre es unmöglich, den Blick auch nur einen Moment lang von mir zu nehmen.

Es gefiel mir, Cato unter mir zu sehen – ein starker Mann auf den Knien, um mir zu dienen. Wenn er gerade kein arrogantes Arschloch war, war er ein sexy Gentleman. Ich musterte ihn, während er sich Zeit beim Öffnen der Riemen an meinen Schuhen nahm und mir diese auszog.

Dann sah ich zu, wie er einen Kuss auf die Innenseite meines Knöchels drückte.

Ich schloss automatisch meine Augen und liebte es, wie gut sich seine weichen Lippen auf meiner Haut anfühlten.

Er tat das Gleiche mit meinem anderen Fuß, bevor seine Küsse mein Bein hinauf und zur Innenseite meines Knies wanderten. Er machte weiter, bewegte sich weiter nach oben, bis er zwischen meinen Beinen war.

Mein Atem beschleunigte sich und ich legte mich langsam auf dem Bett zurück, als er mich zurückdrückte. Ich schloss meine Augen lange Zeit, als ich darauf wartete, dass sein Mund die Gegend erreichte, die am meisten pochte. Vielleicht hasste ich Cato Marino, aber es gab keinen Zweifel daran, dass ich ihn wollte – und ich wollte ihn sehr.

Er bewegte sich weiter, bis er seine Lippen auf meinen schwarzen Tanga drückte. Er küsste mich sanft. Mein Kleid war bis zu meinen Hüften geschoben. Er küsste mich ein wenig fester, um etwas Reibung zu erzeugen und atmete dann tief durch, als er den Duft meiner Lust durch meinen Spitzentanga hindurch einatmete.

Er wich zurück und hob dann seinen Kopf auf eine Ebene mit meinem. Auf seinem Gesicht sah ich einen Blick, der so intensiv war, dass er wütend wirkte. Er packte meine Hüften mit seinen Händen und starrte mich furchtlos an, als hätte er Schwierigkeiten, dagegen anzukämpfen, mich nicht sofort so hart zu ficken, dass das Bett zerbrach.

Ich war auch früher schon das Objekt der Begierde eines Mannes gewesen, aber kein Mann hatte mich je so angesehen, wie Cato es nun tat. Dies war nur Sex, eine Eroberung, von der er besessen war, doch ich fühlte mich dennoch wie die schönste Frau auf der Welt. Es war erfüllender als mit einem Mann zu schlafen, der mir wichtig war. Es war erfüllender als Gelegenheitssex mit einem Mann, der mich zum Kommen brachte. Ich war seine Beute – und es war das erste Mal, dass ich es genoss, mich so zu fühlen.

Er richtete sich ganz auf und zog sich dann sein T-Shirt über den Kopf. Wie das letzte Mal, bestand er aus purer Männlichkeit, purem Sex-Appeal. Seine starken Brustmuskeln führten zu den Tälern und Vertiefungen seiner Bauchmuskeln. Nahe seinen Hüften waren zwei dicke Adern, die von seiner Jeans aufwärts führten. Er war in perfekter Form und hatte genug Kraft, einen Mann mit bloßen Händen umzubringen.

Ich konnte meinen Blick nicht von ihm abwenden. Mein Höschen wurde mit jeder Sekunde feuchter und jegliche Unsicherheit, die ich bezüglich meiner Taten empfunden hatte, war verschwunden. Meine Oberschenkel sehnten sich danach, sich zu öffnen und meine Muschi schrie danach, jeden Zentimeter von ihm in sich zu spüren. Es hatte als Aufgabe begonnen, doch nun war es das Einzige, was ich tun wollte.

Er öffnete seinen Gürtel und kümmerte sich dann um seine Jeans, welche er zusammen mit seinen Boxershorts herunterschob.

Ich starrte seinen langen Schwanz an und meine Augen waren hoch konzentriert und weit geöffnet. Penisse waren nichts besonders, nichts, was besonders erregend war, aber verdammt, seiner war der schönste Schwanz, den ich je gesehen hatte. Er war nicht nur lang, sondern auch dick. Seine Eichel war prominent und selbst seine Eier waren schön. Es war die Art von Schwanz, die so perfekt zum Ficken oder Saugen gepflegt war, dass ich mich gerne daran verschluckt hätte. „Gott …“ Ich konnte meinen Blick nicht von dem monströsen Schwanz abwenden, der so aufrecht und stolz vor mir stand. Meine Zunge sehnte sich danach, die Ader entlang des Schaftes zu fühlen und mein Unterleib sehnte sich danach, ihn zu kosten. Schwänze zu lutschen war keiner meiner Fetische, aber wenn ein Schwanz so aussah, würde ich liebend gern immer wieder meinen Würgereflex auf die Probe stellen. „Das ist ein verdammt schöner Schwanz.“ Endlich sah ich ihn wieder an.

In seinen Augen brannten Flammen, nicht aus Wut, sondern aus Ekstase. Nun sah er aus, als ob er mich noch härter ficken wolle, als ob er seinen Schwanz so tief in mich schieben wolle, dass ich explodierte. Seine Hand glitt meine Oberschenkel hinauf, bis er die Spitze meines Höschens erreichte. Dann zog er es langsam herunter, bis er es von meinen Knöcheln zog. Sein Blick konzentrierte sich auf meine Muschi und starrte sie mit der gleichen Besessenheit an, die ich für seinen Schwanz empfand.

Er ging auf die Knie und drückte dann seinen Mund direkt zwischen meine Beine. Er bedeckte meinen Kitzler sofort mit seiner Zunge und küsste ihn fester, als er je meinen Mund geküsst hatte. Er atmete tief durch und blies seinen warmen Atem dann auf meine empfindlichste Gegend. Er verschlang meine Muschi, als würde er verhungern und als gäbe es nichts, was er mehr wollte.

Ich schrie sofort, weil es sich so gut anfühlte. Ich legte meinen Kopf in den Nacken und blickte an die Decke, als meine Sicht sich trübte. Männer hatten es mir bereits mit dem Mund besorgt, aber nicht auf diese Weise. Ich vergrub meine Finger in seinem Haar und fragte mich, ob es ein Fehler gewesen war, in jener Nacht zu gehen. Selbst mit einer anderen Frau, wäre der Sex unglaublich gewesen.

Er saugte etwas fester an meiner Muschi, bevor er zurückwich. Er öffnete die Schublade seines Nachttisches und nahm ein kleines Paket heraus, bevor er wieder zu mir kam.

Ich war bereits kurz davor gewesen zu kommen, als ich seinen Mund gespürt hatte, daher wollte ich nun unbedingt seinen Schwanz in mir spüren. Doch nun konnte ich nur an seinen Schwanz in meinem Mund denken. Ich hatte mich noch nie so sehr danach gesehnt, einem Mann den Schwanz zu lutschen und etwas so Großes zu erforschen. „Warte." Ich stand auf und öffnete den Reißverschluss meines Kleides, damit es zu Boden fiel. Ich trug keinen BH, sodass ich nun splitterfasernackt war.

Catos Blick wanderte zu meinen Brüsten.

„Ich will –" Ich ging vor ihm auf die Knie. „– wirklich erst deinen Schwanz lutschen." Ich ignorierte den Mann, der den Schwanz besaß und packte seine muskulösen Oberschenkel. Er war überall braun gebrannt und muskulös. Er war ein solch schöner Mann, dass selbst seine Füße sexy waren. Ich drückte meine Zunge nach unten und öffnete meinen Mund weit, bevor ich ihn in mich presste. Dann stöhnte ich. Als Frau, genoss ich jeden Zentimeter seiner Perfektion. Ich wusste seine Länge und Dicke zu schätzen. Ich genoss es, wie er schmeckte, wie er ohne Anstrengung so steif bleiben konnte. Sein Schwanz war perfekt und verdiente es, angebetet zu werden.

Catos Ausdruck wurde härter als er auf mich hinabstarrte. Er sah zu, wie ich seine Länge tief in meinem Mund schob, bevor ich sie langsam wieder herauszog. Er mochte es vermutlich immer, wenn ihm jemand den Schwanz lutschte, aber wahrscheinlich erregte es ihn noch mehr, wie sehr ich es tun wollte, wie sehr ich seinen Schwanz auf meiner Zunge spüren wollte. Er ließ seine Hand in mein Haar gleiten und sein tiefer Atem beschleunigte sich langsam, je länger ich ihn lutschte.

Ich hatte mir nie vorstellen können, dass ich es so sehr genießen würde, auf den Knien zu sein. Erst vor dreißig Minuten hatte ich ihn für ein arrogantes Schwein gehalten. Ich hatte gesehen, wie er mit beliebigen Frauen in Bars rummachte – mit einer nach der anderen. Doch nun, da ich diesen Mann genoss, konnte ich ihn dafür nicht verurteilen.

Selbst ohne sein Vermögen war er der begehrenswerteste Mann der Welt. Diese Frauen wollten ihn wahrscheinlich nicht mal des Geldes wegen. Sie wollten nur das – eine Nacht mit einem echten Mann.

Meine Zunge verteilte Spucke auf seiner Länge und ich schob ihn so tief wie möglich in mich. Ich schaffte nur die Hälfte, da er nicht nur lang, sondern auch breit war. Es jemandem mit dem Mund zu besorgen, sollte dem Partner Freude bereiten, aber in diesem Moment waren meine Handlungen ganz und gar eigennützig. Ich lutschte seinen Schwanz, weil ich jede Sekunde genoss. Ich spürte sogar das gleiche Brennen zwischen meinen Beinen, das ich auch gespürt hatte, als sein Mund auf meine Klitoris gepresst gewesen war. Ich war von seinem Schwanz so erregt, dass ich eine Explosion am Horizont erblickte. Allein sein Schwanz erregte mich mehr, als Sex mit jedem anderen Mann. Meine Finger wanderten zwischen meine Beine und ich rieb mich selbst, während ich es ihm mit dem Mund besorgte, wissend, dass er gleich in meinem Mund kommen würde.

Cato atmete scharf ein, bevor er an meinen Haaren zog. „Nein."

Sein Schwanz verließ meinen Mund, doch ich drückte einen Kuss auf seine Eichel, während ich ihn ansah.

„Steh auf."

Mein Blick war vor Erregung getrübt und ich musste mich auf seine starken Beine verlassen, um aufstehen zu können.

„Leg dich auf den Rücken." Er ergriff das Kondom und schob es dann über seinen Schwanz. Er rollte es seine Länge hinab und ließ genug Platz für seine Lust.

Ich bewegte mich auf seinem riesigen Bett und legte meinen Kopf auf eines seiner Kissen. Ich hatte versauten Sex erwartet, nicht die Missionarsstellung. Ich würde den

Sex auch überspringen, solange sein Schwanz in meinem Mund steckte. Doch ich freute mich darauf, seine ganze Länge in mir zu spüren. Ich hatte noch keinen größeren Mann in mir gehabt und hatte nun Angst, dass ich nie wieder zurückgehen könnte, wenn wir fertig waren.

Er kletterte auf mich und sein schweres Gewicht ließ die Matratze mit jeder Bewegung erbeben. Sein enormer Schwanz war bereit und zeigte direkt auf meinen Eingang, als könne er es nicht erwarten, in mir zu sein. Er legte seine Arme hinter meine Knie und dehnte mich weit, als müsse ich so weit wie möglich geöffnet sein, um seinen massiven Schwanz in mir aufnehmen zu können. „Ist dir an meinem Bett etwas aufgefallen?"

Meine Hand kratzte über seine Brust, weil ich mich so nach dem Sex sehnte. Ich hatte noch keinen Mann so sehr gewollt. Ich hatte ihn am Morgen gehasst, doch nun war er meine ultimative Fantasie. Meine Hände bewegten sich in seine Haare und ich brachte seine Lippen zu meinen, um ihn zu küssen. „Sei still und fick mich." Ich konnte meine Muschi auf seinen Lippen schmecken und dieses Gefühl erregte mich noch mehr.

Er erwiderte den Kuss, jedoch nur für ein paar Sekunden. „Du bist die Einzige darin."

Ich drückte mein Gesicht gegen seines und spürte, wie sich meine Muschi anspannte. Im Gegensatz zu jeder anderen, durfte ich ihn alleine genießen. Ich bekam all seine Aufmerksamkeit und seinen ganzen Schwanz. „Gut. Denn ich teile nicht gerne." Ich packte seine Länge und richtete seine Eichel auf meinen Eingang.

Er schob seinen Schwanz in mich und ignorierte den Widerstand. Sein Schwanz war zu groß für meinen zierlichen Körperbau, aber er würde keine Abfuhr akzeptieren. Er schob, bis er den Widerstand überwunden hatte und auf meine Lust traf, die beinahe zwischen meinen Beinen heruntertropfte. Dann sank er ganz in mich und vergrub sich immer mehr in mir, bis er ganz und gar in mir war.

Kein Schwanz hatte sich je so gut angefühlt. „Cato …" Meine Hand glitt aus seinem Haar und seinen Rücken hinab. Ich zerkratzte vor Lust seine Haut, hatte es jedoch nicht unter Kontrolle. Nun war ich nur eine Frau, die ihren Hormonen ausgeliefert war, eine Frau, die mit einem Mann zusammen sein wollte. „Scheiße, du fühlst dich so gut an." Wenn ich gewusst hätte, dass es sich so gut anfühlen würde, hätte ich ihn jederzeit auf dem Rücksitz seines Autos gefickt.

Er stöhnte, als er begann, sich zu bewegen. Sein Blick hing an mir, während das Kopfteil gegen die Wand schlug. „Verdammt ist diese Muschi gut."

Ich packte seinen Hintern, zog ihn tiefer in mich und spürte, wie sich der Höhepunkt näherte. Ich brauchte nicht mehr als zehn Stöße, um zu zerbersten. Ich war bereits eine viertel Stunde lang bereit für den großen Moment. Es war überraschend, dass ich nicht sofort gekommen war, als er in mich eindrang. „Gott …" Mein Kopf entspannte sich auf dem Kissen und ich beobachtete ihn dabei, wie er weiterhin in mich stieß und mir seinen enormen Schwanz mit perfekter Geschwindigkeit gab. „Ja … ja." Meine Fingernägel krallten sich in seine Arme und meine Hüften pressten sich gegen ihn. Ich biss mir auf die Unterlippe, als ich kam. Dieser Mann hatte etwas geschafft, das kein anderer Mann je erreicht hatte. Er hatte mich so hart kommen lassen, wie ich es nicht für möglich gehalten hatte – und er hatte sich nicht einmal anstrengen müssen. Vielleicht war seine Arroganz doch gerechtfertigt.

Er hielt inne, als seine ganze Länge in mir war. Meine Beine waren noch zurückgedrückt und er starrte mich mit dem gleichen erregten Blick wie zu Anfang an, doch nun lag auch ein wenig Qual darin. „Du bist besser noch nicht fertig. Ich habe noch nicht einmal angefangen."

EINIGE ORGASMEN später und früh am Morgen, lag ich neben ihm im Bett und hörte seinem tiefen, gleichmäßigen Atem zu. Er schlief tief und fest, ganz befriedigt davon, dass er mich so oft hatte kommen lassen.

Ich öffnete meine Augen und erblickte die Uhrzeit.

Es war sechs Uhr morgens.

Das war die beste Nacht voller Sex, die ich je gehabt hatte und ich könnte ohne Probleme ewig dort liegen und es einfach genießen. Ich konnte mich nicht daran erinnern, wann ich das letzte Mal so befriedigt gewesen war. Kein Mann hatte je so einen Volltreffer geschossen. Cato Marino war nicht nur der erfolgreichste Banker der Welt – er war auch der erfolgreichste Liebhaber.

Ich hatte es genossen, ein kriminelles Genie zu ficken, das jemanden in seiner Einfahrt umgebracht hatte, und der Sex war so gut gewesen, dass ich vergessen hatte, in welcher Gefahr ich mich befand. Es war meine Aufgabe, ihn zu manipulieren und ihn irgendwie von seinem Sicherheitsteam zu trennen, doch diese Mission erschien unmöglich. Der Sex der letzten Nacht war für mich unglaublich gewesen, für ihn hatte er vermutlich nur im Durchschnittsbereich gelegen. Es war egal, wie feucht oder begierig ich war, denn seine Dreier und wilden Nächte würde immer das Ausstechen, was ich zu bieten hatte.

Vielleicht war dies eine schlechte Idee gewesen.

Vielleicht sollte ich aufgeben, solange ich noch die Möglichkeit dazu hatte.

Ich schob die Laken zurück und glitt vorsichtig zur Bettkante. Es war mein Plan, mich hinauszuschleichen, bevor er aufwachte. Vielleicht hatte er gar nicht erwartet, dass ich die Nacht dort verbrachte. Wahrscheinlich hätte er mich rausgeworfen, wenn er mich hätte loswerden wollen, doch er mochte nur zu müde gewesen sein. Ich nahm mein Kleid vom Boden auf und begann, es anzuziehen.

„Habe ich gesagt, dass du gehen darfst?" Seine maskuline Stimme erfüllte den Raum, nicht kratzend, wie sie nach stundenlangem Schlaf hätte sein sollen. Er bewegte sich nicht, die Laken lagen um seine Taille.

Bei dieser Aussage regte sich mein Stolz. „Nein. Ich habe aber auch nicht gefragt." Dieser Mann mochte unglaublich im Bett sein, aber er war dennoch ein Arschloch. Dieser schöne große Schwanz würde das nicht ändern.

„Komm zurück." Er öffnete seine Augen nicht, als erwarte er, dass ich gehorchen würde.

Ich war nicht die Art von Frau, die auf Befehle hörte. Nicht jetzt, niemals. Ich schloss den Reißverschluss meines Kleides.

Er sprang blitzschnell aus dem Bett und kam direkt auf mich zu – mehr als neunzig Kilogramm feindseliger Muskeln. Es war dunkel in seinem Schlafzimmer, weil alle Vorhänge geschlossen waren, doch er hatte kein Problem damit, mich am Fußende des Bettes zu finden. Er ergriff meine Haare und warf mich auf das Bett, sodass mein Gesicht in die Laken gedrückt wurde und mein Hintern in der Luft hing. Seine Hand ergriff meinen Nacken und er drückte mich mit seinem Gewicht herunter. „Lektion erteilt. Lass mich dich niemals zweimal fragen." Er nahm ein Kondom aus dem Nachttisch, schob es über seinen Schwanz und fickte mich dann wie ein Tier, wobei er mein Gesicht in die Laken gedrückt hielt, während sein Schwanz immer wieder in mich eindrang.

Es war mein erster Impuls, gegen ihn anzukämpfen, doch sobald mich sein Schwanz ausdehnte, tat ich nichts dergleichen – ich genoss es einfach nur.

Er ergriff meine beiden Handgelenke und drückte sie auf meinen Rücken, während er weiterhin meinen Nacken festhielt. Seine Stöße waren tief und fest, nicht sinnlich und sanft wie in der Nacht zuvor. Er wirkte eher wütend als lüstern, als hätte ihn mein Ungehorsam zur Weißglut getrieben und ihn gleichzeitig erregt.

„Fick dich, Arschloch." Ich biss mir auf die Lippe, während mein Gesicht gegen die Matratze gedrückt wurde und ich spürte, wie dieser perfekte Schwanz mich immer wieder an der richtigen Stelle traf. Ich hasste ihn als Menschen, aber ich liebte es, auf diese Weise genommen zu werden; auf eine Weise gefickt zu werden, wie es noch nie zuvor der Fall gewesen war.

„Ich ficke dich, Baby." Er ergriff mein Haar und zog mich hoch, sodass mein Rücken sich wölbte und er mich wie ein Pferd behandelte, das durch Zügel kontrolliert wurde. „Und ich werde dich so lange ficken, wie ich es will." Seine Hand wanderte zu meinem Nacken und drückte fest zu, während er weiter in mich eindrang, sodass sein Griff mich beinahe würgte.

Ich schloss meine Augen und biss mir auf die Unterlippe, dabei spürte ich, wie mich mein Körper sofort betrog. Er war nicht lange in mir gewesen und ich war nicht erregt gewesen, bevor er sich in mich gezwängt hatte. Nun war meine Muschi tropfnass und spannte sich mit jeder Sekunde mehr an.

„So verdammt eng." Er lehnte sich über mich und drückte seine Brust gegen meinen Rücken, sodass seine Lippen nah an meinem Ohr waren. „Komm, Baby. Ich weiß, dass du es willst."

Ich wollte gegen das Gefühl ankämpfen, weil ich eine stolze Frau war, aber wenn es sich zwischen meinen Beinen so gut anfühlte, schien das unmöglich. Es war egal, wie arrogant er war. Es war egal, dass er ein aufgeblasenes Arschloch war. Er trieb mich zu einem besseren Höhepunkt als jeder andere Mann. „Gott ..."

„Sag meinen Namen."

In diesem leidenschaftlichen Moment, konnte ich nicht zögern. „Cato."

„Gut, Baby", er atmete in mein Ohr, während er mich weiter fickte und seinen großen Schwanz immer wieder in mich schob.

Als ich kam, drückte ich mein Gesicht tiefer in die Matratze, sodass die Laken mein letztes Stöhnen verschluckten.

Er hielt sein Gewicht auf mir und kam mit einem maskulinen Stöhnen. Seine Befriedigung war in seiner tiefen Stimme zu erkennen. Er blieb einen Moment über mir, während er jede einzelne Sekunde genoss, bevor das Gefühl abebbte. Dann zog er seinen weich werdenden Schwanz aus mir und ging ins Bad. „Ich gehe duschen."

Ich hörte, wie sich die Tür hinter ihm schloss und Sekunden später das Wasser lief. Ich blieb in der gleichen Position, bis mein Puls sich beruhigte. Dies war die Art von Morgensex, die ich noch nie in meinem Leben gehabt hatte. Es war der perfekte Start in den Tag, selbst, wenn mein Liebhaber ein großspuriges und kontrollierendes Arschloch war.

Nun, da er weg war, nahm ich mein Kleid und machte mich fertig. Ich wusste nicht, ob er wollte, dass ich blieb oder nicht, doch ich sollte so schnell wie möglich gehen. Cato Marino war ein ernst zu nehmender Gegner, den ich nicht überwältigen konnte und nun befürchtete ich, dass meine Talente nicht ausreichen würden. Selbst wenn ich ihn dazu bringen konnte, mir zu vertrauen, würde mich das nur noch mehr in Gefahr bringen. Denn sobald er erkannte, dass ich ihn hinterging ... würde er mich in der Einfahrt erschießen.

Nachdem ich den ganzen Tag in der Galerie gearbeitet hatte, fuhr ich zu meinem Haus außerhalb von Florenz. Ein schwarzes Auto stand in der Einfahrt und die Haustür war geöffnet. Jeder andere hätte sofort die Polizei angerufen, doch ich wusste genau, wer in mein Haus eingebrochen und widerrechtlich mein Grundstück betreten hatte.

„Ein Anruf hätte gereicht." Ich schloss die Tür hinter mir und betrat das Haus, wissend, dass ich in wenigen Sekunden Damien gegenüberstehen würde.

„Ich wollte lieber dein schönes Gesicht sehen, Schätzchen." Selbst wenn Damien sich höflich verhielt, klang er böse. Er war ein unheimlicher Schlägertyp, ein Geier, der nur darauf wartete, dass ich ermordet wurde, damit er mich in Stücke reißen konnte.

Ich betrat die Küche und sah ihn an meinem Esstisch sitzen. Er hatte sich ein Glas Wein genommen und seine Füße auf den anderen Stuhl gelegt. Er hatte es sich gemütlich gemacht – obgleich ich ihn umbringen würde, wenn ich je die Möglichkeit dazu hätte. „Ach ja?" Ich nahm die Flasche Wein vom Tisch und goss mir ein Glas ein. „Hat die kleine Schlampe eine Nachricht zu überbringen?"

Sein Lächeln blieb auf seinem Gesicht, doch in seinen Augen schimmerte ein genervter Blick. Er war Micahs Stellvertreter – und das gefiel ihm nicht. Er war derjenige, der die Drecksarbeit erledigte, genau wie ein Hausmeister einer Schule. „In dieser Konstellation bist du die kleine Schlampe."

„Das sehe ich anders." Ich trank einen Schluck und leckte mir dann die Lippen. „Was willst du, Damien? Ich bin beschäftigt."

„Du bist nicht beschäftigt genug, denn wir haben Cato noch nicht."

„Erwartest du wirklich, dass ich den reichsten Mann Italiens binnen weniger Wochen zu Fall bringe?" Ich stand mit meinem Glas an der Kücheninsel und neigte meinen Kopf leicht zur Seite, während ich ihn musterte. „Etwas, das selbst du und Micah nicht schafft? Mach dich nicht lächerlich!"

Er zog ein Messer aus der Tasche und legte es vor sich auf den Tisch. Es war eine subtile Warnung, die Drohung, mir die Kehle durchzuschneiden, wenn ich schwierig würde. „Nur unter uns, ich will, dass du versagst. Denn dann gehörst du mir. Ich werde dich in den Arsch ficken, während ich diese Klinge gegen die schöne Hauptschlagader in deinem Nacken drücke."

Trotz der Gefahr war es inakzeptabel, der Furcht nachzugeben. Ich weigerte mich, Angst zu haben und mir diesen verdrehten Mann unter die Haut gehen zu lassen. Sobald ich das tat, hätte er die Oberhand. Ich nippte meinen Wein, als hätte er nicht gerade gedroht, mich zu vergewaltigen und zu ermorden. „Ich würde dir deinen Schwanz abhacken, bevor du die Möglichkeit dazu hättest."

Sein Grinsen wurde breiter, weil er ein krankes Arschloch war, den solche Dinge erregten. „Ich frage mich, ob deine Muschi genauso süß ist wie dein Mund."

„Das wirst du nie erfahren"

Sein Lächeln verschwand für den Bruchteil einer Sekunde. „Wirst du es schaffen oder nicht?"

Ich hatte mit Cato geschlafen, war jedoch meinem Ziel nicht nähergekommen. Dieser Mann war sehr viel furchteinflößender, als es Damien je sein konnte. Cato war nicht nur eiskalt, sondern auch kontrollierend und gebieterisch. Er gab niemandem eine zweite Chance. Sobald er von meinem Plan erfuhr, würde ich wie ein Kriegsgefangener hingerichtet werden. „Ihr wollt, dass ich das Unmögliche schaffe."

„Dann werden wir uns wohl nicht die Mühe machen, deinen Vater am Leben zu halten."

Egal wie oft ich mich daran erinnerte, dass mein Vater dieses Schicksal verdient hatte, brach es mir dennoch das Herz zu wissen, dass er gefangen war. Ich wollte, dass mein Vater frei war und nicht von Micah gefoltert wurde. Er wusste wahrscheinlich, dass ich versuchte, ihn zu retten, und dadurch würde er sich nur schlechter fühlen. „Ich kann dir alle Informationen geben, die ich über Cato gesammelt habe. Das ist auch etwas Wert."

„Was für Informationen? Zugänge zu Konten? Sicherheitsvorkehrungen? Codes in seinem Haus?"

„Nun ... nein."

„Was dann?", fragte er und lachte leise. „Was für wertvolle Informationen hast du?"

In diesem Moment begriff ich, dass ich nichts wusste. Dieser Mann war ein stilles Enigma und er sprach selten. Seine Gedanken waren ein Mysterium. Der einzige Teil von ihm, den ich kannte, war sein Schwanz. Den kannte ich recht gut.

Damien sah weg und schlürfte seinen Wein. „Du hast mir nichts zu bieten."

„Du gibst mir nichts, womit ich arbeiten kann."

„Du hast eine Muschi, nicht wahr? Sieh dich an. Wie schwer ist es, diesen Kerl mit deiner Muschi einzulullen?"

Ich war diejenige, die von seinem Schwanz eingelullt worden war. Cato war der heißeste Adonis, mit dem ich je zusammen gewesen war. Ich war für ihn nur eine weitere Frau in einer langen Reihe schöner Frauen. „Dieser Mann ist dafür zu clever. Wenn er so dumm wäre, wäre er nicht so erfolgreich. Ihr habt euch den falschen Kerl zum Verärgern ausgesucht. Ich habe gesehen, wie er in seiner Einfahrt jemanden erschossen hat. Ihr solltet euch ein anderes Ziel aussuchen."

Damien schüttelte den Kopf. „Es muss er sein."

„Warum?"

„Wenn wir ihn zur Strecke bringen, gehört uns alles – nicht nur der Drogenhandel."

„Du vergisst seinen Bruder." Bates war sichtlich ebenso gerissen wie Cato.

„Er wird einfach zu erledigen sein, wenn wir Cato erst mal haben."

Ich war schon lange nicht mehr Teil dieses Spiels, aber ich wusste, dass Damien diese Aufgabe zu sehr vereinfachte.

„Wirst du es schaffen oder nicht? Ich muss es jetzt wissen. Es kostet Geld, deinen Vater zu füttern. Und wenn ich dich jetzt schon ficken kann, werde ich meine Zeit nicht weiter mit diesem Wein verschwenden." Er schob das Glas von sich und musterte mich.

Ich hatte kein Ass im Ärmel und auch keine Ahnung, wie ich diese Mission erfüllen sollte. Cato war zu clever, um auf etwas so Dummes hereinzufallen. Ich hatte zugelassen, dass er mich im Bett eroberte, doch es schien, als hätte er mich unter Kontrolle anstatt umgekehrt. Doch der Gedanke an meinen Vater erinnerte mich daran, wofür ich kämpfte. „Gib mir mehr Zeit."

Ich hatte nicht mit Cato gesprochen, seit ich mich vor ein paar Tagen aus seinem Haus geschlichen hatte. Vielleicht war er sauer, dass ich gegangen war. Vielleicht war es ihm egal. Ich hatte keine Ahnung. Mit ihm zu schlafen, mochte uns näher zusammengebracht haben, doch es war wahrscheinlicher, dass ich eine weitere Eroberung war, die er vergessen würde.

Wenn das der Fall war, hatte ich ein Problem.

Als ich meinen Arbeitstag in der Galerie beendete, ging ich einkaufen, um ein paar Dinge fürs Abendessen zu besorgen. Ich kochte meist einige Mahlzeiten auf einmal und nahm den Rest mit zur Arbeit, um Geld zu sparen – und um nicht zuzunehmen. Auch zum Laden zu laufen tat gut, da ich den ganzen Tag in der Galerie saß.

Ich war gerade bei den Konserven, als jemand neben mir auftauchte – ein großer Mann mit pechschwarzem Haar. Er trug Jeans und ein schwarzes T-Shirt. Er neigte seinen Kopf, als versuche er, sein Gesicht zu verstecken. Er kam zu nah für jemanden, der einfach nur die Waren betrachtete.

„Warum gewinnst du nicht ein bisschen Abstand, Kollege?“ Ich drehte meinen Körper zu ihm und hielt meinen Korb zwischen uns, falls ich ihm damit eine überbraten musste.

Er drehte sich leicht zu mir und auf seinem Gesicht tauchte ein breites Grinsen auf.

Ich erkannte dieses Grinsen wieder. „Landon?“

Er blickte weiterhin auf die Dosen im Regal. „Sprich leise.“

Der Schock war noch nicht abgeebbt und ein warmes Gefühl breitete sich in meiner Brust aus. Heiße Sommertage und frisch gemähter Rasen kamen mir in den Sinn, zusammen mit kleinen Fahrrädern, die wir auf dem Rondell liegen ließen. Ich dachte an Plätzchen, die zur Weihnachtszeit gerade aus dem Ofen kamen und dachte an all die Male, die er meine Puppen versteckt hatte, damit ich nach ihnen suchen musste. „Ist mir egal.“ Ich stellte den Korb auf den Boden und drückte mich für eine Umarmung an ihn. Ich vergrub mein Gesicht in seiner Brust und roch sein Aftershave, welches ich sofort wiedererkannte. „Ich kann nicht glauben, dass du es bist.“

Landon schob mich nicht von sich, erwiderte die Umarmung jedoch kaum. „Nimm dich zusammen, Siena. Leute suchen nach mir und ich weiß, dass du beobachtet wirst. Also gewinn Abstand.“

Ich wich zögernd zurück und es brach mir das Herz, dass ich meinen Bruder nicht richtig umarmen konnte. Wir hatten einander nie besonders nahegestanden, aber Blut war immer dicker als Wasser. Da Vater weg war, hatte ich nur noch meinen Bruder. „Es tut mir leid ... ich freue mich nur so, dich zu sehen."

Er nahm eine Dose aus dem Regal und tat so, als würde er das Etikett lesen. „Ich weiß, was mit Vater geschehen ist und ich weiß auch, was Micah und Damien von dir erwarten. Du musst das vergessen. Hau ab und flieh."

Ich hatte nicht erwartet, dass Landon so etwas sagen würde. „Und ich soll Vater seinem Schicksal überlassen?"

„Ich werde mich darum kümmern", flüsterte er. „Es ist nicht dein Problem, Siena. Du wolltest mit diesem Leben nichts zu tun haben und du solltest dir deshalb nicht die Hände schmutzig machen müssen. Es tut mir leid, dass du überhaupt mit hineingezogen wurdest."

Ich könnte nicht fliehen, selbst wenn ich es wollte. Ich konnte nirgendwohin. „Können wir uns irgendwo treffen? Damit ich dich ansehen kann, wenn ich mit dir rede? Damit ich dich umarmen kann?"

Er stellte die Dose zurück ins Regal und seufzte. Er war sehr viel größer als ich. „Wo? Wir können uns nicht in deinem Haus treffen."

„In einer Bar", schlug ich vor. „Irgendwo weit hinten."

„Na gut. Wir treffen uns um zehn im Barons." Er ging, ohne ein weiteres Wort zu sagen.

Ich wollte zusehen, wie er davonging, doch ich konzentrierte mich darauf, geradeaus zu blicken. Gerade, als meine Welt so trostlos und dunkel geworden war, drang ein Sonnenstrahl durch die Wolken. Mein Bruder war auf der Flucht, weil das Geschäft auseinandergerissen worden war, und ich arbeitete für die Feinde, die uns alles genommen hatten. Aber wenigstens hatten wir einander ... wenigstens hatten wir etwas.

Landon war bereits dort, als ich hereinkam. Vor ihm stand ein Drink und der Erfahrung nach war dies sein drittes oder viertes Glas.

Ich setzte mich ihm gegenüber an den Tisch, hinten in der Bar, und betrachtete ihn mit glasigen Augen. Mein Bruder und ich hatten uns in den letzten Jahren auseinandergelebt und nun, da ich ihn ansah, verstand ich nicht, weshalb ich das zugelassen hatte.

Er starrte mich eiskalt an – das gleiche kalte Starren, das mein Vater meistens an den Tag legte. Landons Finger lagen um sein Glas und er sah sich alle paar Minuten um, um nach feindlichen Blicken zu suchen. Sein Bart war verschwunden und seine grünen Augen strahlten trotz seiner offensichtlichen Traurigkeit. „Leg dich nicht mit Cato Marino an. Der Kerl ist ein Monster."

In der Tat, das hatte ich hautnah erlebt. „Ich weiß." Cato war eiskalt und so pragmatisch, dass er nicht menschlich wirkte. Er interessierte sich nur für Sex, Alkohol und Geld. Herzlos wie er war, zögerte er nicht, bevor er das Leben eines anderen für immer beendete. Er ging überall nur mit einer Armee bewaffneter Wachen hin, da die Welt voll von seinen Feinden war.

„Wenn er dich verdächtigt, wird er dir den Hals umdrehen."

„Auch das weiß ich."

Er sah sich in der Bar um, bevor er mich wieder ansah. In seinen Augen schimmerte Feindseligkeit. „Dann musst du fliehen. Nimm deine Sachen und hau ab." Er griff in die Innentasche seines Jacketts und nahm einen dicken

Umschlag voller Geldscheine heraus. Er legte ihn auf den Tisch zwischen uns. „Das sollte mehr als genug sein, für was auch immer du es brauchst."

Es war lieb von meinem Bruder, dass er sich um mich kümmern wollte, doch ich brauchte seine Hilfe nicht. Ich schob das Geld zu ihm zurück. „Das brauche ich nicht. Aber danke dir."

Ein Seufzen drang über seine Lippen. „Jetzt ist nicht der richtige Zeitpunkt, um stur zu sein."

„Ich bin nicht stur. Ich werde Vater nicht zurücklassen. Er verdient meine Treue nicht, aber ich kann ihn nicht einfach zurücklassen."

Landon neigte seinen Kopf leicht und sah wieder in sein Glas. „Du hast keine Chance, Cato hereinzulegen. Du wirst dich nur selbst umbringen."

„Und wenn ich dabei sterbe, dann ist das halt so."

Landon kniff feindselig die Augen zusammen, als wäre es das Schlimmste, was ich hätte sagen können. „Ich will das nicht. Vater will es ebenfalls nicht."

„Aber wir sind eine Familie – wir stehen das gemeinsam durch."

Er strich sich mit den Fingern durch sein kurzes schwarzes Haar und biss weiterhin grausam die Zähne aufeinander. Wir gerieten immer wieder aneinander, weil wir beide gleichermaßen dickköpfig waren. Landon wollte der Anführer sein, doch ich war von dem Tag meiner Geburt an der Anführer gewesen. Ich hatte mich nie unterbuttern lassen. Anstatt auf Partys schicke Cocktailkleider zu tragen und meinen Mund zu halten, war ich diejenige, die am lautesten sprach. Er respektierte mich dafür, doch manchmal hasste er mich auch dafür. „Es ist ein Himmelfahrtskommando. Es hat einen Grund, dass er an der Spitze der Nahrungskette steht. Denkst du wirklich, dass du ihn überlisten wirst?"

„Ich weiß im Moment nicht, was ich denke. Ich taste mich vor."

Landon befragte mich nicht direkt zu meiner Beziehung zu Cato. Er wusste, dass ich mit ihm schlief, um zu bekommen, was ich wollte, doch es war ein solch unangenehmes Thema, dass er es nicht offen ansprechen wollte. „Vater hat nicht die Opfer gebracht, die er für unsere Familie hätte erbringen sollen. Es ergibt keinen Sinn, dass du ihm dies nun abnimmst."

„Das sehe ich auch so. Aber wenn ich es schaffe, kann ich Vater retten und wir können von vorn anfangen. Vielleicht können wir nach Frankreich ziehen und einen Weinladen eröffnen. Wenigstens wären wir zusammen ..." Ich hatte mich nicht mehr komplett gefühlt, seit unsere Mutter gestorben und unsere Familie auseinandergefallen war. Ein Teil meines Herzens hatte immer gefehlt, ein Loch, das niemand füllen konnte.

Er sah mich voller Mitleid an. „Selbst, wenn wir Vater retten könnten, wäre das unwahrscheinlich. Sie werden uns jagen, bis wir alle erledigt sind. Deshalb sage ich dir, dass dieser Plan dumm ist. Selbst, wenn du Vater rettest – was dann?"

„Und du kannst bei dem Gedanken, ihn sterben zu lassen, nachts ruhig schlafen?", sagte ich herausfordernd und weigerte mich, zu glauben, dass mein Bruder ein solcher Feigling war.

Er hielt meinem Blick stand, antwortete jedoch nicht.

„Ich lasse Vater nicht zurück. Ich gebe zu, dass mein Plan mit Cato nicht der allerbeste ist –"

„Er wird dich umbringen." Landon drückte das Glas mit seinen Fingerspitzen. „Siena, du kennst diese Welt nicht so wie ich. Du verstehst nicht, wozu diese Männer fähig sind. Nur, weil du eine schöne Frau bist, heißt das nicht, dass er dich nicht foltern und umbringen wird. Es bedeutet nicht, dass er dir nicht die größten Schmerzen zufügen wird, bevor er dir eine Kugel in den Kopf jagt. Du hast viel Selbstbewusstsein und das lässt dich glauben, dass du alles erreichen kannst. Siena, es ist egal, wie gut du im Bett bist, denn er wird dich durchschauen. Er ist der cleverste, hinterlistigste Mann der Welt. Ich würde sagen, dass du diesen Ansatz vergisst und wir uns etwas Neues überlegen."

Es wäre gelogen, zu sagen, dass ich keine Angst hätte. Wann immer ich mich in seiner Festung befand, wusste ich, dass ich in der Unterzahl war. Wann immer ich mit Cato allein war, wusste ich, dass er mit mir machen konnte, was immer er wollte. „Was sind meine anderen Optionen?"

„Das finden wir schon noch heraus."

„Selbst wenn ich das alles hinter mir lassen wollte – ich arbeite jetzt für ihn."

„Dann beende den Job und verschwinde."

„So einfach ist das nicht."

„Dann kündige. Finde jemanden, der dich ersetzen kann."

„Denkst du nicht, dass das noch mehr Aufmerksamkeit auf mich lenken würde?", fragte ich. „Um nicht zu erwähnen, dass es ihn sauer machen würde? Ich habe bereits mit ihm geschlafen, also ist dieser Schaden bereits geschehen."

Wenn Landon sich unwohl fühlte, zeigte er es nicht. „Und was ist seine Einstellung dir gegenüber?"

Ich zuckte mit den Schultern. „Wir haben noch nicht wieder miteinander gesprochen."

Landon nahm einen großen Schluck aus seinem Glas. „Dann ist dein Plan fehlgeschlagen. Er ist der gleiche Womanizer wie zuvor. Das ist keine Überraschung."

„Ja, da magst du recht haben."

„Also kannst du vielleicht unversehrt aus der Situation herauskommen. Beende den Auftrag und geh. Lass Damien am Haken zappeln. Vielleicht können wir in der Zwischenzeit einen anderen Plan schmieden.“

„Was für einen Plan?“, fragte ich. „Hunderte Männer arbeiten für sie. Was haben wir?“ Unser Geschäft, unser Ruf und unser Geld waren uns genommen worden. Nun waren wir beide Opfer ohne Schutz. Unsere Männer hatten uns verlassen und nun waren wir nur zwei einsame Wölfe.

Er zuckte mit den Schultern. „Wir haben einander – das ist ein Anfang.“

13

CATO

Als ich aus der Dusche kam, war Siena bereits gegangen. Sie schämte sich und hatte einen meiner Männer gebeten, sie nach Florenz zurückzubringen. Ich hatte erwartet, dass Sie noch im Bett wäre, als ich mit dem Handtuch um meine Taille herauskam. Ich hatte erwartet, dass sie ein paar Stunden bleiben würde.

Aber sie verschwand, sobald sich die Gelegenheit ergab.

Sie konnte nicht still sitzen.

Ich musste mich nicht fragen, ob der Sex gut für sie gewesen war, denn ich hatte es die ganze Zeit gespürt, als ich in ihr war. Sie war so feucht, dass das Kondom keine Reibung erfuhr. Sie war so feucht, dass ich meinen dicken Schwanz ohne Probleme in sie geschoben hatte. Und sie lutschte meinen Schwanz, als ob nichts auf der Welt sie glücklicher machen würde.

Aber als sie bekam, was sie wollte, verschwand sie.

Das hatte ich noch nie zuvor erlebt.

Bates und ich hatten ein Treffen mit unseren chinesischen Klienten auf dem Anwesen und nach einigen Stunden Zahlenschieberei verließen sie schließlich das

Anwesen. Wir hatten weiteres Geld auf unseren Konten und versteckten es vor ihrer Regierung. Ein Teil davon würde zur Finanzierung der Skull Kings und ihres Waffenprojekts verwendet werden. Geld wurde von einigen Haufen genommen und in andere gesteckt. Das lag in der Natur des Unternehmens.

Bates bediente sich der Karaffe Scotch, dann entspannte er sich in seinem Ledersessel am Konferenztisch.

Ich schloss die Mappe vor mir, dachte teilweise an das Geld, das ich gerade verdient hatte, und teilweise an die Frau, die ich vor zwei Tagen gefickt hatte. Ich hatte immer noch kein Wort von ihr gehört. Sie war nicht mehr auf das Anwesen gekommen, um es weiter zu dekorieren.

Sie war einfach verschwunden.

„Wo drückt es dich denn?“, fragte Bates. „Geld oder Muschi?“

„Was, wenn es keines von beiden ist?“

Er kicherte, bevor er noch etwas trank. „Es ist immer eines von beiden. Was ist es?“

Ich hatte in letzter Zeit viel mehr über Muschis als über Geld nachgedacht. „Siena.“

„Und was ist mit ihr? Ich habe sie in letzter Zeit nicht mehr gesehen.“

„Ich auch nicht.“ Ich ignorierte meinen Scotch, weil ich nicht in der Stimmung für Alkohol war. Eine Zigarre hätte ich mir genehmigt, aber ich hatte nicht die Kraft, aufzustehen und eine zu holen. Giovanni war immer zwei Sekunden entfernt, aber ich war zu stolz, um mich von dem Mann von vorne bis hinten bedienen zu lassen.

„Wirklich?“, fragte er. „Das ist interessant.“

Ich erzählte nicht viel über meine Bettgeschichten. Bates wusste von meinen Rendezvous, weil er sie normalerweise direkt sah, aber ich erwähnte sie selten. Endlich hatte ich Siena gehabt und dachte, ich würde sie vergessen, jetzt, da ihr Name in meinen Bettpfosten geschnitzt war. Aber ich war noch verwirrter als zuvor. „Sie blieb neulich über Nacht."

Bates beobachtete mich, seine Ablehnung füllte langsam den Raum. „Wie ist es gelaufen?"

Ich übersprang die Details. „Ich kann nicht aufhören, an sie zu denken."

„Dann ist es wirklich gut gelaufen. Normalerweise langweilen sie dich schon, wenn du unter die Dusche gehst."

Diesmal war ich definitiv nicht gelangweilt. Sie war die einzige Frau in meinem Bett und das schien perfekt für mich zu sein. Meine Finger trommelten gegen den Tisch, als ich mir vorstellte, wie sie unter mir ausgesehen hatte. Mit ihrem Hintern in der Luft und ihrem Gesicht in die Laken gedrückt, war sie unglaublich heiß gewesen.

Bates musterte mich noch einen Moment lang. „Ich hatte gehofft, dass dieses Interesse vergehen würde, wie bei all den anderen."

Ich wusste, dass mein Bruder ihr gegenüber misstrauisch war, aber ich glaubte, dass sie harmlos war. Wenn sie wirklich negative Absichten hätte, wäre sie nicht so kalt und distanziert. Es schien, als ob sie mich wirklich hasste, aber meine Anziehungskraft, hielt sie bei mir. Sie war nicht wie die anderen, die sich an mich ranmachten, in der Hoffnung, dass etwas hängen bleiben würde. „Sie ist harmlos, Mann."

Wie jedes Mal, wenn er mir einen Vortrag hielt, seufzte er, bevor er sprach. „Ich habe etwas nachgeforscht. Mir hat nicht gefallen, was ich gefunden habe."

„Wie viele Strafzettel hat sie denn?"

Bates lachte nicht. „Ich meine es ernst, Cato. Sie ist Siena Russo."

Sollte mir dieser Name etwas sagen? „Russo ist kein geläufiger Familienname, Bates."

„Sie ist die Tochter von Stefan Russo."

Jetzt sagte mir der Name etwas. Stefan betrieb ein Drogenunternehmen. Er schmuggelte seine Waren in Zigarren. Er hatte mich oft um Geld gebeten, aber ich hatte immer abgelehnt, weil wir uns nie auf einen für beide Seiten akzeptablen Zinssatz einigen konnten.

Bates hielt meinen Blick und wusste, dass diese Information wichtig war. „Denkst du nicht, dass es ein seltsamer Zufall ist, dass sie dir folgt und dort einen Job bekommt, wo du fast jede Nacht schläfst?"

Ich war der paranoideste Mann auf dem Planeten. Ich vertraute niemandem – außer meinem eigenen Bruder. Selbst das war manchmal schwierig. „Glaubst du, diese Frau ist hier, um mich zu erledigen? Was soll sie schon tun, Bates? Sie kann keine Waffe an der Security vorbei bekommen und mich zu überwältigen, schafft sie auch nicht. Selbst wenn sie es schafft, wie soll sie mich hier rausschaffen? Ich gebe zu, es ist ein seltsamer Zufall, aber das bedeutet nicht, dass sie sich an irgendetwas schuldig gemacht hat."

Bates spannte sich sichtlich an, als ob er mit erhobenem Messer auf mich losgehen wollte. „Ich weiß, dass du Muschis magst, aber komm schon. Wie blöd bist du eigentlich?"

„Ich bin nicht blöd. Ich habe nur keine Angst vor einer Frau, die knapp einsfünfzig groß ist. Sie arbeitet seit fünf Jahren in dieser Galerie, also ist es nicht so, als wäre dies eine Falle. Wenn es doch der Fall ist, dann haben sie und ihr Vater das schon lange geplant."

„Eigentlich hat sie seit fünf Jahren nicht mehr mit ihrem Vater gesprochen. Als ihre Mutter starb, hörten sie auf, miteinander zu reden."

Ich kannte diese Frau kaum, deshalb sollte ich mich nicht um ihre Gefühle kümmern, aber Sympathie erfüllte sofort mein Herz. Sie verlor nicht nur ihre Mutter, sondern auch ihren Vater. „Warum?“

Er zuckte mit den Achseln. „Soweit ich weiß, hat Siena ihn für den Tod ihrer Mutter verantwortlich gemacht. Sie wollte, dass er das Geschäft aufgibt, weil es nicht sicher war. Ihre Mutter wurde als Geisel genommen und dann ermordet. Danach wandte sich Siena von ihm ab.“

Nochmals, es sollte mir egal sein. Aber das war es nicht. „Sie wollte nichts mit dem Geschäft zu tun haben.“

„Das kann ich mir vorstellen.“

„Deshalb hat sie einen Job in der Galerie angenommen.“

Bates zuckte erneut die Achseln.

„Sie ist keine Bedrohung, Bates. Sie ist nur eine Frau, die versucht, zurechtzukommen. Jeder in Italien hat Verbindungen zur kriminellen Unterwelt. Es ist unmöglich, jemanden zu treffen, der das nicht hat.“

„Ich denke immer noch, dass es mehr als ein Zufall ist. Wenn sie nichts mit der Unterwelt zu tun haben will, warum arbeitet sie dann für dich?“

„Sie will mein Haus mit Kunstwerken dekorieren, nicht in einem unserer Büros arbeiten. Sie hält immer noch an ihren Vorsätzen fest.“

Er schüttelte den Kopf. „Vielleicht bin ich paranoid, aber ich glaube nicht, dass ich es bin. Das Letzte, was ich sagen möchte, ist, dass ich es dir gesagt habe.“

„Wenn sie keine Verbindung zu ihrer Familie hat, was ist dann das Problem?“, fragte ich. „Es ist ja nicht so, dass sie einer Gruppe von Männern Bericht erstattet. Sie ist völlig allein und obwohl sie eine klare Einstellung hat, ist eine einzelne Frau keine Bedrohung für uns.“

Bates ließ von dem Streit ab, weil er wusste, dass er nichts in der Hand hatte. „Ich wollte nur, dass du es weißt. Mach mit den Informationen, was immer du willst.“

Ich war froh, dass mein Bruder mir das alles erzählte, aber nicht, weil ich dachte, sie sei eine ernsthafte Bedrohung. Jetzt ergab alles einen Sinn. Sie wollte nichts mit mir zu tun haben, weil sie wusste, welche Art von Lebensstil ich führte. Sie wusste, dass ich an der Spitze der Hierarchie der Unterwelt stand. Sie wusste, dass ich gefährlich war, und wenn sie zu lange mit mir zusammen war, konnte sie wieder dort enden, wo sie nicht sein wollte.

Nun wunderte ich mich nicht mehr, dass sie den anderen Frauen nicht ähnlich war.

Weil sie mich wirklich nicht wollte.

JE MEHR SIE sich von mir distanzierte, umso mehr interessierte ich mich für sie.

Vier Tage waren vergangen und ich hatte nichts von ihr gehört.

Ich bekam nur eine Lieferung mit Gemälden, die ich bereits genehmigt hatte. Sie lieferte sie nicht einmal persönlich. Es gab nur eine Nachricht für Giovanni und Anweisungen, wo die Bilder aufgehängt werden sollten.

Ging sie mir aus dem Weg?

Ich bekam ihre Adresse von meinem Sicherheitsteam und besuchte sie. Sie hatte ein malerisches kleines Haus in der Nähe von Florenz. Es war ein Haus im mediterranen Stil mit zwei Schlafzimmern, einem kleinen Garten und einer Einfahrt. Für eine Familie war es nicht ideal, aber für eine einzelne Person hatte es die richtige Größe. Ich parkte meinen Bugatti vor dem Haus und klopfte dann an ihre Tür.

Es dauerte ein paar Minuten, bis sie öffnete, und als sie es tat, sah sie nicht glücklich aus, mich zu sehen. „Was machst du hier?“ Der Ärger war in ihren grünen Augen zu sehen, als ob sie den Gedanken nicht ertragen konnte, dass ich unangekündigt vorbeikam. Die Anzeichen der Erregung, die sie zeigte, als ich sie das letzte Mal sah, waren längst verschwunden. Jetzt war ich nur noch ein Ärgernis für sie.

Meine Hände glitten in die Taschen meiner Jeans. Ich bewunderte die Art und Weise, wie sich ihre Bluse so eng an ihre Kurven schmiegte. Ihre schwarze Jeans passte perfekt zu ihren langen Beinen und fing die Frechheit ihres Hinterns und die Straffheit ihrer Beine ein. „Ich bin gekommen, um dich zu sehen."

„Nun, ein Anruf wäre angemessener gewesen." Sie trat hinaus und schloss die Tür hinter sich, als wollte sie etwas vor mir verbergen. Oder sie wollte mich vor jemand anderem verbergen.

Ich warf einen Blick auf ihre geschlossene Tür, bevor ich sie wieder ansah. „Hast du Gesellschaft?"

Sie hielt ihre Hand am Türknauf, als ob mich ihr im Weg stehen wirklich davon abhalten konnte, hineinzugehen, wenn ich wollte. „Ich habe gerade ein Date."

Das Letzte, was ich sein sollte, war wütend. Wir hatten nur eine Nacht miteinander verbracht und das war die längste Zeit, die ich je mit einer Frau zusammen war. Danach waren sie nur noch eine Erinnerung. Es gab weder eine Bindung noch ein Interesse. In den darauffolgenden Nächten war ich normalerweise mit einer anderen Frau zusammen. Aber ich hatte noch nie eine solche Gleichgültigkeit von einer Frau erfahren, die von mir so unberührt war, dass sie, sobald wir fertig waren, nach jemand anderem Ausschau hielt.

Es erinnerte mich an mich selbst – was mich ärgerte. „Dann sag ihm, er soll gehen."

„Warum sollte ich das tun?" Sie behauptete sich, wenn alle anderen zusammenbrechen würden. „Ich werde nicht zulassen, dass du ein zweites Date ruinierst."

„Bedauerst du, wie das Letzte gelaufen ist?"

Ihre Wut ließ langsam nach, als sie sich an unsere

gemeinsame Nacht erinnerte – und wie sehr sie es liebte, meinen Schwanz zu lutschen, genauso wie sie es genoss, ihn zu ficken.

„Warum willst du ihn, wenn du mich haben kannst?" Ich musste nicht sehen, wie dieser Typ aussah, um zu wissen, dass er nicht mit mir mithalten konnte. Ich musste mich nicht an unser letztes Rendezvous erinnern, um zu wissen, dass ich ein besserer Liebhaber war, als er es je sein würde. Niemals in meinem Leben war ich hinter eine Frau her, die nicht erobert werden konnte. Ich musste Siena ständig an meine Qualitäten erinnern, als wären sie für sie so leicht zu vergessen.

„Das ist schon ein wenig arrogant, nicht wahr?"

„Es ist eine ernst gemeinte Frage."

Sie lehnte sich mit dem Rücken gegen die Tür und schaffte zusätzlichen Abstand zwischen uns beiden. „Ich dachte, das wäre eine einmalige Sache. Wir hatten Spaß, aber es ist vorbei. Du bist mein Boss."

„Und da ich dein Chef bin, wäre es klug, mich nicht zu verärgern." Ich trat näher an sie heran, drückte meine Hände gegen die Tür und blockierte sie, damit sie nicht wegkonnte. Ich neigte meinen Kopf zu ihr und drückte meine Lippen auf ihre, wobei ich mich genau daran erinnerte, wie sich dieser Mund auf meinem anfühlte – und um meinen Schwanz. „Also werde dein Date los und lass mich rein."

Sie zeigte leichte Anzeichen eines Nachgebens, war aber auch wegen meines Befehls verärgert. „Wenn du morgen vorbeikommen willst, habe ich Zeit. Aber ich werde mein Date nicht abblasen, nur, weil es dir nicht gefällt. Ich schulde dir nichts und du schuldest mir nichts."

Meine Hände bewegten sich zu ihren Hüften und ich drückte sie sanft, meine Daumen gruben sich in ihre Taille. „Nein."

„Glaubst du wirklich, ich würde in einer Bar zu dir marschieren, wenn du mit einer anderen zusammen bist und von dir verlangen, dass du sie ignorierst?", fragte sie ungläubig. „Und dass du stattdessen mit mir nach Hause gehst?"

„Ich würde es lieben, wenn du das tun würdest." Ich drückte meine Stirn an ihre und roch ihr Parfüm. Ich erinnerte mich, wie es an meinen Laken roch, nachdem sie gegangen war. Ich liebte es, wie sie roch, wenn sie sowohl mit ihrem als auch mit meinem Schweiß bedeckt war. Ich war nie ein Mann gewesen, der von der Jagd besessen war, aber je mehr sie sich mir entzog, desto mehr wollte ich sie haben.

„Geh –"

Ich presste meinen Mund auf ihren, drückte sie gegen die Tür und küsste sie. Es war ruhig, so weit weg von der Stadt, sodass ich hören konnte, wie sie in meinen Mund atmete. Jedes Mal, wenn sich unsere Lippen zusammen bewegten, machten sie dieses süße Geräusch. Ihr Atem der Erregung war das beste Geräusch von allen, so subtil und sexy. Meine Hand bewegte sich in ihr Haar, ich küsste sie inniger und wünschte, sie wäre nackt mit gespreizten Beinen. Ich wollte nicht gehen, weil ich wusste, dass sie von einem anderen Kerl gefickt werden würde. Ich wollte derjenige sein, der das Ficken übernahm. „Du weißt, dass du willst, dass ich dich heute Nacht ficke. Nicht er." Ich küsste ihren Mundwinkel und dann ihren Hals. „Werde ihn los. Oder ich kümmere mich darum." Ich war ein Mann, der nicht mehr als einmal fragen musste. Die Menschen wagten es nicht, sich mir zu widersetzen, nicht, wenn sie ein langes und glückliches Leben führen wollten.

Sie hob das Kinn, um mich anzusehen. Ihre Augen waren tiefgrün wie die toskanischen Hügel im Hochsommer. Ihr Blick wanderte leicht hin und her, als sie über ihren nächsten Schritt nachdachte. Auch wenn sie mich wollte, könnte sie aus Prinzip hartnäckig bleiben. Oder sie könnte diese Scharade ganz fallen lassen und den Verlierer, der ihr nie so wie ich gefallen würde, abblitzen lassen. „Gib mir einen Moment." Sie ging wieder hinein und schloss die Tür.

Ein paar Minuten später kam ihr Date heraus. Groß und gut aussehend wie das letzte Date schien er einer schönen Frau wie Siena würdig zu sein. Sie musste sich sicherlich nicht bemühen, die Männer zu ersetzen, die sie benutzte. Genau wie ich konnte sie jede Nacht von einem neuen Mann unterhalten werden, weil sie unwiderstehlich war. Er stieg in sein Auto und fuhr weg.

Siena öffnete die Tür wieder, lud mich aber nicht ein hereinzukommen. Sie ging zurück in ihr Haus und in die Küche. „Ich habe nur Wein. Ist rot in Ordnung?"

Ich ging den Flur hinunter und betrachtete ihr gemütliches Zuhause. Mit seinen Holzböden und der historischen Architektur war klar, dass das Haus durchaus hundert Jahre alt sein könnte. Die Fenster waren vom Alter blind und die Flure waren kleiner als bei den in der Neuzeit gebauten Häusern. „Ja." Ich bog um die Ecke und betrat ihre kleine Küche. Es gab einen Esstisch, der vier Personen Platz bot, also nahm ich Platz. An den Wänden befanden sich Gemälde von Blumen und auf dem Kaminsims standen Familienporträts. Eines, das mir am meisten auffiel, war ein Bild von ihr und ihrer Mutter. Zumindest nahm ich an, dass es ihre Mutter war – denn sie sahen aus wie Schwestern.

Siena stellte ein Glas vor mich, bevor sie sich setzte, die Flasche in der Hand. Sie schwenkte den Inhalt ihres Glases, bevor sie es an ihre Lippen brachte. Der Lippenstift war bereits über das Glas geschmiert, weil sie mit ihrem anderen Date bereits daraus getrunken hatte.

„Wann hast du ihn kennengelernt?"

„Willst du wirklich über den Kerl reden, den ich gerade

weggeschickt habe?“ Mit dem Ellbogen auf dem Tisch liegend, hielt sie das Glas an ihren Lippen. Sie leckte sich leicht über die Lippen und sammelte den letzten Hauch von Geschmack, bevor sie wieder trank. Sie benahm sich so überzeugend, dass es nicht aussah, als würde sie es spielen. Es war natürlich.

Sie war von Natur aus sexy. „Ich bin nur neugierig. Du scheinst jedes Mal einen neuen Kerl zu haben, wenn ich dich sehe.“

„Ich könnte das Gleiche über dich sagen“, konterte sie. „Außer, dass du in deinem Fall immer mehrere neue Frauen hattest, wenn ich dich sah.“

Ich wirkte wie ein Magnet auf schöne Frauen. Sie konnten den Zug aus meiner Brieftasche und meinem Schritt spüren. „Wann hast du ihn kennengelernt?“

„Er kam neulich in die Galerie. Wir haben Small Talk gemacht, bevor er mich zum Essen einlud.“

„Und wie seid ihr hier gelandet?“

„Ich habe ihn eingeladen.“ Sie hatte überhaupt keine Spur von Scham. Diese Frau hatte keine Angst, sie selbst zu sein. Meine Meinung war ihr völlig egal. Sie lebte ein ähnliches Leben wie ich und sie genoss jede Sekunde davon.

Wenn ich sie nicht für mich allein haben wollte, würde ich es wirklich respektieren. „Ich bin nur einen Anruf weit entfernt.“

Sie stellte ihr Glas ab, bevor sich ein Hauch eines Lächelns über ihre Lippen legte. „Ich habe dich nie für den eifersüchtigen Typ gehalten.“

„Ich bin nicht eifersüchtig.“

„Wirklich?“ Sie drehte wieder ihr Glas. „Sabotierst du immer Dates? Tauchst ohne Einladung vor der Tür einer Frau auf? Verlangst von ihr, dass sie ihr Date loswird? Wenn du nicht eifersüchtig bist, was bist du dann?“

Ich hatte keine Antwort. Überhaupt keine.

Sie stellte ihr Glas ab und schaute dann zur offenen Hintertür. Die Sonne ging unter und die Hitze verflüchtigte sich langsam. Ein sanfter Schein vom Sonnenuntergang füllte den Raum und bedeckte ihre Haut mit der schönsten Farbe. „Ich suche im Moment nichts Festes. Ich habe dir gesagt, dass ich nur an gutem Sex und meiner Karriere interessiert bin. Und selbst, wenn ich mich niederlassen wollte, bist du nicht mein Typ."

Ich brauchte Zeit für eine Antwort, weil mich ihre Worte kalt erwischten. Als hätte sie mir einen Krug mit kaltem Wasser ins Gesicht geschüttet, war ich sprachlos. Keine Frau hatte je so etwas zu mir gesagt. Selbst als ich nur ein Mann mit einem Traum war, wollten Frauen mich für mehr als nur eine Nacht. Meine Muskeln spannten sich an, einerseits um in die Offensive zu gehen, anderseits aus Neugier. Diese Frau war von meinem Charme völlig unberührt und es machte mich verrückt. „Und was ist dein Typ?"

„Kein Mörder, zum Beispiel."

„Dann wirst du mit einem Weichei enden."

Sie ignorierte die Beleidigung. „Ein durchschnittlicher Mann mit durchschnittlichen Mitteln."

Alles, was Frauen wollten, war ein reicher Mann, der ihnen die Welt zu Füßen legen konnte. Sie wollten schöne Autos, eine schöne Villa und eine Halskette voller Diamanten. Sie wollten sich wie eine Königin fühlen und mit einem König verheiratet sein. „Blödsinn."

Ihre Augen bewegten sich voller Feindseligkeit zu meinen.

„Alle Frauen wollen Sicherheit. Alle Frauen wollen einen mächtigen Mann, der sie beschützen kann."

„Nur Frauen, die nicht für sich selbst sorgen und sich schützen können." Ihre Finger schlangen sich um den Stiel ihres Glases und sie spielte damit herum, während sie ihre Augen auf mich richtete. „Ich mache das schon lange und ich bin ziemlich gut darin. Das ist nicht das, was ich bei einem Mann suche. Und Geld ist die Wurzel allen Übels. Wenn man zu viel davon hat, will es jeder haben. Es ist unmöglich, zu sagen, wer dich wirklich mag und wer dich verarschen will. Die Leute werden alles tun, um es in die Finger zu bekommen ... sogar unschuldige Menschen ermorden."

Ich hatte ein paar Arschlochkommentare auf den Lippen, sagte sie aber nicht, weil ich den Kontext ihrer Worte verstand. Ihre Mutter war wegen des Imperiums ihres Vaters ermordet worden. Die Verbindung zu einem kriminellen Leben hatte ihre Familie auseinandergerissen. Jetzt lebte sie allein und hatte seit vielen Jahren nicht mehr mit ihrer Familie gesprochen.

„Also, du bist nicht mein Typ, Cato."

Ich hatte meinen Wein nicht angerührt, seit ich gekommen war. Ich war viel mehr daran interessiert, sie zu schmecken, als den Alkohol meine Lippen berühren zu lassen. Bates Paranoia schien jetzt, da ich ihr Geständnis gehört hatte, übertrieben. Diese Frau hatte keinen Trick im Ärmel. Sie wollte wirklich nur einen Job von mir – und das war alles. Wenn überhaupt, war sie eine geringere Bedrohung als alle anderen, mit denen ich zu tun hatte. „Du liegst nicht falsch. Aber du hast auch nicht recht."

Sie legte ihre Hand unter ihr Kinn, als sie mich betrachtete. Ihre dichten Wimpern machten ihre Augen noch schöner, hypnotischer. Sie hatten vor Ekstase gestrahlt, als ich tief in ihr war, und der Effekt war absolut atemberaubend gewesen.

„Mit großer Macht kommt große Verantwortung. Wenn du ein Mann bist, der dieser Macht würdig ist, wirst du ohne Konsequenz regieren. Ich bin der größte Hai im Ozean, die Spitze der Hierarchie. Ich kontrolliere diese Welt bis ins kleinste Detail. Männer schauen mir über die Schulter, aber meine Macht ist unantastbar. Ich bin der mächtigste Mann auf dieser Welt – und niemand kann mir das jemals nehmen. Vielleicht macht mich meine Stellung zum Ziel, aber sie macht mich auch unantastbar. Wenn eine Frau jemals an meiner Seite wäre, müsste sie nie Angst vor etwas haben – denn die Welt dient mir.“ Ihr Vater hatte ein respektables Imperium mit vielen Männern, aber er war mir nicht gewachsen. Sie glaubte, Reichtum und Privilegien zu verstehen, aber die anderen waren im Vergleich zu mir mittellos. Sie hatte keine Ahnung, was echter Luxus ist. „Ich kann alle Probleme beseitigen.“

Sie hing an jedem Wort, ohne zu blinzeln, aber sie schien trotzdem nicht beeindruckt von dem, was ich sagte. „Du kannst Probleme beseitigen, aber ich bevorzuge es, keine Probleme zu haben.“ Sie nahm die Flasche und füllte ihr Glas wieder auf. „Ich habe dieses Haus von meiner Großmutter geerbt. Es ist klein und urig, aber es ist perfekt für mich. Ich schulde niemandem etwas und das Geld, das ich in der Galerie verdiene, reicht für ein angenehmes Leben. Es gibt nichts anderes, was ich brauche oder will.“

Ich war nicht neidisch auf ihre Einstellung, aber ich respektierte sie dafür. Es gab ihr das ultimative Maß an Macht. Wenn es nichts anderes gab, was sie brauchte, dann musste sie sich nicht für irgendetwas oder irgendjemanden verbiegen. Sie hatte die Kontrolle über ihr Leben und sie suchte nicht nach einem Mann, der ihr das Leben leichter machte. Sie brauchte niemanden für irgendetwas.

Sie trank ihren Wein und leckte sich zwischendurch die Lippen.

Es war das erste Mal in meinem Leben, dass ich eine Frau wollte, der ich gleichgültig war. Sie wollte mit mir schlafen, aber nicht so sehr, um mein Handy mit Nachrichten zu sprengen oder in einem meiner Lieblingsclubs aufzutauchen. Sie hatte keine Hintergedanken, keine Fantasie, dass sie die reichste Frau in diesem Land werden könnte. Sie brauchte nichts von mir – also bedeutete ich ihr nichts. Es war ziemlich sexy.

Sie begegnete meinem Blick und blinzelte einige Herzschläge lang nicht. „Was?"

„Du bist sexy."

„Ich?" Sie legte den Kopf leicht zur Seite.

„Ja. Du."

Ein Lächeln bildete sich auf ihren Lippen und diesmal war es echt. „Du magst eine unabhängige Frau?"

„Ich habe keinen bestimmten Typ." Solange sie schön und unterwürfig war, war es mir egal. Ihre Persönlichkeit, ihre Religion und ihre Überzeugungen waren irrelevant. Ich hatte mich noch nie genug für eine Frau interessiert, um etwas über sie zu erfahren. „Aber ich wurde von einer alleinerziehenden Mutter aufgezogen. Sie arbeitete so viele Stunden wie möglich, um für Bates und mich zu sorgen. Nicht ein einziges Mal beschwerte sie sich oder wirkte schwach. Also habe ich ein Faible für eine Frau, die sich um sich selbst kümmert."

Ihre Augen wurden langsam weicher und das Lächeln auf ihren Lippen verblasste. Ihre Finger ruhten auf dem Rand ihres Glases und die Verspieltheit, die sie vor wenigen Sekunden noch gezeigt hatte, war verschwunden. „Das wusste ich nicht."

„Du bist kein sehr guter Stalker."

„Ich glaube, ich dachte nicht, dass deine Kindheit von Bedeutung ist."

„Jeder Junge wird zum Mann. Aber der Mann vergisst nie, wer dieser Junge war." Es spielte keine Rolle, wie reich ich jetzt war. Ich konnte nicht vergessen, was es bedeutete, zu kämpfen. Ich konnte nicht die Winternächte vergessen, in denen wir uns keine Heizung und die Sommer in denen wir uns keine Klimaanlage leisten konnten. Ich konnte nicht vergessen, wie ich Essen im Obdachlosenzentrum holen musste, als Mama aus der Konservenfabrik entlassen wurde. Meine Anzüge waren so teuer wie Autos, aber unter meiner Haut, meinen Muskeln und Knochen war die Erinnerung, woher ich kam.

„Deine Mutter muss stolz auf dich sein.“

„Ja.“ Es war egal, wie alt ich war, meine Mutter schien jede Gelegenheit zu genießen, mir ein Kompliment zu machen. „Mein Vater ist abgehauen, als Bates und ich noch klein waren. Vater und Versorger zu sein, war für ihn einfach zu schwierig. Meine Mutter musste auch Vater sein und zwei Einkommen haben. Aber sie hat es hinbekommen und gab uns immer das Gefühl, geliebt zu werden. Sie ist ein knallharter Typ … und es gibt nicht viele Frauen da draußen wie sie.“

Sienas Augen waren voller Emotionen, als ob diese Geschichte sie genauso berührte wie mich. „Das ist süß. Ich vermute, du kümmerst dich jetzt um deine Mutter.“

„Natürlich.“

„Das ist noch süßer.“ Sie schien sich nicht mehr für ihren Wein zu interessieren, sondern konzentrierte sich nur noch auf das Gespräch, das wir führten. „Ich habe meine Mutter vor ein paar Jahren verloren. Wir standen uns sehr nahe und ohne sie war es nie wieder dasselbe. Sie war immer so stark und zielstrebig. Sie war Hausfrau, aber das hinderte sie nicht daran, mein Vorbild zu sein. Ich habe versucht, zu einem normalen Leben zurückzukehren, seit sie gegangen ist, aber ich habe das Gefühl, dass ich keine Fortschritte mache. Immer wenn die Feiertage vorbei sind, muss ich neu anfangen.“

Ich konnte den Schmerz in ihren Augen sehen, als sie ihre Mutter erwähnte. Ohne Vater und Bruder war sie wirklich allein. Bates und ich führten keine tief greifenden Gespräche, aber er war dennoch eine wichtige Figur in meinem Leben. Ich hatte ihn und meine Mutter. Es schien, als hätte sie niemanden. „Es tut mir leid."

„Danke. Sie ist der Grund, warum ich meine eigene Familie haben will. Ich möchte eine Mutter sein, so wie sie meine Mutter war."

Ich kannte sie nicht gut, aber ich konnte sie mir gut vorstellen, umgeben von drei Kindern. Ich konnte mir vorstellen, wie sie das Abendessen für eine imaginäre Familie zubereiten würde, die alle unter diesem kleinen Dach lebten. Es würde eng werden, aber sie wäre trotzdem glücklich. Meine Zukunft beinhaltete keine Ehefrau oder Kinder. Bates und ich wussten, dass wir nie heiraten könnten, da es unmöglich war, jemandem außer einander zu vertrauen. Also hatte Siena recht – ich konnte niemals ihr Typ sein.

Ich griff nach dem Glas und nahm einen Schluck, wobei ich meine Augen auf das tiefbraune Haar richtete. Ihre helle Haut kontrastierte mit der Dunkelheit ihrer Haare und schuf eine bezaubernde Schönheit, die nicht zu ignorieren war. Der einzige Grund, warum ich bemerkt hatte, dass sie mir gefolgt war, war, dass sie die atemberaubendste Frau im Raum war. Ich hätte blind sein müssen, um sie nicht zu bemerken.

„Was hat dich heute Abend hierhergeführt, Cato?" Ihre Augen folgten meinen Bewegungen, als ich das Glas anhob und es auf den Tisch zurückstellte. „Was genau willst du?"

Ich legte meinen Arm auf den Tisch und fühlte, wie meine Uhr gegen die Holzoberfläche stieß. „Dich." Ich hätte mit Bates ausgehen und jemanden finden können, der für die Nacht mein Bett mit mir teilte. Ich hätte eines meiner regulären Mädchen zur Unterhaltung anrufen können. Stattdessen war ich auf nur eine Frau fixiert.

Sie hielt meinen Blick mit ihrem gewohnten mutigen Blick. Sie musste diese Antwort erwartet haben, weil sie keine wahrnehmbare Reaktion zeigte. Dies war das zweite Mal, dass ich unangekündigt auftauchte und ihren Standort ausfindig machte, weil ich die Macht hatte, zu tun, was ich wollte. „Du magst vielleicht die Welt besitzen, aber mich besitzt du nicht. Ich schätze es nicht, wenn ich bei meinem Date beobachtet werde oder du einfach so vor meinem Haus auftauchst. Du hast meine Nummer – du kannst mich jederzeit anrufen."

Ich konnte nicht verhindern, dass sich ein Lächeln über meine Lippen ausbreitete. „Also kannst du mir folgen, aber ich darf das nicht?"

„Ich bin dir in der Öffentlichkeit gefolgt. Ich habe mich nie in dein Liebesleben eingemischt oder bin auf deinem Grundstück aufgetaucht."

„Weil du erschossen worden wärst, wenn du das getan hättest."

„Was auch immer", sagte sie. „Wenn du mich willst, musst du mich respektieren. Das ist der einzige Weg, wie das funktioniert."

Ich hatte die ganze Macht, aber sie das Sagen. Es war süß. Niemand sonst hätte die Eier, um eine solche Anfrage zu stellen. „In Ordnung." Ich nahm mein Weinglas zusammen mit ihrem und trug sie zur Spüle. Das Glas ihrer Verabredung lag darin, Weintropfen tropften den Abfluss hinunter. Schon der Gedanke, dass sie sich für einen anderen Kerl ausziehen würde, machte mich wütend, also ging ich zurück zum Tisch und starrte sie an.

Sie hielt meinen Blick, ohne Angst. Sie saß mit erhobenem Kopf da und war eine Königin ohne Thron oder Krone, aber sie besaß eine solche Würde und Anmut, dass es unmöglich war, sie nicht zu respektieren. Ich konnte mit jeder anderen Frau ausgehen, aber ich stand in ihrer Küche, und schmeckte noch immer ihren billigen Wein auf meinen Lippen.

Vielleicht hat mich ihre Kälte heißgemacht. Vielleicht begeisterte mich ihre Gleichgültigkeit. Vielleicht war ich nur deswegen dort, weil sie mich nicht gelangweilt hatte, weil sich diese Beziehung ganz anders entwickelt hatte als alle anderen. „Ich könnte jetzt gehen. Ich könnte mir eine andere Frau in mein Bett holen – am besten zwei. Oder ich könnte hier bleiben – bei dir. Was wird es sein?" Ich steckte die Hände in die Taschen und stellte mich neben ihren Esstisch. Ich wollte sie mit der Hand am Nacken packen und sie über den Tisch beugen. Oder noch besser, sie drauf werfen und meinen Schwanz tief und hart in ihr vergraben. Das Letzte, was ich wollte, war, zu gehen, um woanders eine Muschi zu finden. Es war uninteressant und langweilig, immer wieder das Gleiche. Die einzige interessante Frau, die ich jemals hatte, saß direkt vor mir, trotzig und schön. Da sie nichts wollte, was ich ihr geben konnte, gab es keinen Grund für sie, von mir beeindruckt zu sein. Ich wollte nur beweisen, dass sie falsch lag.

„Wenn ich dich bitten würde, zu gehen, würdest du es dann wirklich tun?"

Ich hatte noch nie etwas getan, worum mich jemand gebeten hatte. „Ich bin mir nicht sicher. Ich habe noch nie auf jemanden gehört. Aber wir wissen beide, dass du nicht willst, dass ich gehe, also hören wir auf, so zu tun, als ob es anders wäre." Arrogant, wie ich war, hielt ich mich nicht zurück, diese Worte auszusprechen.

Sie starrte mich mehrere Herzschläge lang an, ihr Pokerface war undurchdringlich. Vielleicht mochte sie mich als Person nicht, aber sie mochte das Gefühl, wie ich sie sich fühlen ließ. Sie war die ganze Nacht um meinen Schwanz herum gekommen und war so begeistert, als hätte sie noch nie in ihrem Leben so guten Sex gehabt. Sie brauchte mich für eine gute Zeit, brauchte mich, um all die Jungs wieder gutzumachen, die ihre Zeit verschwendet hatten.

Sie stand auf und schlenderte dann langsam auf mich zu. Ihre Anwesenheit entzog dem Raum die Luft. Mit auf mich fixierten Augen näherte sie sich mir, bis ihre Hände meine muskulösen Arme berührten. Ihre Finger fühlten die hervortretenden Venen und die prallen Muskeln. Dann glitt sie langsam zu meinen Schultern, während sie meine Lippen betrachtete. „Ich will, dass du weg bist, bevor ich morgens aufwache."

Sie stieß mich weg, bevor wir überhaupt anfingen. Es war die gleiche Einstellung, die ich zu meinen Geliebten hatte, aber es von ihr zu hören, überraschte mich trotzdem. Ich war ein Einwegartikel, wertlos. Es brachte mich nur dazu, sie noch mehr zu wollen, diese kalte Frau zu erobern und sie glühend heiß zu machen. „Wir werden sehen." Meine Hände bedienten sich unter ihrer Bluse und ich fühlte die weiche Haut ihres Bauches. Meine Daumen streichelten ihre Bauchmuskeln, als ich mein Gesicht näher an ihres drückte. Je länger ich ihren Blick hielt, desto mehr spürte ich, wie ihre Kraft nachließ. Sie war ein Hitzkopf, wenn sie die Kontrolle hatte, aber sobald meine Hände auf ihr waren, war sie leicht zu besiegen. Mein Mund neckte ihren, kam nahe an ihre Lippen, küsste sie aber nicht. Ich drückte sie gegen den Tisch und zog mir dann mein Hemd über den Kopf.

Ihre Augen verehrten sofort meinen Körper, ihr Verlangen brannte heiß. Ihre Handflächen legten sich auf meine Brust und sie zog langsam ihre Fingerspitzen nach unten und spürte die Rillen der Muskeln in den Tälern meines Bauches. Diese hitzige Einstellung war lange vorbei und alles, was blieb, war eine Frau voller Schmerzen. Genau wie beim letzten Mal, als wir zusammen gewesen waren, schlüpfte sie schnell in eine andere Person, als gäbe es keinen anderen Mann auf der Welt, mit dem sie lieber zusammen wäre. Vielleicht hat ihre Einstellung andere Menschen getäuscht, aber mit Sicherheit nicht mich.

Ich neigte meinen Kopf zu ihrem, küsste sie aber immer noch nicht und neckte sie absichtlich.

Sie beugte sich vor, um meinen Mund zu nehmen, ihre Finger krallten sich in meine Brust.

Ich weigerte mich, ihr meine Lippen zu geben. „Sag mir, dass du mich willst."

„Du weißt, dass ich dich will."

„Sag es." Ich würde sie dafür bestrafen, dass sie mich ärgerte, dafür, dass ich sie so sehr wollte, dass ich hierher marschiert war wie ein eifersüchtiger Trottel.

Ihre Hände umklammerten meine Schultern. „Ich will dich, Cato."

„Keine anderen Männer mehr. Nur mich." Darum hatte ich noch nie eine Frau gebeten. Sie schienen alles in ihrem Leben fallen zu lassen, um sich ausschließlich auf mich zu konzentrieren. Aber bei dieser Frau standen jedes Mal, wenn ich ihr den Rücken zuwandte, mehr Verehrer Schlange. Sie war die Art von Frau, die nicht auf einen Mann wartete – und das machte sie unglaublich sexy.

Die Erregung in ihren Augen verblasste auf meinen Wunsch hin. „Das kann nicht dein Ernst sein."

„Ist es mir jemals nicht ernst?" Mein Leben drehte sich um Arbeit und Alkohol. Ich hatte einen beschissenen Humor.

„Ich habe dir gerade gesagt, dass ich nicht nach einer Beziehung suche."

„Ich auch nicht. Aber ich will dich, wenn ich dich will. Ich werde mich nicht jedes Mal hinten anstellen, wenn ich dich will." Ich drückte meine Stirn an ihre, während ich sie gegen den Tisch drückte. Meine Finger erforschten ihre Hüften unter ihrem Oberteil und fühlten diese seidig weiche Haut, die ich überall küssen wollte.

„Du siehst nicht aus, als wärst du monogam."

„Weil ich es nicht bin." Ich rieb meine Nase an ihrer und starrte dann auf ihre Lippen. „Aber ich kann eine Ausnahme machen – für einen kurzen Zeitraum."

Ein Grinsen breitete sich über ihr Gesicht aus, ein wissender Ausdruck in ihren Augen begleitete es.

„Was?"

Sie schüttelte leicht den Kopf. „Ich lag richtig."

„Wobei denn?"

„Ich habe dir gesagt, dass ich allein klarkomme. Ich habe dir gesagt, dass ich die Art von Liebhaberin bin, die ein Mann kaum alleine bewältigen kann. Ich habe dir gesagt, dass ich nicht teile – ein Mann würde mich nie teilen wollen."

Es hatte sich damals wie eine leere Drohung angehört, aber ihre Worte verfolgten mich, seit sie sie ausgesprochen hatte. Jedes Mal, wenn ich mit einer Frau zusammen war, fragte ich mich, ob Siena besser gewesen wäre. Ich fragte mich, ob ich einen Fehler gemacht hatte, als ich sie für einen Dreier mit nach Hause genommen hatte. Jetzt, da ich sie hatte, wurde mir klar, dass ihre Drohung echt war. Sie war eine besondere Art von Frau – eine, die ich noch nie zuvor getroffen hatte. „Glückwunsch. Du bist die erste Person, die mir das Gegenteil beweist."

Ihre Hände begannen unter meinen Brustmuskeln und schlangen sich langsam nach oben. „Ich mag den Geschmack des Sieges."

„Ich mag deinen Geschmack." Meine Finger spielten an ihrer Jeans und ich öffnete diskret den oberen Knopf. Meine Augen wanderten zu diesen prallen Lippen, aber ich nahm sie immer noch nicht in meinen Griff. Die Vorstellung, mit einer einzigen Frau zusammen zu sein, klang nicht nach einem Opfer. Es Klang wie eine Gelegenheit, die ich noch nie zuvor erforscht hatte. Die Wiederholungen meines

Lebens waren alltäglich geworden und seit ich Siena getroffen hatte, schien alles interessanter zu sein.

„Also werde ich keine anderen Männer daten. Das bedeutet, dass du keine anderen Frauen datest."

„Ich date nicht."

„Du weißt, was ich meine." Ihre Hände wanderten zu meiner Jeans und öffneten sie langsam. Der Knopf sprang auf, dann arbeitete sie sich zum Reißverschluss vor. Langsam zog sie sie nach unten, entlang meiner harten Kontur, die in meinen Boxershorts spürbar war. Ob absichtlich oder versehentlich, blickten ihre Augen nach unten und sie leckte sich die Lippen, als wäre es genau das, worauf sie sich am meisten gefreut hatte, meinen Schwanz zu sehen. „Nur du und ich für ein paar Wochen. Wenn mein Projekt fertig ist, sind wir es auch." Sie schob meine Jeans an meinen Hüften vorbei, sodass sie auf den Boden rutschten. Sie zog mich aus und setzte, ohne zu zögern, eine Frist fest. Eine langfristige Bindung war wirklich das Letzte, was sie von mir wollte.

Jetzt wollte ich sie noch mehr.

Sie hakte ihre Finger in meine Boxershorts und zog sie langsam nach unten, zog sie über meinen Schwanz und dann über meine Oberschenkel. Jeder Zentimeter wurde langsam enthüllt und zeigte die dicken Adern in meinem Schaft zusammen mit der Dicke meiner Eichel. Wie eine Frau, die die schönen Dinge im Leben zu schätzen wusste, sah sie meinen Schwanz an, als wäre er ein Kunstwerk. „Ich sage das nicht oft … aber du hast einen schönen Schwanz." Sie schaute auf ihn hinunter, während ihre Finger immer noch den Stoff meiner Boxershorts umfassten. Ihre Finger brachten ihn in die richtige Position, ihre Zunge glitt auf sexy Weise über ihre Unterlippe.

Meine Hand bewegte sich zu ihrem Nacken und ich drückte sie langsam auf den Fliesen auf die Knie. Ich hatte schon gute Blowjobs auf dem Rücksitz meines Autos oder auf einer öffentlichen Toilette bekommen, aber ich hatte noch nie einen so spektakulären wie von ihr bekommen. Sie tat es mit einer Begeisterung, die sich nicht nachahmen oder vortäuschen ließ. Sie war eine Frau, die allein davon kam, mich zu genießen und mich zu bedienen.

Sie öffnete den Mund weit und machte sich an die Arbeit. Mit diesem schlanken Hals nahm sie meine Länge auf. Sie drückte ihre Zunge flach und hielt ihren Mund weit offen, als sie mich tief in sich drückte. Ihre Hände packten meine Boxershorts und zogen sie weiter nach unten, bis sie um meine Knöchel lagen. Sie schloss die Augen und produzierte so viel Speichel, dass er auf den Boden ihres Esszimmers tropfte. Anstatt mir ein kurzes Vorspiel zu geben, damit wir zum guten Teil kommen konnten, wurde sie langsamer und nahm sich Zeit. Sie genoss es noch mehr als ich.

Und das machte es zur heißesten Sache auf der Welt.

Frauen wollten mich erfreuen, um meine Aufmerksamkeit zu bekommen. Aber Siena lutschte meinen Schwanz, weil es ihr gefiel, und hatte beim letzten Mal fast den Höhepunkt erreicht. Ihre Nägel bohrten sich in meine muskulösen Oberschenkel und sie stöhnte, selbst als mein Schwanz so tief in ihr war, dass er sie fast erstickte.

Das war der beste Blowjob, den ich je erhalten habe.

Meine Hand grub sich in ihr Haar und ich starrte auf die Frau unter mir und beobachtete, wie sie die Unannehmlichkeiten ihrer Knie ignorierte, weil mein Schwanz einfach so gut war. Ich hatte schon viele Kehlen gefickt, aber noch nie eine so geile.

„Liebst du meinen Schwanz, Baby?“

Sie zog ihren Mund zurück und wichste meinen Schwanz mit der Hand. Ein Tropfen Speichel tropfte aus ihrem Mundwinkel und fiel zu Boden. „Ja. So sehr.“ Ihre

Finger streichelten meine Eier und sie drückte meine Länge zurück in ihre Kehle.

Es wäre so einfach, in ihr zu kommen, und meinen heißen Samen in ihren Rachen zu spritzen, damit er in ihren Bauch fließen könnte. Es gab nichts, was ich mehr liebte, als einen guten Blowjob – die Frau am Nacken zu packen, während ich sie festhielt, und fertig wurde. Aber diese Frau war in allem so gut, dass ich mehr wollte. Ich wollte gleichzeitig in ihren Mund, ihre Muschi und ihren Arsch kommen.

Zu schade, dass das nicht möglich war.

Ich zog meinen Schwanz aus ihrem Mund und versuchte, ihn nicht wieder reinzuschieben, als sie dieses enttäuschte Gesicht machte. „Komm hoch."

Sie benutzte meine Oberschenkel als Halt, um sich nach oben zu ziehen. Ihre Jeans war geöffnet und ihr Oberteil war ein wenig hochgerutscht. Als sie auf den Beinen war, zog sie ihr Oberteil über den Kopf und stand in einem schwarzen Spitzen-BH, einem Push-up, der die Schönheit ihrer natürlich kecken Brüste hervorhob, vor mir.

Ich hatte in meinem Leben viele Titten gesehen – aber keine waren mit ihren zu vergleichen.

Sie schob ihre Jeans nach unten und ließ sie zu Boden fallen. Zurück blieb ein passender schwarzer String.

Ich wusste, dass sie die Dessous für ihr anderes Date trug – aber jetzt war ich derjenige, der sie sehen durfte.

Meine Hand glitt über ihren Rücken und ich öffnete ihren BH mit einem Fingerschnippen. Als Nächstes zog ich ihren String nach unten und schob ihn über ihre sexy Hüften, damit er zu ihren Knöcheln fallen konnte. Jetzt, da sie nackt und schmerzhaft schön war, wollte ich sie so hart ficken, dass es eine Strafe war. Ich wollte sie dafür bestrafen, dass sie einen anderen Mann ins Haus gebracht hatte. Ich wollte sie quälen, weil ich dachte, kein anderer Mann könnte sie so gut ficken wie ich.

Mein Körper war bestrebt, die Dinge zu beschleunigen, aber meine Lippen verlangsamten alles. Meine Hände umschlossen ihre perfekten Brüste und ich küsste sie. Mein Mund bewegte sich quälend langsam und schätzte die Weichheit ihrer Lippen und die Art, wie sie sich sanft gegen meine bewegten. Unsere Atmung erfüllte den ruhigen Raum und die Sonne verschwand langsam am Horizont, bis wir in der Dunkelheit zurückgelassen wurden. Nur ein paar Lichter im Haus erhellten den Raum.

Ich hob sie auf den Esstisch und zog ihren Hintern über den Rand. Ihre Brustwarzen waren so hart, dass sie ein Messer schärfen konnten. Ihre üppigen Brüste waren mit einem schmalen Brustkorb gepaart, einer Wespentaille, einem Körper, der auf das Cover eines schmutzigen Magazins passen konnte. Ihr flacher Bauch führte zu einer perfekt gepflegten Muschi, schön gewachst und wunderschön. Ich hatte sie schon einmal geschmeckt, aber jetzt wollte mein Schwanz sie nur noch ficken.

So richtig gut ficken.

Ich nahm ihre Beine in meine Arme und drückte meinen Schwanz in ihren Eingang. Meine große Eichel drückte sich durch die Enge ihrer schönen Lippen. Mein Schwanz konnte die Feuchtigkeit spüren, die dort war, und das sagte mir, dass sie wollte, dass ich sie ficke, lange bevor mein Schwanz überhaupt in ihrem Mund war.

„Was machst du?“ Sie stützte sich auf ihren Ellbogen und drückte ihre Hand gegen meinen Bauch, ihre Finger trafen auf die dicken Rillen der Muskeln. „Du fickst mich nicht ohne Kondom.“

„Wenn ich niemanden sonst ficke, dann ficke ich dich definitiv ohne Kondom.“ Ich hatte noch nie ungeschützt mit einer Frau geschlafen, weil ich wusste, dass sie die erste

Gelegenheit nutzen würde, sich schwängern zu lassen. Aber diese Frau wollte nichts mit mir zu tun haben, deshalb machte ich mir darum keine Sorgen.

Sie hielt weiter ihre Hand auf meinem Bauch. „Zeig mir deine Arztbescheinigung und ich zeige dir meine. Bis dahin ziehst du eins über."

Die Eichel meines Schwanzes konnte spüren, wie feucht sie war, wie sehr sie meinen Schwanz tief in sich aufnehmen wollte. Nur das Gefühl, dieses einzigen Zentimeters reichte aus, um sie zu ignorieren und es trotzdem zu tun. Aber sobald ich meine Bescheinigung hätte, würde sie mir gehören und ich könnte sie so oft ficken, wie ich wollte.

Ich zog meinen Schwanz heraus und rollte mir ein Kondom über.

„Danke."

Ich zog sie an die Tischkante und stieß heftig zu, als ich mich in sie hineinschob. Ich schob mich durch ihre Enge und Nässe und beanspruchte ihre Muschi als meine. Dieser andere Kerl wünschte, er wäre ich. Wahrscheinlich war er in diesem Moment zu Hause, holte sich einen runter und wünschte, er würde sie an meiner Stelle ficken.

Aber ich war derjenige, der sie fickte.

Sie rollte den Kopf zurück und ihr langes Haar fing die Weintropfen auf, die aus den Gläsern verschüttet worden waren. Mit weit geöffneten Lippen und ihrer Lebensfreude in den Augen war sie eine Frau, die so gründlich gefickt wurde, wie sie es mochte. Sie vermisste ihr anderes Date nicht, nicht als sie von einem Schwanz gefickt wurde, der so groß war wie meiner. „Cato ... ich liebe deinen Schwanz." Sie packte mich an den Hüften und zog sich in mich hinein, um meinen Stößen zu begegnen, indem sie ihren Körper noch näher heranzog. Sie rollte den Kopf zurück, biss sich auf die Lippe und sagte es dann noch einmal. „So ein guter Schwanz."

Meine Hand ergriff ihren Nacken und ich zog sie auf diese Weise zu mir und kontrollierte sie vollständig, während ich meine gesamte Länge in sie hineinstieß. Ich stieß immer und immer wieder zu und beanspruchte diese Muschi als meine. Bald würde uns das Kondom nicht mehr trennen und ich würde mein ganzes Sperma tief in sie hineinspritzen, was sie zur ersten Frau machen würde, die diese Ehre hatte.

Ich konnte diesen Moment kaum erwarten.

Sie stützte sich auf einen Ellbogen und zog dann meinen Hals herunter, damit sie mich küssen konnte. Sie umfasste mein Gesicht und gab mir einen heißen Kuss. Ihre Beine waren noch immer gespreizt, damit sie meine ganze Länge nehmen konnte. „Fick mich weiter … genau so."

Nichts war so sexy wie eine Frau, die sagte, was sie will. Ohne sich ihrer Sexualität zu schämen, benutzte sie mich so, wie ich sie benutzte. Sie benutzte mich, um zu kommen und sich in einen glühenden Höhepunkt zu treiben, der ihre Zehen sich verkrampfen ließ.

„Genau dort …" Sie hörte auf, mich zu küssen, damit sie mir direkt ins Gesicht schreien konnte. „Cato … ja." Sie legte ihre Stirn an meine und schloss die Augen, als sie fertig war. Ihre perfekte Muschi drückte meinen Schwanz wie eine Python. Sie kam hart und schnell und durchtränkte mich mit einer weiteren Welle der Erregung. „Noch mal." Sie öffnete die Augen und warf mir einen furchtlosen Blick zu, als würde ein Ungehorsam nicht toleriert.

Mein Schwanz hatte sich schon verdickt, weil ich nach ihr explodieren wollte. Zu sehen, wie eine Frau die Führung übernahm, während sie auf dem Rücken lag, war ein seltener Anblick. Alles, was sie normalerweise taten, war zu stöhnen und mir ein Kompliment machen. Diese Frau drängte mich etwas härter und sagte mir, wie sie es wollte, damit ich sie zum Orgasmus brachte. „Ich kann dich so oft kommen lassen, wie du willst."

Sie gab meinen Lippen einen sanften Kuss, eine subtile Entschuldigung für ihre Aggression. „Ich werde dich daran erinnern."

Wir landeten oben in ihrem Bett. Es war ein kleines Queensize Bett in einem engen Raum. Das Fenster überblickte den Garten und die Hügel in der Ferne. Sie hatte eine mächtige Eiche direkt vor ihrem Fenster, deren Blätter durch den nächtlichen Wind raschelten.

Ein Riese wie ich konnte sich in einem Bett, das kaum groß genug für eine alleinstehende Frau war, nicht wohlfühlen, aber wir schafften es, indem sie auf mir lag. Sie war leichter als eine Feder, daher bemerkte ich kaum, dass sie überhaupt da war. Meine Hand ruhte in der tiefen Krümmung ihres Rückens und fing gleichzeitig ein paar Haarsträhnen ein. Ich sah die Schatten an der Decke tanzen, als ich diese Frau hielt, die irritierendste Frau auf dem Planeten.

Ich war noch nie in dem Haus einer Frau gewesen, aber da war ich nun, um ihre Matratze mit meinem Gewicht kaputtzumachen. Ich hatte noch nie jemanden ohne Vorankündigung überfallen, nie eine Frau gebeten, aufzuhören, andere Männer zu treffen. Ich war über Nacht zu einem völlig anderen Mann geworden – und ich hatte keine Ahnung warum.

Sie schlief schließlich auf mir ein und ihre gleichmäßige Atmung besaß die gleiche schöne Kadenz wie ein Wasserfall. Sie war so zierlich und schön, aber ihre unwiderstehliche Präsenz konkurrierte mit meiner eigenen. Für einen anderen Mann wäre es leicht gewesen, in dieser Nacht meinen Platz einzunehmen, und das hat mir irgendwie das Gefühl gegeben, etwas Besonderes zu sein.

Auch, wenn das Besondere nicht in meinem Wortschatz stand.

Sie atmete tief durch und bewegte sich, etwas in ihren Gedanken weckte sie auf. Sie bewegte sich von meiner Brust weg, fuhr sich dann mit den Fingern durch die Haare und strich sich die langen Strähnen aus dem Gesicht, um ihre verschmierte Wimperntusche zu enthüllen. Mit schweren Lidern und einem deutlich erschöpften Blick, schien es, als ob sie tagelang schlafen könnte. Aber stattdessen verließ sie meine Brust und gähnte. „Du solltest gehen. Ich habe morgen einen langen Tag."

An meinem Platz erstarrt, konnte ich nicht glauben, wie einfach sie mich aus ihrem Haus warf.

Cato Marino.

Ich besaß alles und sie warf mich raus?

Als ich nichts sagte oder mich bewegte, drehte sie sich um, um mich anzusehen, sexy mit dem Laken, das kaum ihre frechen Brüste bedeckten. Mit diesem schläfrigen Ausdruck in den Augen sah sie noch schöner aus als hellwach. Die Stunde, die ich damit verbracht hatte, sie zu erfreuen, hatte sie völlig erschöpft. „Hast du mich gehört?"

„Ja. Das heißt aber nicht, dass ich auf dich höre."

„Dieses Bett ist nicht groß genug für uns beide."

„Du kannst einfach auf mir schlafen."

Sie stützte sich auf ihren Ellenbogen. „Versuchst du immer, über Nacht zu bleiben, auch wenn eine Frau dich bittet, zu gehen?"

Nein. Weil ich noch nie versucht hatte zu bleiben. Ich trat die Laken zurück und stand auf.

Sie blieb im Bett und zog die Laken bis zu ihrer Schulter hoch. „Gute Nacht."

Ich stand nackt an ihrem Bett und war erneut schockiert. „Du willst mich nicht rausbringen?"

„Du weißt, wo die Haustür ist."

Ich dachte immer, ich wäre ein Arschloch, aber es sah so aus, als hätte ich jemanden gefunden, der mir das Wasser reichen konnte. „Du musst die Tür abschließen, nachdem ich gegangen bin."

„Ich habe vor niemandem Angst. Ich habe eine Waffe und habe keine Angst, sie zu benutzen."

Ohne Grund zu bleiben, blieb ich an ihrem Bett und sagte kein Wort. Ihre Gleichgültigkeit verwirrte mich. Ihre Kälte verletzte mich. Jede Frau würde für meine Aufmerksamkeit töten, aber ihr bedeutete sie nichts.

Ich verließ ihr Schlafzimmer und nahm meine Klamotten. Ich zog alles an und checkte dann mein Handy. Natürlich gab es zehn verpasste Anrufe von verschiedenen Personen. Eine von ihnen war Bates.

Ich ging aus der Tür und stieg in meinen Bugatti ein, mein Sicherheitsteam breitete sich im Umkreis von einem Kilometer aus. Ich fuhr weg und rief meinen Bruder zurück.

„Wo bist du?", fragte er, sobald er ranging.

Draußen war es stockdunkel und ich kehrte in die Toskana zurück, anstatt nach Florenz. Ich konnte nicht so viel fahren, wie ich wollte, also war es ein seltenes Vergnügen. Ohne Musik konnte ich das Geräusch des kraftvollen Motors hören, der mich durch die wunderschöne Landschaft trug. „Was willst du?"

„Wenn du nicht ans Telefon gehst, bedeutet das, dass du etwas tust, was du nicht tun solltest – oder es mit *jemandem* tust, mit dem du es nicht solltest."

„Mach dir keine Sorgen um meinen Schwanz und ich mache mir keine Sorgen um deinen."

„Du musst dir keine Sorgen um meinen machen – denn er ist nicht blöd."

„Das wäre noch zu klären."

„Wie auch immer, Gerüchten zufolge gehen die Beck-Brüder Bankrott. Ihre Spekulationsgeschäfte in Ölvorkommen sind zum Stillstand gekommen. Die Informationen sind nicht öffentlich, aber ich habe einen Mann im Inneren."

Ich hatte ihnen eine halbe Milliarde Dollar geliehen, um das Projekt mit einem hohen Zinssatz zu finanzieren. Ihre Agenda schien so einfach, dass ich verblüfft war, dass sie es vermasseln konnten. „Hoffentlich liegt dein Informant falsch."

„Tut er nicht, Cato. Sie haben die Hälfte der Investition ausgegeben und anscheinend ist sie weg. Wir haben Glück, wenn wir die andere Hälfte zurückbekommen."

„Sie werden das wieder gutmachen, was sie verloren haben – auf die eine oder andere Weise."

„Das ist eine Menge Geld, Cato – auch für uns."

Ich fuhr mit einer Hand am Lenkrad und bemerkte die Lichter der Autos hinter mir. Es war leicht, mich mitten im Nirgendwo zu entdecken, denn ein Dutzend Autos voller Männer und Waffen begleiteten mich überall hin. Auch wenn ich alleine war, war ich nie wirklich alleine. „Die Menschen vertrauen unserem Geld, weil wir unsere Kunden immer zum Zahlen bringen. Es hält uns liquide. Wir werden das Geld auf die eine oder andere Weise zurückbekommen. Ich werde mich darum kümmern."

„Oder wir könnten sie hinrichten."

„Sie zu töten ist zu einfach. Es ist praktischer, sie zum Arbeiten zu bringen."

„Aber wir müssen sie trotzdem töten."

Jeder wusste, dass es ein Risiko war, sobald sie sich Geld von mir geliehen hatten. Ich hatte das Geld, um ihre Investitionen zu verwirklichen, aber sie bürgten mit ihrem Leben. Wenn sie ihre Versprechen nicht einhielten, würden sie

Folter und Tod erleiden. Es gab keine Ausnahmen. „Ja. Ich werde es selbst tun.“ Ich hatte schon so viele Menschen getötet, dass es mir nichts mehr ausmachte. Es störte keinen Moment meines Schlafs. Die meisten meiner Geschäftspartner waren sowieso Kriminelle, also war es nicht so, als hätte ich unschuldige Menschen ermordet. Ich machte Geschäfte mit dem Rest der Welt, Familien, die einen Kredit brauchten, um ihr erstes Haus zu kaufen, aber das war eine völlig andere Seite meines Geschäfts. Das war die öffentliche Version, über die in den Zeitungen geschrieben wurde. In der Unterwelt habe ich mein wirkliches Geld verdient. Ich war ein glorifizierter Gangster in einem hübschen Anzug.

„Ich werde noch etwas recherchieren und dich auf dem Laufenden halten.“

„In Ordnung.“ Das Telefonat schien beendet zu sein, also wollte ich auflegen.

„Warst du mit dem Kunst-Häschen zusammen?“

Mein Finger schwebte über dem Knopf. „Ich teile sie nicht, also hör auf zu fragen.“

Er kicherte. „Ich bin nicht daran interessiert, etwas zu teilen. Ich bin daran interessiert, sie loszuwerden. Wenn sie sich als die Schlange entpuppt, für die ich sie halte –“

„Dann werde ich ihr selbst eine Kugel in den Kopf jagen.“

Ich saß allein im Konferenzraum und nahm mir Zeit, meine Zigarre zu genießen. Der Rauch füllte meine Lungen mit angenehmer Elektrizität, bevor er langsam wieder aus meiner Nase drang. Ich hatte Papierkram, E-Mails und Telefonate erledigt, aber ich hatte es nicht eilig, zu gehen. Die Zeit verging langsam und ich saß da und dachte an nichts.

Ich war nicht nur der reichste Mann in diesem Land, sondern auch der jüngste, der diese Leistung vollbracht hatte. Meine Mutter musste sich nie wieder um Geld sorgen und mein Bruder und ich würden in unserem Leben nie wieder kämpfen müssen. An der Weltspitze zu stehen, sollte mir eine herrliche Sicht vermitteln, einen Höhepunkt, der nie verblasste.

Aber es fühlte sich fad, langweilig und künstlich an.

War das eine Depression? War es Hoffnungslosigkeit? Ich konnte mich über nichts beschweren, aber trotzdem fühlte ich mich innerlich leer.

Warum?

Giovanni klopfte, bevor er die Tür öffnete. „Miss Siena ist hier, um Sie zu sehen, Sir."

Ich rauchte weiter meine Zigarre. „Schick sie rein." Ich hatte vergessen, dass sie an diesem Nachmittag vorbeikommen wollte. Das Dekorieren meines Hauses war eine große Aufgabe, die sie mindestens einen Monat in Anspruch nehmen würde, und jedes Mal, wenn sie von einem Raum zum nächsten ging, brauchte sie meine Zustimmung.

Einen Moment später trat sie ein, in Schwarz gekleidet mit weißen Perlen. Ihre Eleganz war respektabel, aber jedes Mal, wenn ich sie ansah, stellte ich mir diesen Sanduhrkörper, diese üppigen Brüste und diese feuchte Muschi vor, die meinen Schwanz wie ein Profi bedienen konnte. Ihre Mappe war unter ihren Arm geklemmt und sie bediente sich des Sitzes zu meiner Linken und blieb so professionell wie immer.

Ich machte meine Zigarre nicht wie ein Gentleman aus. Ich zog den Rauch weiter in meine Lungen, während ich sie ansah und diese Frau bewunderte, der ich so gleichgültig war, dass es ein Wunder war, dass sie sich an meinen Namen erinnerte.

Sie schlug die Beine übereinander und öffnete die Mappe auf dem Tisch.

Ich wartete darauf, dass sie mich aufforderte, die Zigarre auszumachen.

„Du wirkst heute launisch." Sie schlug die richtige Seite auf und klickte dann auf ihren Kugelschreiber.

„Ich bin immer launisch."

Heute war ihr Haar nicht im strengen Bibliothekar-Look zurückgezogen. Es war gewellt und dicht, umrahmte ihr Gesicht und reichte über ihre Schultern. Sie trug Perlenohrringe und ihr leuchtend roter Lippenstift war der perfekte Farbton für ihren Hautton. Sie war eine wunderschöne Frau, egal ob ihre Haare hochgesteckt waren oder nicht. Sie könnte in einen Kartoffelsack ohne Make-up herumlaufen und sie würde mich immer noch faszinieren. Irgendetwas an dieser Frau machte mich verrückt, aber ich hatte nicht herausgefunden, was es war.

Sie sah zu, wie ich die Zigarre an meine Lippen brachte und den Rauch in die Luft pustete.

Ich wartete darauf, dass sie mir sagte, ich solle sie ausmachen.

„Du bist schrecklich unhöflich."

„Bin ich das?" Ich legte sie in den Aschenbecher und ließ den Rauch zur Decke steigen.

„Du bietest mir keine Zigarre an?"

Ich tat mein Bestes, um die Überraschung in meinem Gesicht zu verbergen, aber ich schaffte es nicht. Anstatt mich zu nerven, gesünder zu leben, wollte sie am Spaß teilhaben. Ich nahm eine weitere Zigarre und steckte sie mir in den Mund, um sie anzuzünden. Dann gab ich sie ihr.

Sie hielt sie zwischen ihren Fingern und nahm einen tiefen Zug, der Rauch tanzte um ihren leicht geöffneten Mund.

Ich hatte noch nie etwas so Heißes gesehen.

Sie ließ langsam den weißen Rauch aus ihrem Mund und ihren Nasenlöchern entweichen, bevor er zur Decke aufstieg. Sie nahm einen weiteren Zug und schloss die Augen, als würde sie ihn wirklich genießen. Dann legte sie sie in den Aschenbecher und wandte sich ihren Notizen zu.

„Die meisten Frauen würden mich bitten, sie auszumachen."

„Die meisten Frauen haben noch nie eine gute Zigarre genossen." Sie drehte ihre Unterlagen zu mir und zeigte mir Fotos der neuen Bilder, die sie an meine Wände hängen wollte. „Ich war neulich in Mailand und habe diese gefunden. Da du in diesem Raum wichtige Kunden empfängst, dachte ich, wir sollten unsere schönsten Stücke hier platzieren."

Ich sah mir die Fotos an, die sie mit ihrem Handy aufgenommen hatte, aber der Blitz und die schlechte Qualität wurden der Arbeit nicht gerecht. „Bring sie her, wie die anderen, damit ich sie persönlich sehen kann." Die Bilder waren mir nicht so wichtig, aber sie mit bloßem Auge zu sehen, war eine viel bessere Möglichkeit, um sich einen richtigen Eindruck zu machen.

„Mit diesen kann ich das nicht machen. Sie hängen in einem Museum. Du hast mir kein Budget vorgegeben, also war ich mir nicht sicher, welche Preisklasse du suchst. Und dies sind einige der teuersten Stücke der Welt."

Das arrogante Arschloch in mir wollte lachen. „Geld ist kein Thema, Baby."

„Allein dieses kostet zehn Millionen Euro." Sie zeigte auf den Monet. „Es hängt seit zwanzig Jahren in diesem Museum und sie sind nicht bereit, es für einen Euro weniger herzugeben."

Mein toskanisches Zuhause war ein Symbol der Macht, eine subtile Möglichkeit, die Männer, für die ich arbeitete, zu beeindrucken und einzuschüchtern. Es war nichts zu teuer oder ausgefallen. „Der Preis ist fair. Wir fahren nach Mailand und sehen uns das Gemälde persönlich an."

„In Ordnung. Sag mir einfach, wann."

„Wie wäre es jetzt?"

Sie wollte gerade einen Zug von ihrer Zigarre nehmen, ließ sie aber wieder in den Aschenbecher sinken. „Jetzt sofort?"

„Ja." Ich machte meinen eigenen Zeitplan. Ich konnte tun, was ich wollte, wann ich wollte. „Wir nehmen mein Flugzeug. Wir können in dreißig Minuten fliegen, in einer Stunde in Mailand ankommen und dann essen, bevor wir zurückkommen."

Siena war nicht so charmant, wie sie es sonst war. All das überraschte sie. Sie wusste, dass ich reich war, aber sie wusste wahrscheinlich nicht, wie einfach es für mich war, mit einem Fingerschnippen etwas zu bewirken. Ihr Vater hatte ein beeindruckendes Reich, aber es wurde von meinem in den Schatten gestellt. „In Ordnung. Ich rufe das Museum an und lasse sie wissen, dass wir kommen."

Die Ausstellung war für die Öffentlichkeit gesperrt, sodass wir sie privat sehen konnten. Jedes Mal, wenn ich etwas tat, schloss ich normalerweise das ganze Gebäude, weil ich ein introvertierter Mensch war. Ich war nicht besorgt, ermordet oder entführt zu werden. Ich mochte einfach meinen eigenen Raum.

Siena stand an meiner Seite und wir betrachteten schweigend das Meisterwerk von Monet. Die Farben waren atemberaubend und selbst nach all den Jahrzehnten war es immer noch wunderbar. Die Zeit hatte es nicht abgenutzt, nicht, wenn es so sorgfältig aufbewahrt wurde. Die meisten berühmten Künstler waren mittellos und hungernd und ich fragte mich immer, wie sie sich fühlen würden, wenn ihre Werke verehrt – und für Millionen verkauft würden.

Siena stand ruhig neben mir, ihr schwarzes Kleid endete über ihren Knien. Sie trug schwarze Stilettos, die ihr einige Zentimeter mehr Größe gaben. Ihre Körperhaltung war immer konzentriert und perfekt. Sie schien eher ein Model als eine durchschnittliche Person zu sein. Sie hatte mehr Eleganz als die Königin selbst. „Es ist wunderschön, nicht wahr?“ Sie war die meiste Zeit distanziert und kalt, aber im Moment wog ihre Aufrichtigkeit schwer. Sie war schwer genug, um Substanz zu haben und sich wie ein physischer Gegenstand anzufühlen. „Ich wünschte, ich könnte malen.“

„Warum tust du es nicht?“

„Weil ich schrecklich darin bin“, sagte sie mit einem Lächeln. „Glaub mir, ich habe es versucht. Meine Arbeit sieht aus wie das Fingerfarbenbild eines Kindes. Um so etwas zu malen, braucht man eine besondere Begabung. Ob in den Händen, im Verstand oder in der Seele … sie muss vorhanden sein. Es scheint, dass viele berühmte Künstler Defizite haben, aber diese Blockierungen führen irgendwie zu etwas Einzigartigem und Schönem.“

Ich war nie ein guter Gesprächspartner gewesen, aber ich liebte es, ihr zuzuhören. Bei anderen Frauen stellte ich so wenige Fragen wie möglich. Sie näher kennenzulernen, stand nie auf meiner To-Do-Liste. Je weniger ich wusste, desto besser. „Es gibt andere Formen der Kunst. Töpferei, Poesie …“

„Ein Kunsteinkäufer zu sein, ist so nah dran, wie ich nur sein kann. Und es ist der beste Job, den ich mir je hätte wünschen können.“ Sie legte ihre Hände vor ihrer Taille zusammen und hielt einigen Abstand zu mir. Wenn wir nicht alleine in einem Schlafzimmer waren, hielt sie Abstand und verhielt sich professionell, als würden wir nicht miteinander schlafen. „Was denkst du?“

Ich dachte, dass ich kein Gemälde zurücklassen könnte, das sie so sehr bewunderte. Es machte das Bild für mich bedeutungsvoller und gab mir das Gefühl, ein Stück von ihr zu besitzen. „Ich nehme es."

Sie drehte den Kopf in meine Richtung, ihre grünen Augen waren unter den Lichtern für die Kunstwerke wunderschön. Wenn jemand ein Porträt von ihr malen würde, würde ich es sofort kaufen – egal für welchen Preis. „Bist du sicher? Es ist eine große Verantwortung."

„Ein Gemälde zu besitzen?", fragte ich skeptisch.

„Das ist nicht nur ein Gemälde. Es ist ein Stück Geschichte. Kunstwerke sind nichts, was du jemals wirklich besitzt. Es ist wie ein Zuhause. Du behältst es für eine Weile, genießt es für Jahrzehnte. Aber wenn du fertig bist, verkaufst du es an jemand anderen. Es wird nie wirklich deins sein. Du bezahlst nur, um es dir für eine gewisse Zeit auszuleihen."

Ich hasste es, anderen zuzuhören, aber ihr konnte ich für immer zuhören. „Keine Sorge, ich werde darauf aufpassen."

„Es muss an der Nordwand hängen, damit es nicht direktem Sonnenlicht ausgesetzt wird. Solange niemand dagegen läuft oder so, sollte es in Ordnung sein. Wenn einer deiner Kunden auch nur ein wenig über Kunst weiß, wird er es sofort erkennen. Und das wird immer ein guter Gesprächsanfang sein."

Zwischen meinen Kunden und mir wurde nicht viel geredet – außer über Geld. „Lass uns das Geschäft abschließen. Dann gehen wir Abendessen."

„Natürlich." Siena verließ den Saal, um den Deal mit dem Direktor des Museums abzuschließen.

Ich blieb zurück und starrte auf das Bild, das ich gerade gekauft hatte – etwas, das mich jedes Mal an Siena erinnern würde, wenn ich es mir ansah.

Das Gemälde würde am nächsten Tag vorsichtig mit dem Auto transportiert werden, also gingen Siena und ich zum Abendessen in eines meiner Lieblingsbistros. Giovanni rief an und sagte ihnen, dass ich kommen würde, also stellten sie ihr privates Zimmer nur für mich und meine Verabredung zur Verfügung.

Siena saß mir gegenüber, Rücken, Schultern und Körper in perfekter Haltung. Sie hatte die Speisekarte geöffnet und ihre Haare fielen mit ihren leichten Bewegungen natürlich über ihre Schultern.

Ich ignorierte die Speisekarte und konzentrierte mich stattdessen auf sie. Ich hätte sie in mein Haus in Mailand bringen und sie ficken können, anstatt sie zum Abendessen mitzunehmen, aber den Abend mit ihr bei einer Flasche Wein zu verbringen, klang nicht so schrecklich.

Es war der interessanteste Teil meines Tages.

„Ich nehme die Lasagne." Sie schloss die Speisekarte. „Was ist mit dir?"

„Ich nehme das Huhn." Ich füllte mein Glas und nahm einen Schluck.

Sie öffnete die Speisekarte erneut und warf einen Blick darauf. „Da ist kein Käse dabei."

„Und?"

„Wer geht in ein italienisches Restaurant und bestellt etwas ohne Käse?" Sie untersuchte die Flasche auf dem Tisch und las das Etikett. „Das ist eine gute Flasche Wein. Du bist ein Fan der Barsetti-Weinberge?"

„Sie machen den besten Wein. Und nein, ich esse keinen Käse."

„Laktoseintolerant?"

„Nein." Ich konnte nichts mit Fett oder Kohlenhydraten essen, um dieses Aussehen aufrechtzuerhalten.

„Wenn die Ärzte mir sagen würden, dass ich keinen Käse essen darf, würde ich es trotzdem tun. Ich würde mich jeder Konsequenz stellen." Sie schwenkte ihren Wein und sah sich im leeren Raum um. Die andere Seite des Restaurants war voller Leute, aber unsere Seite war fast still. Niederbrennende Kerzen standen an den leeren Tischen und der entfernte Klang klassischer Musik kam aus dem anderen Raum. Sie schaute für ein paar Sekunden aus dem Fenster, bevor ihre Augen zu mir zurückkehrten.

Brillant wie Edelsteine, waren ihre grünen Augen so lebhaft wie der Wald nach einem Frühlingsregen. Sie waren so klar und hell, reflektierten das Licht der Kerzen, strahlten aber auch ihren eigenen Glanz aus. Sie war keine schöne Frau, wie man sie im Dutzend finden konnte. Ihre einzigartigen Eigenschaften machten sie unvergesslich, wie die sexy Krümmung ihrer Oberlippe und ihre pralle Unterlippe. Ihre Schönheit wurde durch ihre Körperhaltung noch leicht in den Schatten gestellt. Während einige Frauen eitel wegen ihres Aussehens waren, war sie einfach überzeugt. Sie dachte nicht zu viel über ihr Aussehen nach, aber auch nicht zu wenig.

Ich war so fasziniert von ihrer Perfektion, dass ich es fast übersehen hätte, dass der Kellner sich unserem Tisch näherte. „Die Dame nimmt die Lasagne. Ich nehme das Huhn." Ich gab ihm die Speisekarten und hörte auf seine Schritte, als er wegging.

„Und, bist du wegen des Gemäldes aufgeregt?"

Ich hatte aufgehört, darüber nachzudenken, sobald wir das Museum verlassen hatten. „Warum sollte ich aufgeregt sein?"

„Du wirst ein Meisterwerk in deinem Konferenzraum haben. Das ist eine klare Aussage."

„Ich mache jeden Tag klare Aussagen."

Ihr Mundwinkel hob sich zu einem Lächeln. „Darf ich dich etwas fragen?"

„Alles." Gespräche mit ihr schienen nie langweilig zu sein. Sie streifte nicht wie die meisten Menschen ein Thema, sondern kam direkt auf den Punkt. Es gab nichts Schlimmeres, als jemandem zuzuhören, der nur seine eigene Stimme hören wollte.

„Sei vorsichtig, Cato."

„Ich habe vor nichts Angst." Ich hatte keine Angst vor der Wahrheit.

„Der Mann, den du in deiner Einfahrt erschossen hast ... glaubst du wirklich, dass er es verdient hatte?"

Ich hatte eine so interessante Frage nicht erwartet. Ich hatte nicht mit ihrer Unverblümtheit gerechnet. Keiner meiner Männer wäre dumm genug, die Richtigkeit meiner Entscheidung infrage zu stellen. Sie fühlte sich offensichtlich wohl dabei, mit dem Feuer zu spielen. „Ja."

„Warum hast du es getan?"

„Ich habe Feinde in Russland. Sie haben mein Sicherheitsteam mit einem ihrer eigenen Männer infiltriert. Er wurde eingeschleust, um mich auszuspionieren, um alle Informationen zu finden, die relevant sein könnten. Er war nur zehn Tage dort, bevor meine Männer seine Machenschaften aufdeckten. Nachdem sie mir ihren Verdacht mitgeteilt hatten, habe ich mich darum gekümmert."

Sie wurde plötzlich schüchtern und ruhig, die schöne Röte ihrer Wangen verblasste zu der Farbe von Schnee. Ihre Haltung war immer noch anmutig, aber sie nahm ein kauerndes Aussehen an, starr, als ob sich alle ihre Muskeln gleichzeitig zusammenzogen. Ihre Augen blieben auf mich gerichtet und blinzelten nicht, es schien, als hätte sie vergessen, überhaupt zu blinzeln.

„Ich hätte meine Männer das für mich erledigen lassen können, aber ich mache gerne die Drecksarbeit."

Sie neigte ihren Kopf nach unten und nahm ein Stück Brot aus dem Korb. Sie legte es auf den Teller vor sich und riss ein Stück ab. Sie tauchte es in die Schale mit Öl, steckte es aber nicht in ihren Mund. Es war das erste Mal, dass sie in meiner Gegenwart mit etwas herumspielte. „Passiert das oft?"

„Wenn man an der Spitze der Nahrungskette steht, will jeder, was du hast. Einige Männer sind dumm genug zu glauben, dass ich gestürzt werden kann. Diese Männer werden nicht gnadenlos hingerichtet. Diese Männer werden zuerst gefoltert. Ihre Familien werden gefoltert. Alles, was sie lieben, wird zerstört, bevor ich sie endlich aus ihrem Elend befreie."

Sie drückte das Brot zwischen den Fingerspitzen und schmierte es mit mehr Öl ein.

Ich sah, wie sich die Farbe in ihren Wangen bis zu ihrem Hals bewegte. Ich beobachtete, wie sie ihr Selbstvertrauen verlor, als hätte sie tatsächlich Angst vor mir. „Ich bin ein furchteinflößender Mann, Baby. Der furchteinflößendste Mann in diesem Land. Aber solange du mich nicht hintergehst, hast du nichts zu befürchten. Ich bin ein Verbrecher, aber den Unschuldigen schade ich nicht. Sie bleiben in ihrer Welt und ich in meiner." Ich hatte die Macht, alles möglich zu machen, am helllichten Tag zu morden, und die Polizei würde mich nicht anfassen. Reporter würden es vertuschen, um ihre Freunde und Familie zu schützen. Die ganze Welt schaute weg – solange ich sie in Ruhe ließ.

„Du hast mir gerade gesagt, dass du Leute folterst. Ich denke, Angst ist eine rationale Reaktion."

„Ich foltere Lügner, Diebe und Arschlöcher. Bist du ein Lügner, Dieb oder Arschloch?"

Sie steckte sich das Brot in den Mund und kaute langsam.

„Ich denke nicht." Ich trank vom Rotwein, bevor ich das Glas wieder abstellte.

Siena war jetzt still, ihre Befragung überstand kaum eine einzige Frage.

„Du hast ein schönes Zuhause. Ich entschuldige mich dafür, dass ich es vorher nicht erwähnt habe." Ich war zu sehr damit beschäftigt, sie auf dem Küchentisch und im Bett zu ficken, um Small Talk zu machen.

„Danke. Ich liebe es dort." Sie ließ den Rest ihres Brotes auf dem Teller liegen und war von einem einzigen Bissen satt. „Ich weiß, dass es ein bisschen klein ist, aber ich denke, es hat die perfekte Größe. Solange ich nicht mehr als zwei Kinder habe, sollte es funktionieren."

Sie sprach von einer Familie, als wäre es das Einzige im Leben, was sie wirklich wollte. Sie sprach nicht über andere Ambitionen, wie die Gründung einer eigenen Firma oder ein Hobby. Sie wollte nur, dass eine Familie in diesem gemütlichen Haus lebte.

„Was?", fragte sie und sprach den fragenden Ausdruck an, der auf meinem Gesicht gewesen sein musste.

„Nichts."

„Du hattest diesen Blick in den Augen, als wärst du verwirrt von dem, was ich gesagt habe."

„Ich schätze, ich bin nur fasziniert von der Sicherheit in deiner Stimme, als ob eine Familie das Einzige ist, was du willst."

„Es ist nicht das Einzige, was ich will. Aber es ist eines der Dinge, die ich am meisten will."

Ich hatte gedacht, sie sei anders als alle anderen Frauen, die ich getroffen hatte. Vielleicht war sie es nicht.

Sie legte ihren Kopf leicht schief und nahm meinen Tonfall wahr. „Lass mich raten. Du gehörst zu den Männern, die niemals heiraten wollen."

„Und du bist eine dieser Frauen, die heiraten müssen."

Sie zuckte mit den Schultern. „Ich muss nicht heiraten. Wenn es nicht passiert, passiert es nicht. Aber ich will der Liebe meines Lebens begegnen, mich wie verrückt verlieben und für den Rest meines Lebens neben ihm schlafen. Wenn mich das langweilig klingen lässt, ist mir das egal. Wenn mich das unoriginell erscheinen lässt, dann sei es so. Eine Ehe mit dem falschen Mann klingt schrecklich. Es könnte eine Falle ohne Ausweg sein, eine Verpflichtung zum Elend. Ich will nie verheiratet sein, um der Ehe willen. Es würde keinen Sinn ergeben, wenn ein Mann mir nicht etwas bieten kann, was ich mir selbst nicht bieten kann. Aber eine Ehe mit dem richtigen Mann ... klingt nach der großartigsten Erfahrung." Sie schlang ihre Finger um den Stiel ihres Glases und brachte ihren Wein näher zu sich. „Denk schlecht von mir. Ist mir egal. Ich denke nicht schlecht von dir, weil du für immer Junggeselle sein willst."

„Du denkst nicht schlecht von mir?", fragte ich mit einem Hauch von Überraschung in meiner Stimme. „Du willst mir nicht erzählen, dass sich das alles ändern wird, wenn ich die richtige Frau treffe?"

Sie kicherte und schüttelte den Kopf. „Jeder ist anders. Nicht alle von uns sind dazu bestimmt, ihr Leben mit einer einzigen Person zu verbringen. Wir ticken anders. Und sobald wir anfangen, die Menschen dazu zu bringen, sich seltsam zu fühlen, weil sie anders sind, haben wir unrecht. Wenn du also für den Rest deines Lebens allein sein willst, Cato, dann sei allein. Wenn du keine Familie willst, hab halt keine." Sie nippte an ihrem Wein und leckte sich dann die Lippen.

Meine Mutter hatte mir immer erzählt, wie sie Bates und mich verheiraten wollte. Sie sagte, selbst wenn sie gewusst hätte, dass mein Vater sie verlassen würde, würde sie alles sofort wieder tun. Das ganze Geld der Welt war nicht vergleichbar damit, ihr Herz mit uns beiden zu teilen. Sie sagte, ich würde es nie verstehen, wenn ich keine eigenen Kinder hätte. „Bates und ich haben einen Pakt geschlossen, nie zu heiraten."

„Heiratet euch doch gegenseitig?", neckte sie. „Gut. Ich habe kein Problem mit zwei Männern, aber ich habe ein Problem mit zwei Brüdern."

Meine Mundwinkel hoben sich zu einem Lächeln. Jetzt, da wir aufgehört hatten, über Mord zu reden, entspannte sie sich. Sie verwandelte sich wieder in ihr kokettes und verspieltes Selbst. „In unserer Welt können wir niemandem außer einander vertrauen. Eine schlechte Ehe könnte das Geschäft beeinträchtigen. Es könnte unser Leben zerstören. Keiner von uns will Kinder, deshalb ist eine Ehe nicht notwendig."

„Also, lass mich das klarstellen." Sie nahm die Flasche und füllte ihr Glas wieder auf. „Die Ehe ist wegen des Geldes vom Tisch?" Sie schob die halb leere Flasche zurück in die Mitte des Tisches neben die Kerze. „Geld hat euer Leben so sehr bestimmt, dass ihr nichts anderes genießen könnt? Dass ihr es nicht einmal mit jemandem teilen könnt?" Sie sprach mit Emotionen, aber nicht mit Urteilskraft. „Ich stehe zu dem, was ich gesagt habe. Geld ist die Wurzel allen Übels. Geld zerstört Leben. Es ist das Monster, das das ganze Glück verschlingt. Es gibt so viele schöne Dinge im Leben, die mit Geld nicht zu bekommen sind."

„Nur arme Leute sagen das." Es war ein Arschlochkommentar, aber es war das Erste, was mir über die Lippen kam. Ich würde nie vergessen, wie kalt es in den Winternächten ohne Heizung war. Ich würde nie vergessen, wie wund die Hände meiner Mutter waren, als sie zwölf Stunden am Tag in der Konservenfabrik gearbeitet hatten. Geld hatte meine Familie gerettet – nicht zerstört.

Sie zeigte sich nicht beleidigt. „Reichtum soll dir Vorteile im Leben bringen. Aber von dem, was du beschreibst, klingt es so, als würde es dich behindern. Du kannst nirgendwo hingehen, ohne dass dreißig bewaffnete Männer dich beschützen. Du kannst einer Frau nicht trauen, die dich um deinetwillen liebt. Männer auf der ganzen Welt versuchen, deine Reihen zu infiltrieren, um dich zu hintergehen. Du bist ein Gefangener – die Wände deiner Zelle, sind dein eigenes Geld. Ich bewundere alles, was du erreicht hast, aber vor allem bemitleide ich dich." Ihre hübschen grünen Augen bohrten sich in meine und anstatt hart zu urteilen, gab es wirklich Mitleid.

Niemand hatte mich jemals zuvor so angeschaut. Frauen bewunderten mich. Männer wollten sein wie ich. Die Augen meiner Mutter strahlten so stolz, dass es gewöhnlich zu Tränen kam. Alle dachten, ich hätte die Welt an der Leine – und so war es. Aber niemand sah die Einsamkeit, die Leere und die Langeweile.

Niemand hatte jemals bemerkt, was ich selbst nicht bemerkt hatte.

Sprachlos hielt ich ihren Blick und dachte an die Nachmittage, an denen ich meine Zigarre rauchte, während ich mich kaum bewegte, und dachte über die Momente nach, in denen ich meinem Bruder sagte, dass ich mich langweilte. Er stellte meinen Verstand infrage. Wie könnte jemand mit so viel Macht und Reichtum gelangweilt sein? Es war eine Frage, auf die ich keine Antwort hatte. Ich hatte nie bereut, was ich besaß, oder die Opfer, die ich dafür erbracht hatte, aber es schien, als würde etwas fehlen.

Sie zeigte keinen siegreichen Ausdruck in ihren Augen. Sie starrte mich weiter an, als würde das Gespräch weitergehen, nur ohne Worte.

Ich vergaß meinen Wein und alles andere um uns herum. Ich verbrachte den Abend mit einer schönen Frau, aber ich dachte nicht an Sex. Es war das tief greifendste Gespräch, das ich jemals mit einem anderen Menschen geführt hatte. Ihr Verstand war gefährlich und ihr Mut war noch erstaunlicher. Sie war die einzige Person auf der Welt, die sich nicht um die Größe meiner Brieftasche kümmerte. Unbeeindruckt behandelte sie mich, als wäre ich sonst wer. „Wir sind sehr arm aufgewachsen. Die Art von arm, bei der zum Arzt gehen, ein Luxus war. Meine Mutter hat harte Arbeit geleistet, um uns aufzuziehen. Sie hat Jahre ihres Lebens dafür gegeben, damit wir Essen, Kleidung und einen sicheren Ort zum Schlafen hatten. Seit ich mich erinnern konnte, hatte ich reich sein wollen. Ich wollte mir nie Sorgen um meine nächste Mahlzeit machen müssen und ich wollte nicht, dass meine Mutter sich mit der Scheiße anderer Leuten herumschlagen muss. Mein Ehrgeiz fing Feuer und erlosch nie. Vielleicht war Geld böse, aber ich wollte es nicht anders."

Ihr wissender Blick verblasste langsam und wurde durch einen emotionalen Schimmer ersetzt. „Das ist inspirierend."

„Das Schlimmste am arm sein ist, machtlos zu sein. Du bist der Gnade anderer Menschen ausgeliefert. Die Leute sind weitaus böser als Geld und sie werden dich ausnutzen, wenn du am Boden liegst. Indem ich all das Geld besitze, habe ich die ganze Macht. Vielleicht schlafe ich mit einem offenen Auge, aber ich kontrolliere auch alles um mich herum."

„Es scheint mir, dass du in der gleichen Situation bist wie vorher, nur umgekehrt. Du musst hart arbeiten, um deinen Status zu erhalten, denn jeder will ihn dir wegnehmen. Es gibt einen Mittelweg, den du übersiehst. Du kannst reich und sicher sein, aber auch aus der Öffentlichkeit verschwinden. Du kannst alles haben, was du brauchst – ohne dir die ganze Zeit über die Schulter zu schauen."

Der einzige Grund, warum ich Geduld mit ihr hatte, war, dass ich ihren Hintergrund kannte. Geld hatte offensichtlich ihre Familie zerstört. Ihr Vater spielte mit dem Feuer, bis ihn jemand dort traf, wo es wehtat – indem er seine Frau tötete. Siena hatte die Weisheit, diesem Lebensstil den Rücken zu kehren und sich für den Frieden zu entscheiden. Für sie gab es keine andere Option. „Es ist komplizierter als das."

„Ist es das?" Die Kerzen erhellten ihre Gesichtszüge auf die schönste Weise. Ihre smaragdgrünen Augen reflektierten das weiße Licht und ließen sie wie Weihnachtsschmuck vor einem Kamin leuchten. „Lass mich dir eine Frage stellen. Und du musst sie nicht beantworten."

Egal was ihre Frage war, ich würde ihr keine Antwort geben.

Sie neigte ihren Kopf leicht. „Bist du glücklich, Cato?"

Die Definition von Glück war mir verloren gegangen. Mein Geld gab mir das Gefühl der Sicherheit. Meine Macht gab mir das Gefühl, unbesiegbar zu sein. Die Frauen in meinem Bett gaben mir das Gefühl, ein König zu sein. Aber glücklich ... ich war mir nicht sicher, ob ich das jemals zuvor gefühlt hatte. Das Einzige, was dem nahekam, war, meine Mutter wohl und sicher zu sehen. Manchmal, wenn ich sie besuchte, sah ich, wie sie sich mit einem schlappen Sonnenhut um ihren Garten kümmerte, während sie sich die Hände in der Erde schmutzig machte. Sie fühlte sich wohl, las morgens am Fenster und machte mir Limonade, wenn ich zu Besuch kam. Ihr ein Leben zu geben, das sie verdient hatte, war das Einzige, was mich jemals dazu brachte, etwas zu fühlen. Alles andere waren nur vorübergehende Höhen. Geld zu verdienen war aufregend, aber nach ein paar Stunden ließ der Effekt nach. Zwei Frauen kommen zu lassen, bevor ich fertig war, blähte mein Ego auf, aber wenn der Spaß vorbei war und wir im Bett lagen, kehrte die nüchterne Kälte zurück.

Und die Antwort war einfach.

Nein. Ich war nicht glücklich.

Wir setzten uns in den Fond meines Autos.

„Zur Residenz.“ Ich drückte den Knopf und ließ die getönte Scheibe zwischen dem Fahrer und uns hochfahren. Die Sommersonne war untergegangen und Mailand wurde durch die strahlenden Lichter der historischen Gebäude und Kirchen beleuchtet. Wir könnten zu meinem Flugzeug zurückkehren und in einer Stunde zu Hause sein, aber ich war nicht in der Stimmung, die Reise zu beenden.

Siena drehte sich zu mir um, die Beine gekreuzt und den Sicherheitsgurt über der Brust. „Wohin fahren wir?“

„Zu mir.“ Ich wollte nicht fragen, ob das für sie in Ordnung war. Was sie wollte, spielte keine Rolle.

„Willst du mich nicht zuerst fragen?“

Ich starrte aus dem Fenster. „Nein.“

Sie starrte weiter auf mein Seitenprofil. „Das ist unhöflich.“

„Du arbeitest für mich, erinnerst du dich?“

„Ja, ich arbeite für dich. Aber ich werde nicht dafür bezahlt, dich zu ficken.“

Ich drehte mein Gesicht zu ihr und bemerkte, dass sie unabhängig von der Beleuchtung atemberaubend aussah. „Nachdem ich dir den ganzen Abend beim Abendessen gegenüber gesessen habe, ist das Letzte, was ich möchte, noch anderthalb Stunden zu warten, bevor ich dich auf den Rücken legen kann. Ich möchte diesen Rotwein auf deiner Zunge schmecken. Ich möchte mich erinnern, wie süß deine Muschi schmeckt. Ich will bis zum Anschlag in dir sein und die Frau ficken, die mich den ganzen Abend mit ihrer Schönheit verrückt gemacht hat. Vielleicht bin ich ungeduldig, aber ich habe jedes recht, ungeduldig zu sein. Hast du ein Problem damit?“

Ihre Feindseligkeit ließ nach, als das Verlangen in ihren Blick trat. Die Hinweise, die sie gab, waren immer subtil, weil sie ihre Gefühle nicht zur Schau trug. Sie war zu stolz, um offensichtlich zu sein, zu respektabel, um entschlüsselt zu werden. Aber es gab Hinweise auf ihre Emotionen in den subtilen Bewegungen, die sie machte, die leichte Bewegung ihrer Augen, wenn sie versuchte, etwas zu verbergen.

Als ich keine Antwort bekam, zwang ich sie, mir eine zu geben. „Hast du eins?“

Sie räusperte sich. „Nein. Ich habe kein Problem damit.“

ICH BESAß ein fünfstöckiges Gebäude in Mailand. Nachdem ich es gekauft hatte, wurde das Innere in ein dreistöckiges Haus umgebaut. In den unteren beiden Stockwerken befanden sich mein Sicherheitsteam und meine Waffen. Wir gingen hinein und fuhren mit dem Aufzug in den dritten Stock.

Siena sah sich um, als wir das große Wohnzimmer betraten. Mit Parkettböden, superweichen Sofas und einem schönen raumhohen Fenster, das die Stadt zeigte, war es gemütlich wie bei mir in Florenz. Ich hatte viele Häuser in verschiedenen Städten und das lag daran, dass es der einzige Weg war, meine Sicherheit wirklich zu garantieren. Alle meine Häuser waren kugelsicher. Alle von ihnen waren abgesichert. Mein Privatbesitz war der einzige Weg, die Situation zu kontrollieren. In ein Hotel oder an einen öffentlichen Ort zu gehen, machte mich anfällig für einen Angriff.

Außerdem waren meine Häuser luxuriöser als jedes Hotel.

Siena schlüpfte sofort aus ihren High Heels und ließ sie

mitten auf dem Boden liegen. Jetzt war sie einige Zentimeter kleiner, aber ihr Selbstvertrauen projizierte sie immer noch auf eine beeindruckende Größe.

Ich ging zur Bar. „Möchtest du einen Drink?"

„Nein."

Ich drehte mich um und ignorierte den Scotch, der meinen Namen rief. Wenn sie gleich zur Sache kommen wollte, dann tat ich es auch. Ich ging zu ihr hinüber und sah die Farbe in ihre Wangen steigen. Ihre Atmung hatte sich beschleunigt, die Intensität unserer Privatsphäre erregte sie. Sie sah mich mit dem gleichen Selbstvertrauen an, aber es gab einen Anflug von Intensität, die nicht geleugnet werden konnte. Sie hatte schon mit mir geschlafen, aber es schien, als wäre es das erste Mal.

Ich zog das Dokument aus meiner Brieftasche und gab es ihr.

Sie faltete es auseinander und las die Ergebnisse durch. Anscheinend war mein Wort nicht gut genug. Sie überprüfte den Namen des Labors sowie das Datum, bevor sie es zurückgab. „Ich wusste nicht, dass wir das jetzt tun würden. Ich habe meins nicht mitgebracht ..."

„Dein Wort ist gut genug." Ich vertraute niemandem. Jede Interaktion, die ich mit jemand anderem als meinem Bruder hatte, wurde als verdächtig angesehen. Bates war die einzige Person, der ich bedingungslos vertrauen konnte. Aber etwas an dieser Frau brachte mich dazu, meine Komfortzone zu verlassen und das Risiko einzugehen, das ich niemals mit jemand anderem eingegangen wäre. All dies könnte ein Trick sein, aber das glaubte ich nicht. Diese Frau schien real, schien von Reichtum und Macht gezeichnet zu sein. Sie wollte nichts mit meinem Geld oder meinen Verbindungen zu tun haben. Sie wollte nur einen Job – und guten Sex.

„Du hast mich nicht nach der Verhütung gefragt."

Ich packte ihr Handgelenk, drehte ihren Arm und enthüllte die kleine Narbe auf der Innenseite ihres Oberarms. Sie hatte dort vor einiger Zeit ein Implantat einsetzen lassen. Es war verheilt, aber sie würde dieses Zeichen für den Rest ihres Lebens haben. Andere Arten der Empfängnisverhütung waren unmöglich zu erkennen, es sei denn, ich sah eine Frau, die jeden Tag eine Pille einnahm. Aber das war offensichtlich. Ich ließ ihren Arm los und griff dann zur Rückseite ihres Kleides. Meine Finger fanden den Reißverschluss am Nacken, ich zog ihn langsam nach unten und enthüllte die wunderschöne Haut entlang ihrer Wirbelsäule. Sie war so dünn, dass ich die kleinen Knochen unter der Haut sehen konnte. Ihre schlanken Muskeln bewegten sich leicht, als sie atmete, und Gänsehaut tauchte auf ihrer schönen Haut auf.

Der Reißverschluss endete an ihrem Hintern und das war der Moment, als das Kleid frei kam. Es fiel zu ihren Füßen auf den Boden und ließ sie in einem schwarzen String zurück, der sich von der hellen Haut ihres hinreißenden Hinterns abhob.

Etwas, das ich zuvor bemerkt, aber nie beachtet hatte, war die Narbe an ihrer rechten Schulter. Ich hatte den Abzug oft genug gedrückt, um genau zu erkennen, was es war – eine Schusswunde. Sie war angeschossen worden – und die Kugel war sauber durchgegangen. Es war genäht und gut verheilt, aber die deutliche Narbe war unübersehbar. Die Verletzung erzählte eine Geschichte, eine Geschichte, die sie mir nicht anvertraut hatte. Meine Neugier wollte Antworten und ich stellte mir vor, dass sie diese Wunde vor Jahren erhalten hatte, als sie mit ihrem Vater noch in Kontakt stand. Vielleicht war ihre Mutter ermordet worden und Siena war das nächste Opfer auf der Liste – aber sie war entkommen.

Ich legte meine Hände unter ihre Arme und drückte

ihre frechen Brüste, als ich einen Kuss auf ihren Nacken drückte. Mein Schritt drückte genau gegen ihren Hintern und mein Schwanz drückte gegen den Reißverschluss meiner Jeans. Meine Lippen schätzten ihren Hals und küssten ihre Ohrmuschel. Meine Hände tasteten weiter nach ihren schönen Brüsten und fühlten, wie die Brustwarzen hart wurden. Ihre Atmung wurde schneller und meine auch. „Ich kann es kaum erwarten, dich zu ficken." Ich war noch nie mit einer Frau ohne Kondom zusammen gewesen. Ich hatte noch nie zuvor eine nackte Muschi gespürt. Sogar als ich meine Jungfräulichkeit verlor, war es mit einem Gummi geschehen. Aber jetzt war ich im Begriff, diese schöne Frau so intim zu fühlen. Sie fühlte sich bereits mit einem Kondom fantastisch an. Sie würde sich noch besser anfühlen, wenn wir nur zu zweit wären.

Sie griff mit den Fingern nach ihrem Höschen und schob es über ihren Hintern und bis zu ihren Schenkeln. Es fiel den Rest des Weges und landete um ihre Knöchel.

Ich küsste ihre linke Schulter und biss sanft in ihre Haut. Meine Zunge streichelte sie und meine Atmung erfüllte den Raum um uns herum. Mein Schwanz wollte unbedingt von den Fesseln meiner Jeans befreit werden und ich wollte unbedingt tief in diese hübsche kleine Muschi eindringen.

Sie drehte sich um, Hitze in den Augen und Entschlossenheit in den Händen. Sie zog mir mein Hemd über den Kopf und öffnete dann meine Jeans. Ihre Augen nahmen meine körperliche Perfektion auf, ihre Fingerspitzen fühlten die Rillen zwischen den Muskeln und die Härte meiner Brust. Jedes Mal, wenn sie mich ansah, wenn ich nackt war, trug sie denselben Blick und verwandelte sich in eine Sexheidin, die es kaum erwarten konnte, mich zu genießen. Alle Frauen sahen mich so an, aber es schien, als würde sie es wirklich so meinen.

Sie schob meine Jeans mit meinen Boxershorts nach unten und sank dabei auf die Knie. Ihre Lippen fanden meine Länge und sie küsste ihn mit vollem Verlangen und betete meinen Schwanz an, als wäre es Gottes Geschenk an die Frauen. Sie saugte meine Eier in ihren Mund und zog dann ihre Zunge an meiner Länge hoch, bevor sie ihn tief in ihren Hals schob. Sie schloss die Augen und stöhnte, als wäre das Saugen an meinem Schwanz ein pures Vergnügen.

Keine Frau hatte je so gut meinen Schwanz gelutscht.

Sie stand wieder auf und schob meinen Schwanz auf dem Weg nach oben vorsichtig durch ihr sexy Dekolleté. Sie benutzte meine Unterarme, um das Gleichgewicht zu halten und verließ sich auf meine Kraft als Anker, um sich wieder in eine stehende Position zu bewegen.

Ich konnte sie in meine Arme heben und in eines der Schlafzimmer tragen, aber meine Hand fuhr tief in ihr Haar und ich legte ihr Kinn zurück, damit ich sie küssen konnte. Es war ein langsamer Kuss, voller warmer Atemzüge und sanftem Zerren an unseren Lippen. Meine Augen studierten ihren Mund, als meine Finger fest ihr Haar griffen. Ich riss sie an mich und küsste sie erneut, meine Zunge begrüßte ihre Sinnlichkeit. Ich könnte sie jetzt ficken, aber dieser erregende Kuss schien genug zu sein. Ausnahmsweise hatte ich es nicht eilig zu ficken. Ich war nicht in Eile, um das Ziel zu erreichen. Alles, was ich wollte, war dieses Gefühl, dass die Zeit still stand.

Ihre Hände erforschten meine Brust, als sie den Kuss erwiderte und die steinharten Muskeln und die festen Bizepse meiner Arme spürte. Ihre Finger bewegten sich nach unten, bis sie sich um meine Länge legten. Sie drückte ihn fest zusammen und fuhr mit dem Daumen über die Spitze der Eichel, um den Tropfen aufzunehmen, der an der Oberfläche perlte. „Ich habe noch nie einen Mann in mir kommen lassen." Sie blickte mit verschmiertem Lippenstift über ihrem Mund und tiefem Verlangen in ihren Augen zu mir auf. Mein Schwanz war immer noch in ihren Händen, während sie ihn mit ihrer erfahrenen Berührung drückte.

Mein Schwanz zuckte sofort, als mein Gehirn ihre Worte registrierte. Jetzt wollte ich sie noch mehr, um ihr so viel zu geben, dass sie nicht in der Lage sein würde, alles zu halten. Es würde eine ganz schöne Schweinerei auf den Laken geben und wenn sie mitten in der Nacht aufstehen würde, würde es an der Innenseite ihrer Oberschenkel heruntertropfen. Sobald alles weg war, würde ich ihr einfach mehr geben.

Ich schob meine Hände unter ihren Hintern und trug sie den Flur hinunter. Sie war federleicht und zart wie ein Rosenblatt. Meine Augen blieben bei ihren, als ich sie in eines der Schlafzimmer trug. Ich wusste genau, wie ich sie ficken wollte, wie ich mir Zeit nehmen und diese glatte Muschi genießen wollte. Ich legte sie mit dem Kopf gegen das Kissen auf das Bett und bewegte mich dann zwischen ihren Beinen. Meine Knie trennten ihre Schenkel und hielten sie weit offen, damit mein enormer Schwanz durch diese Schamlippen gleiten konnte. Ich hakte meine Arme hinter ihre Knie und hielt mein Gesicht dicht an ihres, mein Schwanz zuckte erwartungsvoll.

Sie atmete schwer, obwohl sie mich noch nicht gefühlt hatte. Ihre Nägel gruben sich in meine Bizepse und sie stöhnte in mein Gesicht, als ob die Vorfreude genauso gut wäre wie die der Realität. „Lass mich nicht warten …"

Ich drückte meine Eichel zwischen ihre Schamlippen und schob mich hinein, spürte den Druck ihrer Muschi, als ich langsam in ihr warmes Fleisch sank. Sie war feucht und glatt, noch feuchter als das letzte Mal, als ich sie hatte. Nackte Muschis waren die größte Sensation der Welt. Nichts hatte mich jemals mehr wie einen Mann fühlen lassen. All das Geld und die Macht der Welt konnten nicht mit diesem

Gefühl verglichen werden. Ich gab ein Stöhnen von mir, das wie ein Knurren klang, und sank weiter hinein und genoss jeden Zentimeter noch mehr als den letzten. „Verdammt." Ich rutschte tiefer hinein, bis es nicht mehr weiterging. Meine Eier ruhten an ihrem Poloch und ich fühlte, wie mein ganzer Körper vor Ekstase zitterte. Es war so feucht, so eng, so verdammt gut.

Ich konnte nie wieder ein Kondom benutzen.

Ich fixierte meine Augen auf ihren und sah, wie diese schöne Frau weit die Beine spreizte, damit sie meinen großen Schwanz nehmen konnte. Ich wollte sie die ganze Nacht so ficken, ihr die Wellen meines Spermas geben, bis sie zu wund war, um mich zu nehmen.

Ihre Finger bewegten sich in meine Haare. „Ich werde schon kommen …" Ihre Muschi pocht um mich herum und bestätigt ihr Geständnis. Eine Frau hatte mich noch nie so sehr begehrt, so innig. Sie wollten gut und hart gefickt werden, aber Siena hatte einen anderen Blick in ihren Augen. Vielleicht lag es daran, dass es nur wir beide waren und sie mich mit niemandem teilen musste.

Ich fing an, in sie hineinzustoßen, und schob meinen Schwanz tief hinein, bis ich meine Eichel wieder bis zum Eingang ihrer Lippen zog. Ihre Feuchte schmierte meinen gesamten Schaft und sammelte sich sogar an meinen Eiern. Es gab auch Creme, weil ihre Muschi alles produzierte, um meinen großen Schwanz aufnehmen zu können.

Ich fickte sie nicht einmal hart oder schnell. Ich bewegte mich nur langsam, nahm mir Zeit und genoss es. Ich genoss die Muschi dieser Frau, als wäre sie das Wertvollste auf dem Planeten. Ich hätte eine Milliarde Dollar dafür bezahlt, sie zu ficken und meinen Schwanz mit ihrer sexy Creme zu überziehen.

Sie hielt Wort und kam. „Ja …" Ihre Muschi drückte mich wie eine eiserne Faust und sie sah mir in die Augen und zeigte ein tobendes Feuer. Ihre zarten Finger zeigten ihre Nägel und sie krallte sich wie ein Tiger an mich. „Gott … ja." Ihre Muschi packte mich ein wenig härter und ließ mich los, als ihr Höhepunkt verging.

Als Mann, der etwas zu beweisen hatte, wollte ich weitermachen. Ich wollte sie in einen weiteren Höhepunkt schicken, der ihr Tränen in die Augen treiben würde. Aber alles, woran ich denken konnte, war, in dieser Muschi zu kommen und meinen ganzen Samen in diese Frau zu pumpen.

Sie packte meinen Hintern und riss mich mit weit geöffneten Beinen in sich hinein. „Komm in mir, Cato." Ihre Nägel schnitten in meine Haut. „Ich will fühlen, wie du kommst, während du mich weiter fickst." Sie atmete mit ihrem sexy Stöhnen in mein Gesicht, ihre Beine waren gespreizt und ihre Muschi so glatt.

„Verdammt." Ich stieß in sie hinein und schlug das Kopfteil gegen die Wand. Der rhythmische Klang hallte wie eine Stahltrommel. Ich drückte hart und fühlte, wie die Explosion tief in mir begann, ein instinktives Vergnügen, das jeden Nerv in Brand setzte. Es sank in meine Eier, eine feurige Güte, die alle Muskeln meines Rückens sich um meine Wirbelsäule anspannen ließ. Dann explodierte der Samen aus meinem Schwanz und gab mir die Art von Ekstase, die meine Knie unter mir zum Einknicken bringen könnte. „Oh Gott … verdammt." Ich spießte sie mit meinem Schwanz auf und spritzte alles in sie hinein. Mein Hintern spannte sich an, als die Krämpfe meinen Körper schüttelten. Es war das erste Mal, dass ich mein Sperma mit dem Saft einer Frau kombinierte, und jetzt konnte ich mir nichts anderes mehr vorstellen.

Der Höhepunkt schien ewig zu dauern. Es war kein schneller Anflug von Vergnügen, wie es normalerweise der Fall war. Als würde sich das Gefühl wiederholen, ging es einfach weiter und weiter. Mein Schwanz zuckte, als er in ihr fertig war und anstatt sich zu erweichen, war ich immer noch steinhart. Der Fick war so gut, aber ich war nicht einmal nah dran, fertig zu werden. Ich fing wieder an zu stoßen, mein Sperma mischte sich mit ihrer Creme, als sie meinen Schwanz überzog.

Sie packte meinen Hintern und wiegte sich mit mir. „Cato ... das fühlt sich so gut an."

Mein Schwanz glitt durch die heiße Nässe zwischen uns. So viel Nässe, so viel Sperma war zwischen uns. Mein Schwanz war in die schönste Muschi vergraben, die er jemals getroffen hatte, und das Letzte, was er wollte, war eine andere Muschi zum Ficken. Warum sollte ich zwei Frauen wollen, wenn diese eine Muschi mehr war, als ich verkraften konnte? „Mal sehen, wie viel diese Muschi verträgt."

14

SIENA

CATO FICKTE MICH.

Und fickte mich.

Er hört nicht auf mich zu ficken.

Kein Mann hatte mich in meinem ganzen Leben so gefickt. Ich hatte mich noch nie so gewollt und sexy gefühlt. Ich hatte noch nie das Gefühl gehabt, die schönste Frau der Welt zu sein. Seine Hände waren immer auf mir und sein Schwanz schien nie weich zu werden. Wenn ein normaler Mann sich zu langweilen begann, wirkte Cato einfach belebt.

Ich schlief ein, wobei so viel Sperma zwischen meinen Beinen war, dass es die Laken überall befleckt hatte.

Mein Körper wachte langsam auf und ich wurde mir bewusst, dass Sonnenlicht auf meine Augenlider traf. Ich lag auf dem Rücken und ein schwerer Arm lag über meiner Taille. Warme Atemzüge fielen auf meinen Hals, während der Riese neben mir noch schlummerte. Ich öffnete meine Augen und schaute auf seinen akribisch geformten Arm, als er sich auf meinem Bauch hob und senkte. Sein starker Körper lag neben mir, all die Muskeln, die Haut und der

Geruch von Sex. Er umarmte mich wie ein Bär, der sein Junges beschützte.

Ich starrte auf sein Profil und sah, wie die Haare entlang seines Kiefers zu wachsen begannen. Es war ein schwacher Schatten, ein Schatten, der letzte Nacht noch nicht da gewesen war. Sein Haar war durcheinander, weil ich es so sehr verwuschelt hatte. Sein Aftershave war über Nacht verflogen und wurde durch den Geruch der Laken und meines verschwitzten Körpers ersetzt.

Ich wiederholte die letzte Nacht in meinem Kopf und dachte an das intime Abendessen, das wir teilten, und an den Sex, der danach begann. Mein Ziel war es, ihn ins Vertrauen zu locken, damit ich ihn verraten konnte, aber ich bedauerte meinen Plan. Ich begann, ihn zu humanisieren, ungeachtet seiner Verbrechen. Er war der beste Liebhaber, den ich je gehabt hatte, und er wusste genau, wie man eine Frau behandelte. Sogar unsere Gespräche waren angenehm, weil er bei der Wahl seiner Worte sehr sorgfältig war. Er mochte arrogant sein, verbrachte aber nicht den ganzen Abend damit, über seine Leistungen zu reden. Er hatte eine unergründliche Tiefe wie die Mitte des Ozeans, die sich kilometerweit unter Wasser erstreckte. In seiner Seele lag eine deutliche Traurigkeit, eine Leere, die er nicht zugeben musste. Ich verstand seine innerliche Leere nur allzu gut. Ich sah die Gier und Korruption meine Familie zerstören. Cato hatte keine einzige Person, der er vertrauen konnte, denn selbst seine engen Verbündeten würden ihm in den Rücken fallen, wenn sie die Chance hätten.

Natürlich bemitleidete ich ihn.

Das ließ mich auch an mir selbst zweifeln. Ich wollte damit meinen Vater retten, aber Cato schien nicht der Dämon zu sein, den Landon beschrieben hatte. Er besaß Züge des Bösen, aber er hatte auch einen Hauch von Menschlichkeit. Er erschoss jemanden, ohne zu zögern, aber er kümmerte sich auch um seine Mutter und sprach in den höchsten Tönen von ihr. Wie könnte ich ihn verteufeln, wenn mein Vater genau der gleichen Verbrechen schuldig war? Mein Vater hatte Menschen ermordet, die ihm im Weg standen. Er hat das Geld über meine Mutter gestellt. Er opferte alles für ein Vermögen, das er nicht einmal brauchte.

Und ich war diejenige, die ihren Hals riskierte, um ihn zu retten.

Wenn ich ernsthaft darüber nachdachte, ergab nichts Sinn.

Cato atmete tief durch, als er aufwachte. Es war ein männlicher Seufzer, ein leises Stöhnen, das tief aus seiner Kehle kam. Seine Hand drückte meine Hüfte und bevor er überhaupt seine Augen öffnete, legte er sich auf mich und positionierte seine Hüften zwischen meinen Schenkeln.

„Oh, guten Morgen?"

Er öffnete die Lider und enthüllte seine schläfrigen Augen, ein Ausdruck, der noch sexyer war, als wenn er hellwach war. Er neigte seine Hüften und drückte die Spitze seiner Eichel genau zwischen meine Schamlippen. „Morgen." Er schob sich hart in mich hinein und glitt durch das Sperma, das noch von der letzten Nacht übrig war.

Meine Nägel gruben sich in seine Arme und ich stöhnte, als ich sein gewaltsames Eindringen spürte. Ich hatte noch nie einen Schwanz wie seinen gefickt. Er war nicht nur lang, sondern auch dick, und diese perfekten Abmessungen haben meinen Wunsch an den richtigen Stellen erfüllt. Es war die Art von Schwanz, die zum Ficken gemacht war, perfekte Form und Härte. „Gott ..." Meine Zehen bogen sich hoch und ich stöhnte gegen seine Lippen.

Er vergrub sein Gesicht in meinem Nacken und fickte mich so langsam wie möglich, sein warmer, schwerer Körper drückte mich in die Laken. Seine Hüften bogen sich und er drückte seinen Körper direkt gegen meinen Kitzler. Er brauchte nicht einmal etwas zu tun, um mich kommen zu lassen, weil er einfach so gut ausgestattet war.

Als Erstes am Morgen von einem sexy Mann gefickt zu werden, war eines der Geschenke des Lebens. Es war ein Genuss, den ich bis jetzt noch nie wirklich genossen hatte. Es hatte einige gute Liebhaber in meinem Leben gegeben, aber keinen wie Cato. Und das Weglassen des Kondoms verstärkte die Empfindungen noch mehr und machte jeden Stoß zehnmal angenehmer. Dies war ein Mann, der so schön war, dass es schon schmerzte, und unter ihm zu liegen, ließ mich in diesem Moment tatsächlich wie die glücklichste Frau der Welt fühlen.

Ich musste mich nie fragen, ob er mich zum Kommen bringen würde. Ich musste mich nie fragen, ob ich mich anfassen sollte, um ins Ziel zu kommen. Jedes Mal, wenn er in mir war, wusste ich, dass er Mann genug war mich zum Kommen zu bringen, bevor er soweit war.

Das brachte mich dazu, ihn anzubeten.

Meine Knöchel bohrten sich in seinen Hintern, als ich kam, und meine Nägel krallten sich in seinen Rücken, als ich den Orgasmus erlebte, der zwischen meinen Beinen tobte. „Danke …“ Die Worte kamen wie von selbst über meine Lippen, ein Appell an den Gott in diesem Bett. Ich wusste nicht, wie sehr ich mich nach Zufriedenheit sehnte, bis Cato mich retten kam. Er fickte mich so, wie ich gefickt werden musste, so, wie es jeder Mann tun sollte.

Er grunzte, als er kam, und spritzte eine weitere Welle tief in mich hinein. Er hatte mich letzte Nacht so sehr gefüllt, dass kein Platz mehr frei war, aber das hinderte ihn nicht daran, mir mehr zu geben. Er stöhnte wieder, als er fertig war, sein Sperma sickerte aus meiner Muschi und tropfte zwischen meine Pobacken. „Verdammt. Diese. Muschi.“ Er zog seinen großen Schwanz aus mir heraus und ließ mich dann dort zurück. Er ging ins Badezimmer und ging unter die Dusche.

Mir war es egal, wie kalt er mich benutzte und dann seinen Tag begann.

Ehrlich gesagt liebte ich es.

Ich schlief wieder ein und wachte erst auf, als ich seine Stimme im Nebenraum hörte.

„Ich bin in Mailand."

Ich setzte mich auf und fuhr mit den Fingern durch mein Haar. Ich kniff die Augen zusammen, um die Uhrzeit auf dem Nachttisch zu erkennen. Es war fast ein Uhr nachmittags.

Mein Gott, ich hatte nicht so lange geschlafen ... ich konnte mich nicht an das letzte Mal erinnern.

„Siena und ich haben uns ein Gemälde angesehen. Ich habe mich entschieden, es zu kaufen." Eine Kaffeetasse klopfte gegen die Theke, als würde er daran nippen und sie dann wieder abstellen. „Ich komme heute zurück." Nach einer langen Pause wurde er kalt. „Ich weiß, Bates. Du hast deine Meinung klar und deutlich zum Ausdruck gebracht."

Ich öffnete eine seiner Schubladen und fand einen Stapel frischer T-Shirts. Ich griff nach einem grauen und zog es über meinen Körper. Es war schlabberig um die Arme herum und reichte bis über meine Knie. Es passte eher wie eine Decke als ein Kleidungsstück. Ich ging in den anderen Raum und fand Cato am Esstisch sitzen und aus dem Fenster schauen. Vor ihm stand eine Tasse Kaffee, der Dampf driftete zur Decke, sein Handy lag daneben. Er trug ein frisches T-Shirt und eine frische Jeans, sein dunkles Haar war nach der Dusche gestylt. Er drehte sich nicht um, um mich anzusehen. „Kaffee?"

„Bitte."

Er ging in die Küche und schenkte mir eine Tasse ein.

Ich setzte mich auf den Stuhl gegenüber von seinem. Das Sonnenlicht fiel durch das große Fenster und erfüllte den Stuhl mit der Wärme des Sommers. Es würde ein warmer und feuchter Tag werden, aber der Sommer in Italien war immer schön. Einige Leute konnten es nicht ertragen. Aber ich liebte es. Es waren die Wintermonate, die ich verschmähte. Die Heizung in meinem Haus war nicht sehr effektiv und der Kamin war nicht stark genug, um die Kälte zu vertreiben.

Er stellte die Tasse vor mich und setzte sich mir gegenüber. Sein leichter Bart war verschwunden und sein gebräunter Teint leuchtete praktisch in der Nachmittagssonne. Er beugte sich nach vorne und hielt die Tasse mit beiden Händen, als er mich anstarrte.

Ich nahm einen Schluck, während ich meinen Blick auf ihn richtete. Einen schöneren Mann hatte ich noch nie gesehen. Er war nicht nur hübsch anzusehen, sondern auch robust und männlich wie ein Cowboy. Seine kriminellen Wurzeln zeigten sich in seinem kalten Äußeren, aber egal wie viele Verbrechen er begangen hatte oder wie vielen er das Leben nahm, nichts konnte ihm das Leuchten in den Augen nehmen. Es war immer noch eine Seele darin, eine Einsamkeit, die so tief war, dass man sie nicht übersehen konnte. „Mit wem hast du geredet?"

Er trank seinen Kaffee, sein Gesichtsausdruck verriet die Verärgerung über meine Frage.

„Ich will nicht neugierig sein. Ich versuche nur, mich zu unterhalten."

„Dann frag, wie es mir geht."

Ich überhörte die feindliche Abfuhr. „Ich weiß bereits, wie es dir geht. Wann kehren wir nach Florenz zurück?"

„Wann immer du bereit bist."

„Ich brauche nur eine Stunde, um zu duschen und mich fertigzumachen."

„Dann werden wir dann gehen."

Ich umfasste die Tasse mit beiden Händen, um die Wärme in meinen Fingern zu spüren. Ein Teil von mir wollte zurück ins Bett gehen und den Rest des Nachmittags mit Vögeln verbringen. Cato hatte mich mit einer neuen Sexualität belebt. Ich hatte nie gedacht, dass Sex so gut, so einfach und wunderbar sein konnte. Ich war ihm näher als allen anderen und obwohl ich mich dadurch schuldig hätte fühlen sollen, tat ich das nicht, weil es mir so gut gefiel.

Er wandte seine blauen Augen kein einziges Mal von mir ab. „Ich habe mit Bates geredet."

„Ich dachte, dass es mich nichts angeht."

„Das tut es nicht. Jetzt sage ich es dir, weil ich es dir sagen will."

„Oder weil du weißt, dass du ein Arsch bist."

Anstatt mir einen hasserfüllten Blick zu zeigen, trat ein Hauch von Verspieltheit in seinen Blick. „Erwischt."

„Jedes Mal, wenn ich dich mit deinem Bruder interagieren sehe, wirkt es angespannt."

„Wir sind fokussierte Männer."

Und Cato war der intensivste Mann auf dem Planeten. „Steht ihr beide euch nahe?"

„Er ist die einzige Person auf der Welt, der ich bedingungslos vertraue."

„Was ist mit deiner Mutter?"

„Sie zählt nicht. Das ist eine andere Art von Beziehung." Er trank einen Schluck von seinem Kaffee. „Meine Mutter wird in ein paar Jahren von uns gehen. Bates und ich werden für die nächsten Jahrzehnte Seite an Seite stehen. Er ist mein Blut und mein Geschäftspartner. Ich werde nie eine Frau oder Kinder haben, also ist er die einzige Familie, die ich je haben werde."

Das war das Deprimierendste, was ich je gehört hatte. „Lass mich dich etwas fragen. Willst du keine Familie, weil du einfach keine willst? Oder weil du denkst, dass es keine Option ist?"

Er trank wieder von seinem Kaffee und beantwortete die Frage nicht.

Ich habe ihn nicht dazu gedrängt. Es war dumm, einen Bären zu verärgern, der bereits gereizt war. „Wenn Bates genau wie du ist, verstehe ich nicht, wie ihr etwas erreichen könnt. Das ist eine Menge starrköpfiges Testosteron für einen Raum."

„Wir sind beide Arschlöcher. Deshalb verstehen wir uns so gut."

Mein Bruder und ich standen uns nicht so nahe, wahrscheinlich, weil wir so verschieden waren. Aber im Moment war er alles, was ich im Leben hatte.

„Er mag dich nicht." Cato nahm noch einen großen Schluck von seinem Kaffee und trank die Tasse aus.

Ich wurde bei dem Kommentar und der abrupten Art, wie er es sagte, still. „Er kennt mich nicht."

„Er traut dir nicht. Er will nicht, dass ich mehr Zeit mit dir verbringe als nötig."

Ich behielt denselben ruhigen Gesichtsausdruck, aber mein Herz raste mit einer Million Kilometer pro Minute. Glücklicherweise konnte er meinen Herzschlag nicht spüren. Sonst wäre mein Puls ein eindeutiges Zeichen. Ich entschärfte die Aussage. „Keiner von euch vertraut jemandem, also sagt das nicht viel." Ich trank meinen Kaffee, obwohl das Letzte, was ich brauchte, Koffein war. Es war idiotisch von mir zu denken, dass ich jemanden wie Cato manipulieren könnte. Ich machte mehr Fortschritte, als ich erwartet hatte, weil wir vorerst monogam waren, aber sobald ich aus der Reihe tanzte, würden die Marino-Brüder an mir dran sein.

„Wir vertrauen aus einem bestimmten Grund niemandem. Es hält uns am Leben."

„Ich komme dir wirklich gefährlich vor?", fragte ich und zwang mich zu einem Kichern.

„Nur deine Muschi." Er stand auf und nahm beide Tassen, um sie in die Küche zu bringen.

Da er mich nicht anstarrte, ließ ich die Luft heraus, die ich angehalten hatte. Meine Fingerspitzen fühlten sich vom Adrenalin taub an. Ich balancierte auf einem schmalen Grat und riskierte jeden Tag, den ich mit Cato verbrachte, meinen Hals. Wenn ich meine Aufgabe nicht bald erledigen würde, könnte er etwas tiefer graben und erkennen, wer ich wirklich war. Oder vielleicht war der Grund, warum Bates mir nicht vertraute, dass er bereits genau wusste, wer ich war.

LANDON WARTETE im hinteren Teil der Bar auf mich.

Die Lichter waren schwach und nur wenige Menschen tranken so spät an einem Dienstag. Landon war ganz in Schwarz und hielt sein Glas Scotch in der Hand, als wäre es eine Krücke, die er zum Laufen brauchte. Er hob kaum seinen Blick, als ich mich ihm gegenübersetzte.

Er hatte bereits ein Glas Wein für mich bestellt.

„Was ist passiert?", fragte er und erkundigte sich sofort nach meiner Beziehung zu Cato.

„Hallo. Auch schön, dich zu sehen. Was gibt es Neues?"

Er hob seinen Blick und warf mir einen wütenden Blick zu. „Ich schlafe mit einer der Frauen, mit denen ich früher geschlafen habe. Ich bezahle Miete und Essen mit Sex und Monogamie. Alles, was ich habe, ist das Geld, das ich aus dem Tresor und den Konten geklaut habe. Das ist das Neueste bei mir, Siena. Also, was ist mit Cato?"

Es waren mehr Informationen, als ich wissen musste, und obwohl wir uns nicht nahestanden, war es nicht peinlich. „Wir sind exklusiv."

Landons gefurchte Brauen verwandelten sich in einen überraschten Ausdruck. „Hat er darum gebeten?"

„Ja."

„Wirklich?", fragte er. „Ihr seid monogam?"

„Bis ich mit der Dekoration seines Hauses fertig bin. Zumindest ist das der Plan."

Er fuhr sich mit den Fingern über das Kinn und griff sich in den dichten Bart, der ihm seit unserem letzten Treffen gewachsen war. „Dein Plan geht auf. Ein Typ wie Cato gibt einen Lebensstil wie seinen nicht ohne Grund auf."

„Ich bin genauso überrascht wie du." Ich dachte, es wäre viel schwieriger, Cato in eine Beziehung zu locken. Dieser Mann konnte jede Frau haben, die er wollte – und so viele Frauen, wie er wollte. Das aufzugeben, nur um mich zu genießen, schien unlogisch. „Aber ich glaube, er hat es satt, dass sich alles in seinem Leben ständig wiederholt. Ich glaube, er ist gelangweilt und unerfüllt. Ich bin die einzige Frau auf der Welt, die jemals Nein zu ihm gesagt hat. Ich habe schwer dafür gekämpft, um soweit zu kommen. In der Zwischenzeit habe ich mich mit anderen Männern verabredet. Das ist etwas, an das er nicht gewöhnt ist, und ich denke, er ist davon fasziniert."

„Was auch immer du tust, es funktioniert."

„Ja …"

„Denkst du, du kannst ihn alleine irgendwo hinbringen? Dein Haus wäre der perfekte Ort. Es ist ruhig und es gibt keine Nachbarn. Damien und Micah könnten mitten in der Nacht auftauchen, während er schläft, und ihn dann überfallen."

„Selbst, wenn er bei mir zu Hause ist, richten seine Männer eine Sicherheitszone um das Grundstück ein."

„Sag ihm, dass es dir unangenehm ist."

Selbst, wenn ich so vorginge, wäre ich zu paranoid, um den Plan durchzuziehen. „Landon, ich weiß nicht, ob ich das schaffe. Er hat mir gedroht. Nicht direkt, aber er hat es getan. Vielleicht war er so dumm, auf meinen Trick hereinzufallen, aber ich glaube nicht, dass er so dumm ist, darauf hereinzufallen. Bates ist auch an mir dran. Er sagte, er mag mich nicht und traut mir nicht."

Landon hielt meinen Blick, als er zuhörte und seine Hand zu seinem Glas zurückkehrte.

„Ich stehe auf Messers Schneide. Cato spürt deutlich eine Verbindung zu mir. Er erzählt mir Dinge und wenn ich seinen Scheiß verstehe, weiß er das zu schätzen. Da ist eindeutig etwas zwischen uns, der Anfang von etwas. Wenn ich ihn verrate und es nicht funktioniert, weiß ich, dass er mich foltern und töten wird. Er hat es mir direkt ins Gesicht gesagt."

„Genau davor habe ich dich gewarnt."

„Also ... ich glaube, ich habe eine andere Idee."

„Welche?", fragte Landon. „Ihn im Schlaf töten und seine Leiche zu Damien bringen? Das würdest du nie schaffen. Und ich bin mir sicher, dass sie ihn lebend haben wollen."

„Nein." Meine neue Idee war genauso gefährlich wie mein ursprünglicher Plan, aber sie hatte möglicherweise bessere Erfolgschancen. „Was ist, wenn ich Cato von meinem Dilemma erzähle? Was ist, wenn ich ihm sage, dass mein Vater entführt wurde und ich ihn nur retten kann, indem ich ihn ausliefere?"

Mein Bruder warf mir den gleichen Blick zu, den er mir zeitlebens gegeben hatte – als wäre ich die größte Idiotin auf dem Planeten. „Und du denkst, Cato wird sich gerne stellen, um dir das Leben zu erleichtern? Vielleicht bist du gut im Bett, aber keine Frau ist *so* gut."

„Das meine ich nicht."

„Was meinst du dann? Sag mir, wie diese Idee möglicherweise funktionieren könnte."

„Cato Marino ist der mächtigste Mann in diesem Land. Das hast du mir mehr als einmal gesagt und ich habe es mit eigenen Augen gesehen. Ihm gehört alles und jeder. Was wäre, wenn ich ihm die Wahrheit sage und ihn um Hilfe bitte? Wer wäre besser dafür geeignet, das zu erreichen? Cato bräuchte nur mit den Fingern schnippen und unser Vater wäre gerettet und Damien und Micah wären unter der Erde. Sie hätten keine Chance gegen ihn."

Als Landon nicht sofort dagegen argumentierte, bedeutete das, dass er über meine Worte nachdachte. Mit zusammengekniffenen Augen und konzentrierten Gedanken dachte er darüber nach. „Das klingt nach einem Traum, der wahr wird. Aber warum sollte er dir helfen wollen, nachdem du zugegeben hast, dass das alles eine List war? Du hast ihn reingelegt und er ist darauf reingefallen. Er wird so sauer sein, dass er dir wahrscheinlich den Kopf abreißen wird."

„Stimmt ..."

„Er würde dir das Genick brechen. Ich habe gehört, dass das seine Lieblingsmethode ist, Menschen zu töten."

Wenigstens wäre es schmerzlos und würde keine Schweinerei hinterlassen. Ich würde in meinem Sarg hübsch aussehen.

„Cato wird dir niemals verzeihen, dass du ihn ausgetrickst hast. Der Typ könnte wahnsinnig in dich verliebt sein, aber wenn er merkt, dass alles gelogen ist, wird er dich auseinanderreißen. Dieser Typ regiert mit Angst und Folter. Du bist da keine Ausnahme. Er behandelt alle seine Feinde auf die gleiche Weise. Er wird nicht zulassen, dass du ihn zum Narren hältst."

Ich wusste, dass Cato die Mordmaschine war, die Landon beschrieb, aber ich wusste auch, dass unter seiner harten Schale ein weicher Kern steckte. Er hatte etwas Gutes in sich, etwas Verständnis. „Ich denke noch immer, dass ich eine bessere Chance habe, wenn ich ihm die Wahrheit sage, als diesen Plan durchzuziehen. Es ist offensichtlich, dass ich das alles nur tue, um meinen Vater zu retten. Ich bin nicht hinter seinem Geld oder seiner Macht her. Jeder Mensch würde das verstehen."

Landon schüttelte den Kopf. „Ich bin da anderer Meinung."

Ich würde meinen Zug sowieso nicht sofort machen, also war es egal. Ich hatte noch Zeit darüber nachzudenken, was ich tun würde.

„Du wirst bald eine Entscheidung treffen müssen. Dir läuft die Zeit davon. Damien und Micah werden sich nicht mehr lange gedulden."

„Es ist viel zu früh. Im Moment kann ich nichts tun."

„Wenn der Typ ausschließlich mit dir schläft, würde ich sagen, du hast ein Druckmittel."

„Aber, wenn mein Job endet, ist es zwischen uns vorbei. Ich kann es nicht ewig hinausziehen."

Landon trank einen Schluck. „Sieh es mal so. Dies ist das erste Mal in seinem Leben, dass er nur eine Frau haben will. Er ist von seinen Dreiern zu einem Zweier gekommen. Nicht nur das, er will auch, dass es nur ihr beide seid. Das nennt man Eigentum. Das nennt man Besessenheit. Das nennt man einen Mann, der sein Territorium markiert. Wenn ein Mann an diesen Punkt kommt, geht er nicht mehr weg. Vielleicht hat er es noch nicht gemerkt, aber er wird es irgendwann. Wenn du also so weitermachst, wirst du irgendwann an sein Inneres rankommen. Die Frage ist, hast du genug Zeit dafür?“

ICH SAẞ im Wohnzimmer mit einem Glas Wein in der Hand. Mein Laptop war auf meinen Oberschenkeln und ich recherchierte die Kunstwerke, die ich in den Flur auf der zweiten Ebene hängen wollte. Catos Haus war so riesig, dass es schwierig war, genug Kunstwerke zu finden, um jeden Raum zu füllen. Wenn ich damit fertig war, würde es praktisch ein Museum sein. Jeder, der die Ehre hatte, sein Haus zu besuchen, würde die Meisterwerke, die er besaß, bewundern. Allein der Monet kostete ihn zehn Millionen Euro.

Das Geräusch der Haustür lenkte meine Aufmerksamkeit vom Bildschirm ab. Es hörte sich an, als würde sich der Knopf drehen oder das Schloss geknackt werden. Damien hatte kein Problem damit, in mein Haus einzubrechen, also nahm ich meinen Computer von meinem Schoß und griff nach der Pistole, die ich unter dem Tisch versteckt hatte. Ich entsicherte sie und drehte mich zur Tür, ich zielte und war bereit.

Das Schloss wurde geöffnet und Cato kam herein.

Als ob ihm das Haus gehörte.

Er trug schwarze Jeans und ein graues T-Shirt und seine Größe machte meiner gewölbten Decke Konkurrenz. Seine Augen bewegten sich zu meinen, als er die Tür hinter sich schloss. Unbeeindruckt von der geladenen Pistole, die direkt zwischen seine Augen zielte, schlenderte er in den Raum.

„Was zum Teufel machst du da?“ Mein Herz verlangsamte sich, als mir klar wurde, dass es nicht Damien war, der erneut auf mich schießen wollte, aber ich hielt meine

Pistole auf das Arschloch gerichtet, das mein Eigentum betrat.

Er ging direkt auf mich zu und ließ den Lauf der Pistole gegen seine Brust drücken. Furchtlos blickte er auf mich herab, diesen amüsierten Blick von Vergnügung auf seinem Gesicht. Er nahm meine Wange und neigte dann mein Gesicht, sodass meine Lippen zu seinen geneigt waren. „Eine schöne Frau mit einer Pistole ... das ist ziemlich sexy." Er drückte seinen Mund auf meinen, als er mir die Pistole aus der Hand nahm.

Meine Finger wurden leblos, als ich ihn das Metall aus meinem Griff ziehen ließ. Sein Kuss machte mich bewegungsunfähig, als würde ich mit vorgehaltener Waffe festgehalten. Sein warmer Mund war so beruhigend, wie ich ihn in Erinnerung hatte, weich und voll. Er gab mir zielstrebige Küsse, die mich fast vergessen ließen, dass er in mein Haus eingebrochen war, ohne anzuklopfen.

Er zog die Träger meines gelben Sommerkleides herunter und schob es über meine Brust, sodass meine Brüste entblößt waren. Seine Lippen lösten sich nicht von meinen, als er meine beiden Brüste mit seinen großen Händen ergriff und sie zusammendrückte. Er stöhnte, bevor er mir seine Zunge gab. „Ich habe dich vermisst, Baby."

Ich liebte es, wie sexy sich seine Hände anfühlten, als sie mich befummelten. So groß und warm. Es waren die Hände eines Mannes, groß und schwielig. Sie wussten, wie man mit dem Körper einer Frau umgeht, wie man drückt und massiert, bis mir der Atem ausgeht. Seine Daumen bewegten sich über meine Brustwarzen, während er mich weiter küsste.

„Sag, dass du mich vermisst hast."

Ich hatte keinen Drang zum Ungehorsam. Ich wurde schwach in seinen Händen, meine Hormone überwogen meine Wut. Dieser Mann hatte etwas Unverzeihliches getan, aber ich ließ ihn mich küssen und befummeln. „Ich habe dich vermisst."

Er packte mein Kleid, zog es über meinen Kopf und enthüllte meinen weißen Tanga. Er starrte zustimmend auf mich hinunter, seine Finger bewegten sich zu meinem schlanken Bauch und meinen breiten Hüften. Er drehte seine Hand und fuhr mit den Fingerrücken über meinen Bauch bis zu meinen Oberschenkeln. Als seine Finger meinen Kitzler erreichten, rieb er ihn sanft mit zwei Fingern, um die perfekte Menge an Genuss zu bieten. Er berührte mich besser, als ich es selbst konnte, als könne er mein eigenes Vergnügen fühlen. „Sag es noch einmal."

Ich zögerte nicht. Ich sagte es ohne Scham. „Ich habe dich vermisst …"

Sein Mund bewegte sich zu meinem, als er mich wieder küsste, seine Finger arbeiteten immer noch mit Präzision an meinem Kitzler. Er saugte meine Unterlippe in seinen Mund und strich mit seiner Zunge über meine. Seine Finger rieben mich stärker, bis meine Hüfte sich zu seinem Körper bewegte.

Dieser Mann machte mich weich – und ich hasste es. „Du kannst nicht einfach so in mein Haus reinplatzen." Ich schob meine Hand gegen seine harte Brust, aber er bewegte sich nicht. Stattdessen war ich diejenige, die sich von ihm wegschob, seine Finger lösten sich von meinem Kitzler. „Ich habe eine Türklingel."

„Ich mag keine Türklingeln." Seine Augen hingen an meinen Lippen, als würde er auf die nächste Gelegenheit warten, mich zu küssen.

„Dann klopf an."

„Das mag ich auch nicht."

„Nun, so wird das aber nicht funktionieren." Ich verschränkte die Arme vor der Brust, aber das drückte meine Brüste nur noch höher. „Klopf an oder ich erschieße dich das nächste Mal."

Ein charmantes Grinsen breitete sich auf seinem Gesicht aus. Es sollte mich ärgern, aber jedes Mal, wenn er sein Grinsen auflegte, war es von Natur aus erregend. „Verdammt bist du sexy." Er zog meine Pistole aus seiner Gesäßtasche und legte sie auf meinen Couchtisch. Sein T-Shirt war als Nächstes dran, bevor er es auf den Boden warf. Sein gemeißelter Körper wurde zu meiner Obsession, als er seinen Gürtel öffnete und seine Jeans fallen ließ.

Mit dem Kerl war es mir unmöglich, mich zu konzentrieren.

Als seine Boxershorts gefallen war und sein unverschämt schöner Schwanz zu sehen war, steif und bereit, verlor ich wirklich meinen Verstand.

Er ging auf die Couch und lehnte sich zurück, sein stolzer Schwanz lag an seinem Bauch. Er schlang die Finger um seine Länge und klopfte mit der anderen Hand auf seinen linken Schenkel.

Ich sollte eigentlich noch sauer auf ihn sein, aber das war unmöglich. Ich ging zwischen seine Knie und senkte mich auf den Boden.

Bevor ich auf die Knie gehen konnte, um ihm einen zu blasen, packte er mein Handgelenk und zog mich auf sich. „Baby, du bist feucht genug für uns beide." Er zog mich fest an seine Brust und richtete dann seine Eichel auf meinen Eingang.

Ich senkte mich langsam und umhüllte jeden Zentimeter seines Schwanzes, bis ich auf seinen Eiern saß. Er war so lang, dass ich mich aufstellen musste, um ihn aus mir herauszuziehen. Dann war es ein langer Weg zurück bis zu seinen Eiern.

Er starrte meine Brüste an, als er stöhnte und sein männlicher Kiefer sich mit seinen Bewegungen verengte. Er packte meine Pobacken, als er mich langsam auf und ab führte, weil er jede Bewegung genießen wollte. „Du hast mich wirklich vermisst …“ Seine Hände bewegten sich auf meinen Brüsten und er drückte sie zusammen, während ich mich immer wieder auf und ab bewegte.

Es war ein paar Tage her, seit ich ihn das letzte Mal gesehen hatte, und jetzt, da sein Schwanz so dick in mir war, wollte ich ihn jede Nacht. Der Sex war gut und das Leben war kurz, also sollte ich ihn jeden Tag ficken. Selbst, wenn er nur dasaß, war er immer noch der beste Liebhaber, den ich je gehabt hatte. Er war perfekt geschaffen, einer von Gottes Lieblingen. Er würde alle anderen Männer für mich ruinieren, denn kein Mann würde mich jemals so erfüllen.

Er richtete seine Augen auf meine und ich ritt weiter seinen Schwanz. Er presste seinen Kiefer zusammen und ließ ein weiteres Stöhnen los, während er mich genoss. Er packte meine Pobacken mit seinen Händen und führte mich härter auf und ab und schob gleichzeitig seine Hüften nach oben.

Meine Arme schlangen sich um seinen Hals und ich legte meine Stirn gegen seine. „Cato, ich werde gleich kommen …“

Er drückte härter in mich hinein, seine großen Füße drückten sich gegen den Teppich unter der Couch. „Ich weiß, Baby. Deine Muschi wird so eng … so feucht.“ Er stieß mich in die Vergessenheit und bescherte mir einen weiteren Höhepunkt, der mich vergessen ließ, was für ein Arschloch er war. Es ließ mich vergessen, dass ich das aus einem bestimmten Grund tat. Jetzt schien es, als würde ich ihn ficken, weil es keinen anderen Mann gab, den ich ficken wollte.

„Ja …“ Ich schloss die Augen und genoss es, fühlte mich wie eine echte Frau mit einem echten Mann in mir.

Er gab mir seine letzten Stöße, bevor er mich bis auf

seine Eier auf seinen Schoß riss und dann kam. Er ließ seinen Samen in mir explodieren und füllte mich mit allem, was er hatte. Er legte sein Gesicht in meinen Nacken, als er stöhnte und sein Schwanz sich in mir verdickte und zuckte. „Verdammt." Er hob mich hoch, als er aufstand. „Jetzt will ich auf dein Poloch sehen, während ich dich nochmal ficke."

ICH DÖSTE ein paar Stunden ein und als ich meine Augen öffnete, bemerkte ich, dass es neun Uhr abends war.

Und ich war am Verhungern.

Das Abendessen hatten wir ausgelassen, weil Cato ohne Vorwarnung vorbeigekommen war. Wir landeten oben in meinem Bett, als ob es Wochen her war, seit wir uns das letzte Mal gesehen hatten, nicht Tage. Jetzt hatte ich einen wunderschönen Mann neben mir, die Laken waren um seine Taille gelegt, während seine Hand auf seinem Bauch lag.

Ich schlüpfte aus dem Bett und ging die Treppe hinunter. Sein Hemd lag auf dem Boden, wo er es hatte liegen lassen, also zog ich es an und ging in die Küche. Ich hatte das Huhn bereits aufgetaut, also fügte ich nur noch die Gewürze hinzu und warf es dann in die Pfanne. Nach ein paar weiteren Zutaten hatte ich Piccata Hühnchen zubereitet.

„Du kannst schießen und kochen. Die perfekte Frau."

Ich drehte mich um und sah Cato dort in seinen schwarzen Boxershorts stehen. Er bestand aus fettfreier Muskelmasse und sah nackt noch sexyer aus als in einem Anzug. Ich schaltete den Herd aus und schaufelte das Huhn, die Tomaten und die Nudeln auf zwei Teller. „Du weißt nicht, ob ich schießen kann."

„Aber du gehst mit einer Waffe um, als ob du es könntest.“ Er trug die Teller zum Küchentisch.

Ich öffnete eine Flasche Wein und schenkte zwei Gläser ein.

„Ich dachte, du wärst eine Scotch-Frau?“ Er setzte sich hin und trank von seinem Wein.

„Das bin ich. Aber wenn ich die ganze Zeit so trinken würde, würde ich mein Ziel verfehlen.“ Ich setzte mich ihm gegenüber und begann dann zu essen.

„Brechen viele Leute in dein Haus ein?“, fragte er ungläubig.

„Man weiß nie.“

Er nahm ein paar Bissen und behielt mich im Auge. Genau wie er es beim Ficken tat, beobachtete er mich mit der gleichen Spur von Besessenheit. „Du bist eine tolle Köchin.“

„Danke.“

„Du kannst ficken. Du kannst kochen. Du kannst schießen. Eine verheerende Kombination.“

„Nicht, wenn du derjenige bist, der mich verärgert hat. Ich könnte dich erschießen und dich dann kochen.“

Er grinste. „Wenn du mich zuerst ficken würdest, wäre es mir wahrscheinlich egal.“

Je mehr ich Cato Marino kennenlernte, desto mehr mochte ich ihn. Er war kalt und leer, als ich ihn zum ersten Mal traf, nur eine leere Hülle mit wenigen Wünschen. Aber jetzt war er ein richtiger Mann, einer mit Selbstvertrauen und Sinn für Humor. Er lächelte sogar ab und zu. Es war eine viel bessere Version als die, die ich ursprünglich getroffen hatte. „Also, keine Einbrüche mehr in mein Haus, in Ordnung?“

„Warum nicht?“

„Was meinst du damit, warum? Das ist mein Zuhause, mein Eigentum und meine Privatsphäre.“

„Siehst du dir viele Pornos an oder so?"

„Ein paar. Nicht viele." Ich richtete meine Gabel auf ihn. „Und das ist nicht der Punkt."

Er wollte gerade einen Bissen nehmen, aber er senkte die Gabel und starrte mich mit einem brennenden Blick an. „Wow, lass uns nochmal anfangen."

„Was? Dass ich Pornos gucke? Frauen mögen das auch. Viele Frauen."

Er legte sein Besteck ab, als brauchte er alle Konzentration, um das Gespräch fortzusetzen. „Ist es das, was du getan hast, bevor ich reinkam?"

„Nein. Aber es würde dich nichts angehen, wenn es so wäre."

„Wie oft schaust du dir welche an?"

Vielleicht hätte ich es gar nicht erwähnen sollen, denn das war alles, worauf er sich konzentrieren konnte, weil er ein Schwein war. „Das spielt keine Rolle."

„Ich verstehe einfach nicht, warum eine Frau wie du sich überhaupt welche ansehen muss. Du kannst so viel Sex haben, wie du willst, wann immer du willst."

Ich zuckte mit den Achseln. „Manchmal will ich gerne allein sein."

Er schloss für einen kurzen Moment die Augen, als könnte er nicht mit dem Kommentar umgehen, den ich gerade gemacht hatte. „Oh Gott, du machst mich fertig." Er griff sein Glas und nahm einen großen Schluck. „Ich habe gerade dein Arschloch mit meinen Augen gefickt, während ich dich gefickt habe, und jetzt bin ich so hart, dass es ist, als hätte ich dich nicht schon zweimal gefickt."

Ich aß weiter. „All das wäre nicht passiert, wenn du nur geklopft hättest."

„Ich habe meine Lektion gelernt – ich werde nie wieder anklopfen." Seine Augen verengten sich, voller unaufhaltsamer Erregung.

„Nun, wenn du noch einmal einbrichst, erschieße ich dich."

„Das wird mich nur dazu bringen, dich noch mehr zu wollen." Es schien keine leere Drohung zu sein. Es schien, als hätte er in seinem Leben noch nie etwas ernster gemeint.

Ich unterbrach zuerst den Augenkontakt, weil seine Intensität zu viel für mich war. Ich war noch nie mit einem Mann zusammen gewesen, mit dem ich nicht mithalten konnte. Aber meine Stärke, mein Intellekt und mein Witz waren nicht annähernd so ausgeprägt wie seine. Dieser Mann hatte mehr Macht und Selbstvertrauen als ich je zuvor. Er fickte, als ob er dafür zur Schule gegangen war, und er ließ mich in Ekstase geraten, als wäre er mein Seelenverwandter. „Es ist verrückt darüber nachzudenken, dass du mich damals in der Nacht aus deiner Wohnung hast weggehen lassen."

„Ja. Der größte Fehler, den ich je gemacht habe."

„Und hier sind wir ... wir essen zusammen zu Abend."

„Ein ausgezeichnetes Abendessen." Er aß seine gesamte Portion auf und wusch dann seinen Teller und sein Glas ab. „Baby."

Meine Augen bewegten sich zu seinen und reagierten sofort auf den Spitznamen, den er mir irgendwann gegeben hatte. Ich mochte solche besitzergreifenden Spitznamen nicht, es sei denn, sie stammten von einem Mann, in den ich wahnsinnig verliebt war. Ich hätte ihm gesagt, er solle aufhören, aber das würde er niemals tun.

Er nickte zu meiner linken Schulter. „Sag mir, wie das passiert ist."

Ich wusste, dass er nach der Schusswunde fragte. Es war noch eine ziemlich junge Verletzung und würde für immer eine sichtbare Narbe hinterlassen. Ich war überrascht, dass er bis jetzt nicht danach gefragt hatte. Er hat wahrscheinlich nicht sehr viele Frauen mit Schusswunden im Bett gehabt. „Ich hatte vor langer Zeit einen Unfall."

„Einen Unfall?", fragte er ungläubig. „Du hast dich selbst angeschossen?"

Also wusste er, dass es eine Schusswunde war. Etwas zu erfinden würde nicht funktionieren. „Ich will nicht darüber reden, Cato." Ich drehte mich wieder zu meinem Teller und aß auf.

Er hielt seinen Blick auf mich gerichtet, als wäre diese Antwort nicht gut genug. „Warum nicht?"

„Willst du mir etwas sehr Persönliches über dich selbst erzählen?", entgegnete ich.

„Warum nicht. Was möchtest du wissen?"

Ich verdrehte die Augen und wusste, dass dies eine falsche Herausforderung war. „Lass es einfach."

„Du kannst es mir wirklich nicht sagen?" Er neigte seinen Kopf leicht. „Denn wenn dir das jemand angetan hat … könnte ich die Rechnung ausgleichen."

Meine Augen hoben sich, um seinem Blick zu begegnen.

Er stand zu seiner Aussage, indem er seinen tiefen und harten Blick beibehielt.

Ich dachte darüber nach, Cato um Hilfe zu bitten. Ich fragte mich, ob er all meine Probleme lösen würde. Aber ich fragte mich auch, ob er so wütend sein würde, dass ich ihn benutzt hätte, dass er mich stattdessen töten würde. „Meine Probleme sind nicht deine Probleme."

„Solange du mich fickst, sind sie es. Wenn dir jemand das Leben schwer macht, kann ich es ihnen schwerer machen."

Ich hatte noch nie einen Mann gebraucht, um mich zu beschützen, aber die Vorstellung, einen starken Mann wie Cato in meinem Leben zu haben, klang nach der schönsten Sache der Welt. Cato konnte nicht herausgefordert werden. Er war zu mächtig. Nicht einmal Bones und Crow würden sich mit ihm anlegen. Ich könnte Damien dafür bezahlen lassen, dass er die ganze Zeit gedroht hatte, mich zu vergewaltigen. Ich könnte meinen Vater retten und ihm eine Waffe in die Hand geben, damit er seine Peiniger töten konnte. „Es ist schon spät, Cato. Du solltest gehen." Ich nahm das schmutzige Geschirr und stellte es in die Spüle.

„Der einzige Ort, an den ich gehe, ist ins Bett." Er ließ das Thema fallen, nachdem ich es angesprochen hatte, und verließ den Esstisch. Seine schweren Schritte erklangen hinter mir auf dem Parkettboden, als er zu der Treppe auf der anderen Seite des Hauses ging.

Ich starrte in die Spüle – und war mir nicht sicher, was ich als Nächstes tun sollte.

Die Missionarsstellung schien seine Lieblingsposition zu sein, denn so wollte er mich normalerweise ficken. Er zog es vor, meine Beine zurückzustrecken, damit er mich so tief ficken konnte, wie mein Körper es zuließ. Er starrte gerne auf meine Brüste, während sie wackelten, küsste mich gerne, wenn er seinen Körper gegen meinen Kitzler drückte.

Ich hatte noch nie zuvor einen Mann gehabt, der mich mit so viel Begeisterung fickte. Es war, als würde dieser Mann nicht jede Nacht zum Arschloch werden, als würde er sich nicht irgendeine Frau in einer Bar holen und sie innerhalb einer Stunde ficken. Er fickte mich, als wäre ich die einzige Frau, die er auf der ganzen Welt wollte, die einzige Muschi, in die er die ganze Nacht seinen Schwanz stecken wollte.

„Cato." Meine Hand legte sich auf seine Wange und glitt dann in sein Haar. Ich fühlte die verschwitzten Strähnen und fingerte sie, während er mich gut und hart hämmerte.

Er küsste mich sanft, als er mir seinen Schwanz

weiterhin tief gab, seine vollen Lippen übergossen mich mit gezielten Umarmungen, die niemals ins Stocken gerieten. Er saugte an meiner Unterlippe und gab mir seine Zunge, sein schwerer Atem kam aus seiner Nase.

Ich wusste, dass er ein Arschloch war, aber ich wusste nicht, dass er so ein guter Liebhaber war.

„Cato." Als ob unser Gespräch beim Abendessen nie stattgefunden hätte, verehrte ich diesen Mann, indem ich seinen Namen rief, als ich einen weiteren Höhepunkt erreichte. Ich hatte anfangs nicht mit ihm schlafen wollen, weil er so ein Arschloch war, aber jetzt würde ich sogar Geld dafür bezahlen, dass er mich einmal pro Woche so fickte. Er war so gut, dass es unbeschreiblich war. Es brachte mich dazu, ihn noch weniger verraten zu wollen, weil ich nicht wollte, dass es aufhörte.

„Diese Muschi ..." Er verlangsamte seine Stöße und machte sie tief und hart, als er kam. Sein Schwanz verdickte sich spürbar in mir, bevor er abspritze. Mit einem lauten Grunzen und einem kleinen Krampf im Rücken füllte er meinen Schlitz mit einer weiteren Runde Sperma.

Er zog sich vorsichtig aus mir heraus, um sicherzustellen, dass er keinen einzigen Tropfen vergeudete. Dann lag er neben mir im Bett, die späte Stunde tauchte das Schlafzimmer in völlige Dunkelheit. Mit einer Hand hinter dem Kopf starrte er an die Decke, als er langsam wieder zu Atem kam.

Ich schloss die Augen, so müde und zufrieden, dass ich sofort einschlafen konnte.

„Baby?"

Ich sah in die andere Richtung, mein Hintern zu ihm gerichtet. „Hmm?" Ich konnte spüren, wie das Sperma zwischen meinen Beinen austrat.

„Ich muss morgen sehr früh aufstehen."

„Du weißt, wo die Haustür ist. Du bist vor ein paar

Stunden reingeplatzt.“ Ich hielt meine Augen geschlossen. Ich war zu müde, um mich auch nur umzudrehen und ihn anzusehen.

„In Ordnung. Dann bleibe ich.“

„Moment, was? Ich dachte, du wolltest gehen.“

„Nein. Ich wollte nur sicherstellen, dass es dir nichts ausmacht, dass ich dich früh aufwecke.“

„Nun, es macht mir aber was aus. Also, tu es nicht.“

Sein Grinsen war in seiner Stimme zu hören. „Ich mag Sex als Erstes am Morgen.“

„Und ich mag es, morgens zu schlafen. Weck mich nicht auf.“

„Ich werde versuchen, es nicht zu tun. Aber der Orgasmus könnte es tun.“

Ich schob mein Bein hinter mich und trat ihn.

Er kicherte, als würde ihn das überhaupt nicht stören. „Gute Nacht, Baby.“

„Gute Nacht, Arschloch.“

AM NÄCHSTEN MORGEN hielt er sein Wort. Ich war auf dem Bauch, also legte er sich auf mich und fickte mich in Bauchlage. Sobald sein großer Schwanz tief in mir war, war ich hellwach.

Aber ich beschwerte mich nicht.

Er fickte mich hart und schnell, weil er nicht alle Zeit der Welt hatte. Es war ein Quickie. Er drückte mich in die Laken und ließ mich kommen, bevor er in mir kam. „Schönen Tag noch.“ Er zog sich aus mir heraus und sprang unter die Dusche.

Gott, er war so ein Arschloch. Er fickte mich, als ich noch schlief und benutzte dann meine Dusche, als er fertig war. Das totale Arschloch.

Als er aus der Dusche kam, war ich hellwach und konnte nicht mehr einschlafen – obwohl es erst sechs Uhr morgens war. Ich war nie vor halb acht wach. Ich stellte eine Kanne Kaffee auf und setzte mich in meinen Bademantel ins Wohnzimmer.

Minuten später kam er die Treppe hinunter. Er trug die gleichen Klamotten wie gestern, sah aber immer noch umwerfend aus. „Willst du mich hinausbegleiten?"

Alles, was ich ihm gab, war ein böser Blick.

Er grinste, als würde ihn meine Wut nicht im Geringsten stören. „Ich komme heute Abend zurück. Erwarte nicht, dass ich anklopfe." Er ging zur Tür.

Ich sprang auf und folgte ihm. „So funktioniert das nicht. Du kommst nicht einfach vorbei, wann immer du willst."

„Was? Hast du schon was vor?"

„Nein, aber –"

„Dann sehen wir uns später." Er beugte sich vor und küsste mich auf den Mundwinkel.

„Cato, du besitzt mich nicht so, wie du alle anderen besitzt."

Er drehte sich wieder um, seine Verspieltheit war verschwunden und seine Intensität heftig. „Da liegst du falsch, Baby. Ich besitze dich. Ich besitze dich seit dem Moment, als du meinen Namen geflüstert hast und um meinen Schwanz herum gekommen bist. Ich besitze dich seit dem Moment, als ich in dir kam. Du bist meine Lady und ich komme und gehe, wie es mir gefällt." Er hielt meinen Blick und forderte mich auf, mich ihm zu widersetzen.

Ich war so sauer, dass ich nicht klar denken konnte. Also schlug ich ihm hart ins Gesicht.

Er zuckte bei dem Schlag zusammen, aber anstatt einen feurigen Blick zu zeigen, drehte er sich zu mir um, als hätte er mich nie mehr gewollt. Er zog ruhig sein Handy aus der Tasche und machte einen Anruf, seine Augen klebten an meinen.

Ich hatte keine Ahnung, was los war.

„Verschieben Sie mein Meeting auf eins." Er legte auf und schob das Telefon wieder in seine Tasche.

Ich wusste, dass etwas passieren würde. Ich hatte tatsächlich ein bisschen Angst.

Er trat einen Schritt näher an mich heran und zog sich sein T-Shirt über den Kopf.

Ich trat zurück.

Er zog seinen Gürtel aus der Jeans und schob ihn durch seine Hände.

Was zum Teufel wollte er tun?

Er packte mich plötzlich am Nacken und schob mich zur Couch.

Mein natürlicher Instinkt war zu kämpfen – aber das brachte mich nicht weiter.

Er zwang mich auf meinen Bauch und band meine Hände hinter meinem Rücken mit dem Gürtel zusammen.

„Cato, lass mich los." Ich warf meine Hüften hoch, um ihn abzuwerfen.

„Nein." Er ließ seine Hose und Boxershorts fallen und zog dann meinen Bademantel hoch.

„Ich meine es ernst."

„Genau wie ich." Sein schwerer Körper bewegte sich auf meinem und er schob seinen dicken Schwanz mit einer schnellen Bewegung in mich hinein. Er griff nach meinen Haaren und riss mich zurück, zwang mich, meinen Rücken zu krümmen und zur Decke hochzuschauen.

Dann fickte er mich hart.

Mein Körper bewegte sich mit seinen Bewegungen, aber ich konnte meinen Hals nicht bewegen, weil er mich so positioniert hatte. Er fickte mich, als wäre ich eine Hure, für die er bezahlt hatte. Behandelte mich, als wäre ich nur eine Muschi, die es für Geld machte.

Und es fühlte sich so gut an.

„Ich. Besitze. Dich." Er fickte mich so hart, dass mein Kitzler auf den Kissen schmerzte. „Sag es."

So sehr ich es genoss, so gefickt zu werden, weigerte ich mich. „Niemand besitzt mich."

Sein Schwanz war so dick in mir, dass er kurz davor war zu platzen, weil er meinen Trotz hasste und liebte. Mit der Ausdauer eines Athleten machte er weiter. Er fickte mich weiter, als würde er nicht aufhören, bis er bekam, was er wollte.

Ich fühlte, wie der Höhepunkt begann. Ich wollte dem Vergnügen nicht nachgeben. Das machte ihn nur zum Gewinner. Aber es war unmöglich, dagegen anzukämpfen. Ich konnte es fühlen und ahnen, wie gut es sich anfühlen würde.

Dann hörte er auf. „Sag es."

Da wurde mir klar, was er tat. Das war seine Folter. Ich würde für immer in diesem Zustand sein, bis er mir erlaubte, zu kommen – und nur durch meinen Gehorsam.

Ich hielt meinen Mund.

Er fing wieder an und rieb mich mit seinem massiven Schwanz hart gegen die Kissen. „Ich habe den ganzen Tag Zeit, Baby."

Ich biss mir auf die Lippe und versuchte, eine Lösung zu finden, aber mein Verstand war so konzentriert auf diesen großen Schwanz in mir, dass Pragmatismus unmöglich war. Dann fühlte ich es wieder, das brennende Verlangen zwischen meinen Beinen. Er hatte mich erst vor einer Stunde kommen lassen, aber es schien eine Ewigkeit her zu sein.

Er stoppte, bevor ich kommen konnte und zog seinen Schwanz ganz heraus. Obwohl er so hart arbeitete, war er nicht außer Atem. „Wir wissen beide, wie es endet.“ Er schob seinen Schwanz wieder in mich hinein und legte seine Lippen nahe an mein Ohr. „Sag es.“

„Nein …“ Ich riss an dem Gürtel um meine Handgelenke.

Sein Körper schlug hart gegen meinen Hintern, als er in mich hineinstieß. Er gab mir alles, was er hatte, stimulierte meinen Körper überall.

Ich fühlte es wieder.

Er hörte auf.

Ich schrie aus Protest. „Du bist so ein verdammtes Arschloch. Ich hasse dich. Ich hasse dich, verdammt –“

Er fickte mich wieder, genauso hart wie zuvor „Und du gehörst zu diesem Arschloch. Sag es.“

Ich wollte nicht nachgeben. Aber ich sah keinen anderen Ausweg. Er war ein Meister darin, seine Höhepunkte zu kontrollieren. Die meisten Männer konnten ihre Reflexe nicht unter Kontrolle halten, aber er war ein Profi darin. „Bitte …“

Er kicherte gegen mein Ohr. „Betteln bringt dich nicht weiter. Jetzt sag es.“

Als er mich wieder zu einem Höhepunkt drängte, versuchte ich, so zu tun, als würde ich nichts fühlen. Ich hielt meinen Körper entspannt und meine Atmung gleich.

Aber irgendwie merkte er es. Er zog seinen Schwanz heraus.

Scheiße, ich konnte wirklich nicht gewinnen.

Er packte meinen Nacken und atmete in mein Ohr, seinen nassen Schwanz zwischen meine Arschbacken gedrückt. „Baby.“ Er packte meine Haare und zwang mich, ihn anzusehen, den Sieg in seinen Augen, obwohl ich noch nicht nachgegeben hatte.

Ich wollte nicht, dass ein Mann mich je besaß. Meine Mission war es, ihn zu manipulieren, um das zu bekommen, was ich wollte. Ihm zu geben, was er wollte, brachte das zustande, aber ich fühlte mich irgendwie, als würde ich meine Seele dem Teufel verkaufen.

Cato Marino war der Teufel.

Er schob seinen Schwanz wieder in mich hinein und begann sich langsam zu bewegen, wobei er seine Augen auf mich richtete. „Sag es."

Ich drehte mein Gesicht weg, damit ich ihn nicht ansehen musste.

Er riss mich zurück, seine Augen waren voller Schadenfreude.

„Du besitzt mich …"

Er atmete tief ein, als wären diese Worte wunderschön für seine Ohren. Er drückte seinen Mund auf meinen und gab mir einen sanften Kuss, bevor er sich aufrichtete. Dann stieß er hart in mich und traf mich so gut, dass ich in Sekundenschnelle einen Höhepunkt erreichte. „Sag es noch einmal."

Ich spürte den Höhepunkt – und es war so gut, dass es den ganzen Selbsthass wert war. „Du besitzt mich, Cato. Du besitzt mich, verdammt noch mal."

15

CATO

ICH SAß MIT ÜBEREINANDERGESCHLAGENEN BEINEN VOR meinem Schreibtisch. Die Beck-Brüder nutzten mein Geld, um im Osten nach Öl zu bohren und sobald die Gerüchte umhergingen, dass ihre Unternehmung den Bach runterging, beschloss ich, ihnen einen Besuch abzustatten.

Dem Schweiß auf Connors Augenbrauen nach zu urteilen, hatte er angenommen, clever genug zu sein, es vor mir zu verbergen.

Niemand versteckte etwas vor mir. „Du weißt, weshalb ich hier bin. Du weißt, was geschehen wird. Also wähle deine Worte vorsichtig – und verschwende meine Zeit nicht. Ich habe mir bereits den Nachmittag freigenommen, um hierher zu fliegen.“ Meine Männer hatten das Gelände fest im Griff und waren alle auf ihren Positionen, als wären sie bereit, in den Krieg zu ziehen. Wann immer ich reiste, nahm ich die Art von Sicherheitsvorkehrungen vor, auf die Staatsoberhäupter neidisch wären.

Connor konnte mich nicht anrühren. Er trommelte mit seinen Fingern auf den Tisch, während er mich hinhielt und versuchte, die richtigen Worte zu finden.

Wenn er auch nur eine falsche Bewegung machte, würde ich ihn umbringen – an Ort und Stelle. Sein Bruder wäre als Nächstes dran.

„Wir haben mit sehr viel mehr Öl gerechnet."

Gut. Er würde meine Zeit nicht damit verschwenden, mir Lügen aufzutischen. „Das ist ungünstig. Was wirst du nun tun?"

Er trommelte weiter mit seinen Fingern. „Wir haben ein paar Hinweise in der Gegend. Etwa achtzig Kilometer nördlich."

„Und wie zuverlässig ist dieser Hinweis?" Ich trug meinen schwarzen Dreiteiler und vermisste meine Jeans und mein T-Shirt. Ich vermisste es, vom zu Hause aus zu arbeiten, wo ich tragen konnte, was ich wollte – oder einfach nichts.

„Sehr zuverlässig. Aber wir werden es nicht sicher wissen, bevor wir nicht selbst nachsehen."

„Und wann wird das sein?"

„Nächste Woche."

Ich stand auf und steckte meine Hände in die Taschen, als ich auf seinen Tisch zuging. „Wir wissen beide, dass es mir relativ egal ist, ob ihr Öl findet oder nicht. Mich interessieren nur die fünfhundert Millionen, die ich dir geliehen habe – zuzüglich Zinsen."

Connor sah zu Boden, wie ein Hund, der gerade an meinen Lieblingsschuhen geknabbert hatte.

„Du weißt, was passiert, wenn nichts daraus wird." Ich starrte ihn weiterhin an, mein Blick bohrte sich in seine Wange. „Du weißt, was nicht nur mit dir und deinem Bruder geschehen wird, sondern auch mit deiner süßen Frau Rose und deinen Zwillingstöchtern."

Sein Blick wanderte wieder zu mir, in seinem Blick lag purer Terror. „Meine Familie –"

„Alles gilt als zusätzliche Sicherheiten, wenn man sich

Geld von Cato Marino leiht. Ich schlage vor, dass du eine Lösung findest. Sonst werde ich jedes deiner Familienmitglieder umlegen." Ich klopfte mit der Rückseite meiner Knöchel gegen den Tisch, bevor ich mich umdrehte. „Finde einen Weg, um an mein Geld zu kommen, Connor. Sonst kannst du anfangen, Särge auszusuchen."

ALS MEIN FLUGZEUG LANDETE, stieg ich in den Fond meines Wagens und wurde vom Flughafen weggefahren. Nach diesem langen Tag wollte ich nur an einen Ort fahren.

Zu Siena.

Wir hatten eine monogame Affäre begonnen, die mir nichts bedeuten sollte, doch ich schien sie immer besser im Griff zu haben. Sie sagte, dass sie mir nicht gehörte, wie alles andere, und mir fiel auf, wie sehr mir das missfiel.

Ich wollte sie besitzen.

Ihre Einzigartigkeit hatte von Anfang an meine Aufmerksamkeit erregt. Jedes Mal, wenn sie mich wegstieß, zog ich fester an ihr. Meine Obsession wurde zu Besessenheit. Meine Besessenheit wurde zu Besitzgier. Vielleicht würde dieses Arrangement irgendwann erlöschen und mein Interesse verebben – aber ich war noch nie so sehr an einer Frau interessiert gewesen.

Vielleicht bedeutete das etwas.

Bates rief mich an. „Was ist passiert?"

„Connor war ehrlich zu mir. Er hat mir gesagt, dass er einen vielversprechenden Ort zum Bohren gefunden hat. Ich bekomme in ein paar Wochen weiter Informationen."

„Denkst du, dass er es schaffen wird? Sie haben bereits die Hälfte des Geldes verbrannt."

Ich stützte mich mit den Ellbogen auf der Armlehne ab, während meine Hand das Handy an mein Ohr drückte. Ich sah aus dem Fenster und sah, wie die Sonne am Horizont verschwand. Es war nach acht Uhr abends und es war offiziell Nacht. „Ich weiß es nicht. Aber ich habe ihm gesagt, was geschehen wird, wenn er es nicht schafft."

„Hast du Rose und die Mädchen erwähnt?"

„Natürlich." Sobald sie das Geld nahmen, riskierten sie jeden, den sie kannten und liebten. Wenn die Marinos ihr Geld nicht bekamen, wäre die Hölle los. Niemand war eine Ausnahme zu dieser Regel. So hielten wir unsere Kunden in Schach. Es war selten, dass jemand das Risiko einging, wenn er nicht spielen konnte – und diese Kunden starben immer auf die gleiche Weise. „Ich werde ihnen eine Broschüre mit Särgen schicken, um meine Nachricht deutlich zu machen."

Bates schwieg. Anstatt aufzulegen, hielt das Schweigen an. Das bedeutete, dass er mehr zu sagen hatte, jedoch nicht wusste, wie er das Thema ansprechen sollte.

„Was ist?"

„Siena. Giovanni hat mir erzählt, dass sie die Nacht bei dir verbracht hat."

Ich beobachtete andere. Es gefiel mir nicht, wenn andere mich beobachteten, besonders dann nicht, wenn es mein Bruder tat. „Wo ich meinen Schwanz hineinstecke, geht dich nichts an. Kümmere dich um deinen eigenen Mist oder ich drücke meine Zigarre auf deiner Wange aus."

Bates zögerte bei dieser Drohung nicht. „Hast du ihr gesagt, dass du weißt, wer sie ist?"

Dazu sah ich keinen Grund. Sie hatte sichtlich kein Interesse an dem Blutgeld meiner Familie. „Glaub mir, Bates. Sie will mit diesem Lebensstil nichts zu tun haben. Sie verabscheut Geld und Macht. Sie lebt gerne in ihrer Hütte. Sie will nichts von mir. Sie mag mich die meiste Zeit über nicht einmal ..."

„Warum fickt sie dich dann noch immer?"

Ich grinste. „Weil ich gut ficken kann." Ich dachte darüber nach, wie ich sie an jenem Morgen zurückgelassen hatte – machtlos unter mir, während ich sie dazu zwang, aufzugeben. Zuzusehen, wie eine dickköpfige Frau aufgab, war das Heißeste, was ich je gesehen hatte.

„Hat sie dich je danach gefragt, was wir machen?"

„Niemals."

„Hat sie dich je etwas Persönliches gefragt?"

„Nein, Bates. Sie hat mir nur gesagt, wie sehr ich ihr leidtue. Sie weiß, dass ich alles Geld der Welt habe, aber sie sieht, wie gelangweilt und leer ich bin." Ich hatte es ihr gegenüber nicht zugegeben, aber sobald sie diese Worte ausgesprochen hatte, wusste ich, dass sie recht hatte. Ich wusste, dass sie mich auf eine Weise verstand, wie es niemand sonst tat. Als wir einander getroffen hatten, hatte ich nicht nach einer Verbindung gesucht. Aber ich hatte unweigerlich eine gefunden. Vielleicht wollte ich sie deshalb so sehr – weil sie mich wirklich kannte.

„Du hast nur seltsame Laune."

„Launen kommen und gehen. Ich fühle mich schon sehr lange so."

„Wie auch immer. Lass diese Schlampe nicht denken, dass sie dich kennt. Denn das ist nicht der Fall."

Die Muskeln meines Unterarms spannten sich sofort an, bereit, mich zu rächen. Ich musste ihre Ehre nicht verteidigen, da sie nur eine Affäre war, doch meine Reaktion war so selbstverständlich, dass es mich beunruhigte. „Nenn sie nicht so. Das meine ich ernst." Ich hatte ihr gesagt, dass ich jedem wehtun würde, der sie verletzen wollte. Das traf auch auf meinen Bruder zu.

Er lachte ins Telefon, doch es war ein trauriges Lachen. „Verdammt nochmal, Cato. Bitte sag mir, dass du nicht auf ihr Spiel hereinfällst. Dafür bist du zu clever. Wenigstens dachte ich, dass du das wärst ..."

Ich war von Lügnern und Manipulanten umgeben. Mein Leben drehte sich darum, immer einen Schritt voraus zu sein. Das Schöne an Siena war, dass sie keine Spielchen spielte. Sie wollte nur eines von mir und das bekam sie. Der Rest unserer Zeit war einfach. Es war unkompliziert. Wir führten echte Gespräche, die nichts mit Geld und Macht zu tun hatten. „Gute Nacht, Bates."

„Wenn es so weit ist, werde ich kein Gentleman sein. Ich werde das Arschloch sein, das dir sagt, dass ich dich gewarnt habe."

Sie war ausgerastet, als ich das letzte Mal nicht geklopft hatte, doch da es sexy war, wenn sie sauer war, tat ich es erneut. Ich knackte das Schloss und ging hinein.

Sie stand im Eingangsbereich und hatte die Waffe in der Hand. Sie war ebenso wütend wie das letzte Mal. „Was haben wir besprochen?"

Ich liebte es, wie ihre grünen Augen brannten, als ob sie in Flammen standen. Sie presste ihre Lippen fest aufeinander, als ob sie versuchte, mich nicht anzuschreien. Ihre zierliche Figur bildete einen direkten Kontrast zu ihrer enormen Präsenz. Alles an ihr war sexy, selbst die Art und Weise, wie sie die Waffe hielt, als ob sie wüsste, wie man damit umzugehen hatte. Selbst die Narbe an ihrer Schulter erregte mich. „Scheiße, bist du heiß, wenn du sauer bist." Ich ergriff meine Krawatte und löste sie, als ich tiefer in die Wohnung eindrang.

„Ich habe dich davor gewarnt, dass ich auf dich schießen werde."

Ich packte ihren Arm und drückte den Lauf gegen mein Brustbein. „Dann tu es."

Sie nahm sofort den Finger vom Abzug, da sie Angst

hatte, aus Versehen abzudrücken. Sie zog die Waffe zurück und legte sie auf den Tisch neben der Tür. „Ich meine es ernst, Cato. Hör auf, nachts einfach so in meine Wohnung einzudringen. Du kannst einen Schlüssel haben, wenn du das wirklich willst."

„Du willst mir einen Schlüssel geben?", fragte ich, schockiert, dass sie das anbot.

„Es ist besser, als jedes Mal einen Herzinfarkt zu bekommen, wenn du an die Tür kommst. Wenigstens weiß ich dann, dass du es bist."

Ich wusste, dass sie keine Beziehung wollte, daher war dies der einzige Grund, weshalb sie so etwas anbieten würde. Ich kniff die Augen zusammen, als ich ihr schönes Gesicht ansah. „Baby, wer belästigt dich?"

In ihren Augen spielte sich eine schnelle Reaktion ab, doch es geschah so schnell, wie eine Sternschnuppe, dass ich nicht sicher war, ob ich es wirklich gesehen hatte. Sie verschränkte die Arme vor der Brust und ging dann zur Tür, damit sie sie schließen konnte. „Niemand. Ich lebe allein hier draußen … und was zur Hölle ist das?"

Ich drehte mich um und sah zur Tür hinaus. Das einzige, was ich sah, waren die Lichter der Wagen meines Sicherheitsteams. Sie hatten sich überall um das Grundstück herum verteilt und bewachten das Umfeld in einem Radius von anderthalb Kilometern, damit niemand ohne ihr Wissen kommen und gehen konnte. „Meine Männer. Sie werden dort sein, bis ich am Morgen gehen."

Sie steckte ihren Kopf durch die Tür und sah sich um, erblickte die dunklen Lichter ihrer Handys und Autos. „Wie viele sind es?"

„Fünfzig."

„Und sie werden die ganze Zeit da sein?"

„Ja." Ich ging nirgendwo ohne sie hin. Ich holte mir

nicht einmal einen Kaffee, ohne dass sie mir folgten. „Du musst dich in ihrer Gegenwart nicht unwohl fühlen."

„Äh, fünfzig bewaffnete Männer bewachen mein Grundstück. Das ist furchteinflößend."

„Sie würden dir nichts antun."

„Es gefällt mir trotzdem nicht." Sie ging wieder ins Haus.

Ich folgte ihr und schloss dann die Tür hinter mir.

„Wäre es einfacher, wenn wir einfach zu deinem Haus fuhren?" Sie nahm die Waffe vom Tisch und legte sie wieder in ihr Versteck unter dem Couchtisch. „Denn es ist offensichtlich, dass deine ganze Armee das Grundstück umstellt."

Es wäre einfacher, wenn wir zu meinem fuhren, aber etwas an ihrem malerischen Haus gefiel mir. Ich mochte die Gemälde an den Wänden und die Atmosphäre, die sie durch ihre Anwesenheit schuf. Es war klein, kaum groß genug, damit ein Mann meiner Größe es sich gemütlich machen konnte, aber es gefiel mir dennoch. „Mach dir darum keine Sorgen." Ich zog meine Krawatte aus und warf sie auf die Couch. Ich machte mich als Nächstes an meine Weste und mein Jackett, bevor ich endlich zu meinem Hemd kam.

Sie sah zu, wie ich mich auszog. „Hattest du einen wichtigen Tag?"

„Sowas in der Art." Ich warf mein Hemd auf die Couch und stand nur in meiner Hose da.

Sie trug ein Tank Top, darunter keinen BH und dazu weiße Shorts. Ihr Make-up war verschwunden und sie trug ihr Haar zum Pferdeschwanz gebunden. Sie sah nicht so heiß aus, wie in einem rückenfreien Kleid und High Heels, doch sie so zu sehen, war auf seine Weise noch heißer. Sie brauchte all diese Dinge nicht, um fickbar zu sein.

Was war heißer als das?

Ich öffnete meine Hose und trat meine Schuhe von mir.

Sie sah zu, wie ich mich bis auf meine Boxershorts auszog. „Also wirst du dich einfach in meinem Wohnzimmer ausziehen?"

„Willst du nicht, dass ich mich ausziehe?"

Sie presste ihre Lippen aufeinander und antwortete nicht. „Ich habe noch etwas vom Abendessen übrig. Hast du Hunger?"

Keine Frau hatte mir je etwas angeboten. Vielleicht hatte ich ihnen nie die Chance dazu gegeben, doch dies war dennoch eine neue Erfahrung. Die einzigen Kochkünste, die ich je genossen hatte, waren die meiner Mutter gewesen. „Ich habe keinen Hunger. Aber danke dir."

„Magst du Wein oder etwas anderes?"

„Nein. Ich möchte nur ins Bett."

„Ach?" Sie verschränkte die Arme vor der Brust. „Du kommst einfach her, wann immer du willst und –"

So sehr es mich anmachte, sie wütend zu sehen ... mir war nicht nach Reden. Ich hatte den ganzen Tag im Flugzeug verbracht und wollte nun nur Sex und ein gemütliches Bett zum Ficken. Ich vergrub meine Hände in ihrem Haar und ich beruhigte ihre Laune mit einem Kuss.

Es funktionierte. Sie erwiderte den Kuss sofort, war von meinen weichen Lippen und wie bedächtig ich sie liebkoste, angetan. Sie hatte ihr Leben gerne unter Kontrolle, aber sobald wir zusammen waren, überließ sie mir die Führung. Sie tat so, als wäre es ihr egal, doch es gefiel ihr, wenn ein Mann die Zügel in die Hand nahm, ein Mann, der genügend Autorität hatte, um sie in die Schranken zu weisen.

Und ich wies Frauen gerne in ihre Schranken.

Ich hob sie hoch und trug sie in ihr Schlafzimmer im ersten Stock. Allein daran zu denken, wie unglaublich ihre Muschi war, ließ meinen Schwanz in meiner Boxershorts zucken. Ich hatte den ganzen Tag daran gedacht – an den Moment, in dem ich tief in sie sinken konnte.

Ich legte sie aufs Bett und zog ihr ihre Shorts und ihr Höschen aus. Sobald diese fort waren, erblickte ich ihre perfekte Muschi, jene wohlschmeckenden Lippen und ihren delikaten Knubbel. Meine Boxershorts flog auf den Boden und dann drückte ich mein Gesicht gegen ihre Muschi, wo ich die Gegend küsste, die ich so sehr vermisst hatte. Ich besorgte es Frauen nicht mit dem Mund, weil mir das Vorspiel nicht wichtig war. Aber Sienas Muschi war einfach zu berauschend, um sie zu ignorieren. Ich tat es nicht, damit sie sich gut fühlte. Ich tat es, weil ich es wollte.

Sie öffnete ihre Beine weiter und stöhnte, als sie spürte, wie ich ihren Kitzler in meinen Mund saugte. Sie zuckte leicht und neigte ihre Hüften, damit ich ihre Muschi tiefer in mich ziehen konnte.

Ich liebte ihren Geschmack und ihren Duft. Ich liebte das Gefühl ihres Schlitzes in meinem Mund. Es hatte mich gelangweilt, mit zwei Frauen zu schlafen, aber diese einzelne Frau zog all meine Aufmerksamkeit auf sich und ich vergaß all die anderen.

Ich bewegte mich an ihrem Körper hinauf und verschränkte meine Arme hinter ihren Knien. Die Missionarsstellung war verdammt langweilig und ich mochte es lieber, wenn eine Frau auf dem Bauch lag. Einen schönen Arsch in meinem Gesicht zu haben, war das, was ich am meisten mochte. Aber Siena küsste ich gerne, starrte gerne ihre Titten an und beobachtete gerne jede ihrer Reaktionen auf mich. Ich schob mich gerne so tief wie möglich in sie und hörte ihre stöhnende Antwort. „Hast du mich vermisst?" Ich sank tief in sie, sodass mein Schwanz durch meine Spucke und ihre Lust glitt, je tiefer ich in sie eindrang. Ich konnte das Stöhnen nicht unterdrücken, als ich tiefer in sie eindrang und endlich die Muschi bekam, an die ich den ganzen Tag über gedacht hatte. Ich war immer ein leidenschaftlicher Mann gewesen, der immerzu Sex brauchte, doch sie erhob mich auf eine neue Ebene.

Als mein Schwanz ganz in ihr war, vergrub sie ihre Finger in meinem Haar. „Ja … ich habe dich vermisst." Sie seufzte tief, als atmete sie das erste Mal frische Luft. Ihre Finger zogen an meinen Strähnen und ihre Fingernägel vergruben sich in meinem Schädel.

Ich hatte eine Frau erobert, die nicht leicht zu erobern war. Ich hatte ihren Dickkopf im Griff und sorgte dafür, dass sie sich mir ergab. Nun reagierte sie mehr auf mich und wurde zu der unterwürfigen Frau, die nur ein Mann wie ich erschaffen konnte. „Ich habe den ganzen Tag an diese Muschi gedacht." Ich stieß fest in sie und bewegte sie mit meiner Wucht, als ich die Kontrolle über ihr Kopfteil übernahm. Andere Männer waren vor mir hier gewesen, doch nun wollte ich sie auslöschen und dafür sorgen, dass sie an mich dachte, wenn sie sich einen neuen Geliebten nahm.

Es hatte mich nie erregt, mit nur einer Frau zusammen zu sein oder im Fond eines Wagens aus dem Fenster zu starren und Fantasievorstellungen von ihr zu haben. Ein Mann wie ich konnte jede Art von Sex haben, die er wollte. Ich konnte mit einem Fingerschnippen Frauen mit Peitschen und Ketten heraufbeschwören. Doch alles, was ich wollte, war diese Frau – diese kleine, aber wilde Frau. „Ich denke an deinen Schwanz, seit du gegangen bist."

In ihrem Schlafzimmer befand sich ein Queensize Bett, ein großes Fenster direkt dahinter, das sich zu einer Nische verbreitete und daran schloss sich das Bad an, in welchem sich ein Waschbecken und eine Badewanne befand, die gleichzeitig Teil der Dusche war. Es war alles andere als luxuriös, aber es war schön eingerichtet und spiegelte ihre Persönlichkeit wider. Auf ihrem Schminktisch standen eine Vase mit Blumen sowie ein Bilderrahmen mit einem Bild von ihr und ihrer Mutter darin. Am Bettende lagen einige bunte Decken und an den Wänden hingen Gemälde, die die italienische Landschaft zeigten. Der gesamte Raum war etwa so groß wie mein Schrank.

Ich wachte am folgenden Morgen auf. Sie schlief tief und fest neben mir. Ihre Arme waren um meine Taille geschlungen und ein Bein steckte zwischen meinen Knien. Sie kuschelte mit mir, als wäre ich ihr Lieblingskuscheltier.

Frauen schliefen immerzu bei mir, aber sie klammerten sich nie auf diese Weise an mich. Ich brauchte Platz, aber in Sienas Fall fühlte es sich nie so an, als dränge sie zu sehr in meine Privatsphäre ein. Sie schien perfekt neben mich zu passen – wie Schloss und Schlüssel.

Ihr Pferdeschwanz hatte sich irgendwann aufgelöst und nun breitete sich ihr Haar auf meiner Brust aus. Es war dunkel, wie das Holz einer Eiche – es hatte die schönste Farbe. Sie hatte klassische italienische Züge, doch ihre Haut war weiß wie Milch. Ihre Wangen und Schultern waren mit einigen Sommersprossen bedeckt, doch dies verstärkte ihre Anziehung lediglich. Sie war wunderschön, aber echt. Ich beobachtete sie eine Weile, während ich meinen Tag plante. Ich würde zu meinem Büro in Florenz fahren und mich ums Geschäft kümmern. Damit wäre ich hoffentlich vor dem späten Nachmittag fertig.

Siena war die einzige Frau, in deren Haus ich übernachtet hatte. Ich ließ die Frauen immer zu mir kommen, da es einfacher war, aber sobald ich Siena besucht hatte, fühlte ich mich ganz zu Hause. Es war schön, wenn Giovanni mich immerzu bediente oder stets die bewaffneten Männer auf meinem Grundstück zu sehen. Es war mein Zuhause, aber es war dennoch mein Geschäftssitz. Dieses Haus war sehr viel einfacher. Es ließ mich all die mühsamen Aspekte meines Lebens vergessen.

Als ich nicht mehr nur daliegen konnte, bewegte ich mich leicht unter ihr und stand dann auf.

Ihr leises Seufzen bezeugte ihre Verärgerung. „Schleichst du dich hinaus?"

„Ich wollte dich nicht aufwecken."

„Es stört dich doch sonst auch nicht, mich zu wecken." Sie stützte ihren Kopf auf ihre Handfläche und starrte mich an, als die Laken über ihre Brust glitten.

„Wenn ich nicht wegmüsste, würde ich genau das tun." Ich betrat ihr Bad und putzte mir die Zähne mit ihrer Zahnbürste, bevor ich den Anzug anzog, in dem ich angekommen war. Er war leicht zerknittert, da er die ganze Nacht über auf dem Boden gelegen hatte, aber ich war zu reich, um mich um meine Erscheinung zu scheren.

Ich nahm meine Uhr von ihrem Schminktisch und ließ sie an mein Handgelenk gleiten.

Sie blieb im Bett liegen, verschlafen und sexy unter den Laken. „Ich muss auch zur Arbeit. Aber ich könnte auch ewig hierblieben ..." Sie zog die Laken bis zu ihrer Schulter und schloss ihre Augen. „Es ist deinetwegen schön und warm."

Ich saß am Fußende des Bettes und zog meine Schuhe an. „Dadurch könntest du im Winter Geld sparen."

„Meine Heizung ist so alt, dass sie nicht wirklich funktioniert. Es ist unmöglich, dieses Haus aufzuwärmen. Ich benutze meistens den Ofen, aber dann muss ich Feuerholz kaufen und es hierher tragen ... ich bin ziemlich faul."

Manchmal vergaß ich, wie es war, nicht immerzu alles zur Verfügung zu haben. Es gab immer jemanden, der meine Probleme löste. „Mit mir brauchst du kein Feuer." Sobald ich ganz angezogen war, stand ich auf.

Sie stand endlich auf und zog ihren lilafarbenen Bademantel an. Sie strich mit ihren Fingern durch ihr Haar und hielt es aus ihrem Gesicht, als sie an meine Seite trat. „Ich bringe dich zur Tür."

„Das ist sehr höflich von dir. Normalerweise interessiert dich das nicht." Ich ließ meine Hände in meine Taschen gleiten, während ich auf sie hinabblickte und jene prallen Lippen ansah, die ich die ganze Nacht über geküsst hatte. Sie war wunderschön, so schön, dass es wehtat, sie anzusehen.

„Tut es nicht." Sie lächelte mich an und die Verspieltheit erreichte ihre Augen. „Aber ich brauche Kaffee." Sie drehte sich weg und verließ den Raum, ihre bloßen Füße tappten leise über das Parkett. Ihr Haar schwang mit jeder Bewegung hin und her und ihre langen Strähnen reichten bis zur Mitte ihres Rückens.

Ich blieb zurück, auch als sie nicht mehr zu sehen war, da ich begriff, wie fasziniert ich von dieser unglaublichen Frau war. Es war eine Mischung aus Lust und Respekt und ich hatte noch keine Frau respektiert. Ich fickte sie nicht nur gerne. Ich redete gerne mit ihr, ich ließ gerne alle Fassaden fallen und war gerne ich selbst. Ich musste nicht der kaltherzige Mörder Cato Marino sein. Bei ihr konnte ich einfach nur Cato sein.

Ich gesellte mich unten zu ihr und traf im Eingangsbereich auf sie. „Geh heute Abend mit mir essen."

„Hast du nicht genug von mir?" Sie verschränkte die Arme vor der Brust, während sie ihre Mundwinkel zu einem Lächeln erhob.

Ich hielt meine Hände in den Taschen, obgleich ich sie packen wollte. Ich wollte ihre Haare wie eine Leine halten. Manchmal wollte ich zärtlich zu ihr sein, aber meistens wollte ich der Diktator Geliebte sein, zu dem sie mich gemacht hatte. „Hast du denn genug von mir?"

Ihr Lächeln verschwand langsam und sie wurde ernst.

Etwas an meiner Frage traf sie, verscheuchte all die Verspieltheit, die sie einen Moment zuvor an den Tag gelegt hatte. Ihre Brust hob sich mit dem tiefen Atemzug, den sie nahm. „Nein …“

Meine Finger bewegten sich unter ihr Kinn und ich hob ihren Mund zu meinem. Ich drückte ihr einen sanften Kuss auf die Lippen, Zuneigung, die weicher als je zuvor war. Ich hielt meine Augen offen, während ich in ihre blickte und zusah, wie Emotionen in ihrem Blick auftraten, während sich der Kuss fortsetzte. Als ich zurückwich, schien es nicht so, als wolle sie, dass der Kuss endete. „Ich auch nicht.“

16

SIENA

ALS ICH MEINE ARBEIT IN DER GALERIE BEENDETE, GING ICH hinaus und wollte in Richtung des Restaurants laufen, in dem wir uns treffen wollten. Stattdessen tauchte ein schwarzer Wagen mit getönten und kugelsicheren Scheiben neben mir auf.

Der Mann auf dem Beifahrersitz stieg aus dem Auto und öffnete mir die hintere Tür.

Ich wusste, wer im Fond saß.

Ich setzte mich hinein und erblickte Cato neben mir, seine Knie weit auseinander und seine Hände auf seinen Oberschenkeln ruhend. Er trug einen anderen Anzug, als es am Morgen der Fall gewesen war. Nun war er in einen marineblauen Anzug gekleidet, der aussah, als wäre er frisch gereinigt worden. Seine blauen Augen strahlten, wenn er diese Farbe an seinem durchtrainierten Körper trug. Je mehr Zeit ich mit ihm verbrachte, desto mehr Angst bekam ich. All dies war nur eine List, um zu bekommen, was ich wollte, und nun, da ich diesen Mann tatsächlich mochte, war ich befangen.

„Baby." Er nahm meine Hand und legte sie auf seinen

Oberschenkel, dabei hielt er mich, als wäre ich seine Frau. Sein Daumen strich über meine Knöchel und er hielt mich sanft fest, obwohl seine riesige Hand genug Kraft hatte, um meine zu zerdrücken.

Mir blieben die Worte im Hals stecken.

Der Wagen brachte uns zum Restaurant und wir gingen hinein. Wie das letzte Mal saßen wir in einem privaten Teil, der von den Augen der Öffentlichkeit getrennt war. Es war ruhig und nur der Klang der Musik war zu hören. Ich konnte die anderen Gäste des Restaurants nicht einmal hören.

Cato blickte auf seine Speisekarte. „Stimmt etwas nicht?"

Mein Puls beschleunigte sich. „Ich bin nur hungrig."

„Was möchtest du? Etwas mit Käse, nehme ich an?" Er legte die Speisekarte beiseite und in seinen Augen tauchte ein verspielter Blick auf.

Ich zwang mich, zu lächeln, obwohl mir beinahe schlecht war. „Du kennst mich so gut." Ich legte meine Speisekarte hin und schlürfte meinen Wein. Etwas daran, wie er am Morgen gegangen war, sorgte dafür, dass mich meine Schuldgefühle erstickten. Ich dachte jeden Tag an meinen Vater, doch nun, da ich den Großteil meiner Zeit mit diesem Mann verbrachte, war ich hin- und hergerissen. Es fühlte sich nicht mehr richtig an, ihn zu betrügen.

Er mochte ein Verbrecher sein, aber mir erschien er wie ein anständiger Mensch.

Er starrte mich lange Zeit an, sein mächtiger Blick bohrte sich ohne ein einziges Blinzeln in mich. Wenn er seine Kunden ebenfalls auf diese Weise anstarrte, war es nicht überraschend, dass er bekam, was er wollte. Ein Mann war wirklich mächtig, wenn er schweigend verhandeln konnte. Das war etwas, was ich von meinem Vater gelernt hatte, doch Cato war ein noch besseres Beispiel dafür. „Wie war die Arbeit?"

Mein Job bei der Galerie war so einfach, dass er manchmal langweilig war. „Gut. Ich habe ein paar neue Stücke für dein Haus gefunden. Ich werde sie dir zeigen, wenn du das nächste Mal Zeit hast."

„Für dich habe ich immer Zeit."

Mein Puls beschleunigte sich noch mehr. „Dann bringe ich sie morgen Nachmittag vorbei."

„Na gut. Pack eine Tasche."

Das einzige Mal, das ich dort übernachtet hatte, war es unangenehm gewesen. Ich hatte schnell gehen wollen, doch er wollte, dass ich blieb. Ich war distanziert und gleichgültig geblieben und diese Einstellung hatte gut funktioniert. Es hatte Catos Interesse geweckt. Vielleicht wäre ich nie etwas Besonderes für ihn gewesen, wenn ich mich anders verhalten hätte. „Soll ich einfach reinplatzen?"

Wenn er lächelte, sah er so unglaublich schön aus. Es war ein seltener Anblick, da er nur selten grinste, doch wenn er es tat, war er atemberaubend. Dann sah er mehr wie ein Mann aus, anstatt eines Verbrechers. Als wir uns das erste Mal getroffen hatten, hatte er sich wie ein Arschloch verhalten, doch wenn er seine arrogante Hülle fallen ließ, war er charmant. Das war sein wahres Ich – und es war offensichtlich, dass er nicht jedem diese Version offenbarte. „Ich glaube, dass das nur fair ist."

Ich nahm einen Schluck und betrachtete dann die Flasche. „Wieder vom Barsetti Weingut."

„Damit liegt man nie falsch."

„Kennst du die Barsettis?"

„Ich habe Crow Barsetti einmal getroffen. Vor ein paar Jahren."

„Hast du Wein bei ihm gekauft?"

„Nein. Es hatte mit dem Geschäft zu tun." Er führte es

nicht weiter aus, vermutlich, weil es um Geld und Drohungen ging. Er teilte diese Information nicht mit mir, weil er nicht darüber sprechen wollte.

„Wie war dein Tag?“, fragte ich, um höflich zu sein, nicht, weil ich eine ehrliche Antwort erwartete.

„Ein weiterer Tag“, sagte er ausweichend. „Ich habe ein paar Projekte am Laufen und halte alle im Schach.“

„Wahrscheinlich wirst du sauer sein, wenn ich das sage –“

„Dann sag es nicht.“ Seine Stimme war eiskalt. Seine blauen Augen teilten diese Temperatur.

Ich hielt inne, als er mich unterschwellig bedrohte und ich wurde daran erinnert, mit wem ich es zu tun hatte. „Das Leben ist zu kurz, um nicht glücklich zu sein. Du bist so reich, dass du nichts davon mehr tun musst. Denkst du je daran, alles deinem Bruder zu übergeben und es hinter dir zu lassen?“ Ich sollte mich nicht um seine Sicherheit scheren, doch es gab ein Dutzend Männer, die ihn zu jedem Zeitpunkt tot sehen wollten. Wie konnte er nachts schlafen?

„Wer hat gesagt, dass ich nicht glücklich bin?“

Ich antwortete nicht, da mir die Frage rhetorisch erschien. Ich nahm einen weiteren Schluck und sah ihn wissend an.

„Bates und ich stecken zusammen in dieser Situation. Ich würde ihm niemals den Rücken kehren.“

„Das ist nobel.“

„Wir sind eine Familie. Für die Familie tut man alles.“

„Ja …“ Ich riskierte Kopf und Kragen für meinen Vater und die Klinge war kurz davor, durch meine Haut zu dringen. „Also, was hältst du von meinem Bett?“

Er neigte den Kopf leicht zur Seite, als verstehe er die Frage nicht.

„Ich weiß, dass es klein und alt ist. Dein Bett ist ungefähr … dreimal so groß.“

„Ich habe mich nie auf dein Bett konzentriert – nur auf die nackte Frau darin."

Ich lächelte. „Gute Antwort. Wo schlafen wir hiernach miteinander? Bei mir oder bei dir?"

Er kniff bei dieser direkten Frage die Augen zusammen. „Wie wäre es bei dir?"

„Das ist in Ordnung für mich." Ich machte mir immer Sorgen, dass Damien zum falschen Zeitpunkt auftauchen würde, doch wenn er die fünfzig Männer sehen würde, sollte er clever genug sein, um fernzubleiben und mich nicht zu verraten.

„Gut. Nun habe ich den Rest des Abendessens Zeit, mir genau zu überlegen, wie ich dich ficken will."

Als wir das Restaurant verließen, klingelte Catos Handy. Er blickte auf den Namen auf dem Display, bevor er ranging. „Was?" Er hörte der Stimme am anderen Ende zu, während sein Auto am Straßenrand vorfuhr. „Sind Sie sicher? Ja, ich bin in ein paar Sekunden da." Er legte auf und ließ sein Handy in seine Tasche gleiten. „Ich muss mich ums Geschäft kümmern."

Ich hatte angenommen, dass ich die ganze Nacht über und am folgenden Morgen von einem wunderschönen Mann erdrückt werden würde. Ich weigerte mich, eine Zicke zu sein und mich zu beschweren, aber ich war dennoch enttäuscht. Nun, da ich regelmäßig den besten Sex meines Lebens bekam, wollte ich ihn immer. Ich wollte es so lange genießen, wie ich nur konnte. „Dann sehen wir uns morgen. Gute Nacht, Cato."

Er starrte mich weiterhin auf dem Gehweg an, seine blauen Augen brannten, als wären sie zu Feuer gewordenes Eis.

Ich hatte keine Ahnung, was dieser Blick bedeutete. „Wirklich, es ist in Ordnung. Ich verstehe."

Er ergriff meinen Ellbogen und zog mich in die Gasse neben dem Restaurant. Es war eng zwischen den zwei Gebäuden und hier gab es keine Straßenlaternen, sodass es recht dunkel war.

„Was machst du?"

Er führte mich um die Ecke zu dem entlegensten Platz, öffnete seinen Gürtel und den Reißverschluss seiner Hose. „Ich werde heute Nacht nicht klar denken können, bevor ich dich nicht gefickt habe." Er drehte mich um und drückte mich gegen die Wand, bevor er mein Kleid über meinen Hintern zog. Er schob mein Höschen meine Beine herab.

„Ich weiß nicht, für was für eine Frau du mich hältst, aber ich bin nicht die Art von Frau, die –"

Er schob sich in mich und seine Brust drückte gegen meinen Rücken, während er meine Hüften festhielt. Dann presste er mich gegen die Wand und pumpte seinen Schwanz in mich, als wäre es egal, was ich zu sagen hatte.

Ich schloss meinen Mund und hielt mich an der Mauer fest, während er mich fickte. Es fühlte sich so gut an, dass ich mich fragte, ob ich nicht doch die Art von Frau war, die in einer engen Gasse gefickt werden wollte. Ich wäre nicht dumm genug, allein eine dunkle Gasse zu betreten, doch mit Cato an meiner Seite, hatte ich vor nichts Angst. Ich genoss es ebenso, wie wenn wir in meinem Bett miteinander schliefen. Selbst wenn die Polizei uns sähe, würden sie einfach wegschauen – weil sie Cato gehörten.

Ebenso, wie ich ihm gehörte.

„Scheiße." Er legte seinen Arm um meinen Nacken und hielt mich gegen ihn gedrückt. „Ich muss diese Muschi ficken."

„Weil es deine Muschi ist." Ich ergriff seine Hüften und führte ihn fester in mich.

Seine Lippen ruhten an meinem Ohr und er stöhnte zustimmend. „Deine Muschi gehört mir, nicht wahr?"

„Ja."

„Sie gehört verdammt nochmal mir."

„Ja." Ich hielt mich an der Mauer fest, als ich kam, sodass meine Finger dreckig wurden. Meine Muschi drückte ihn und überschüttete ihn mit Feuchtigkeit. Ich konnte jede Berührung zwischen meinen Beinen spüren, die himmlische Explosion, die meine Finger taub werden ließ.

Er hielt nicht viel länger durch. Er gab mir die letzten Stöße, bevor er sich in mir ergoss und all seinen Samen in meiner Muschi hinterließ. „Verdammt, Baby." Er ließ seinen Schwanz in mir weich werden, während er den Rest seines Höhepunktes genoss. Dann zog er sich schnell aus mir heraus und knöpfte seine Hose zu.

Ich fühlte, wie unsere Lust meine Beine hinablief, also wischte ich sie mit meinen Fingern weg und leckte sie ab.

Er hielt inne und starrte mich an, als könne er nicht glauben, was er gerade gesehen hatte.

Als hätte ich noch immer die Eleganz einer Königin, zog ich mein Höschen hoch und schob mein Kleid wieder über meine Hüften. Dann richtete ich mein Haar und lief davon, als wäre nichts geschehen.

ICH SAß zwischen den beiden Männern in der Bar. „Landon, das ist –"

„Ich weiß, wer er ist", sagte Landon kühl. „Sein Ruf eilt ihm voraus."

Bones starrte meinen Bruder eiskalt an und sah mit all seinen Tattoos wie ein Verrückter aus. „Schade, dass es deiner nicht tut."

Die Anspannung zwischen den beiden war greifbar. Ich hatte genug Probleme, daher konnte ich es nicht gebrauchen, dass sich meine einzigen zwei Verbündeten gegenseitig angriffen. „Hört zu, ich habe viel Zeit mit Cato verbracht und weiß nicht, was ich tun soll."

Bones wandte sich zu mir und seine Augenbrauen kräuselten sich. „Was zur Hölle soll das bedeuten?"

„Genau", sagte Landon. „Erkläre diese Aussage."

„Cato ist nicht das Monster, als das ihr ihn darstellt", sagte ich. „Er mag schlimme Dinge tun, aber er ist nicht durch und durch schlecht. Er –"

„Ist das dein verdammter Ernst?", fragte Landon. „Dieser mörderische Killer hat mehr Menschen umgebracht, als du in deinem Leben getroffen hast. Er hält die Mafia und die Skull Kings in Schach. Er ist der Boss von alledem, okay?"

„Vielleicht bringt er dich zum Höhepunkt, aber das ändert nichts daran, wer er ist", sagte Bones.

So viel Zeit mit Cato zu verbringen, machte alles nur komplizierter. Bei dem Gedanken, ihm in den Rücken zu fallen, wurde mir schlecht. Ich liebte ihn nicht, aber er war mir dennoch wichtig. Er verbrachte all seine Zeit damit, über seine Schulter zu blicken, da er niemandem vertrauen konnte – mir schien er jedoch zu vertrauen. Das wollte ich nicht wegwerfen, um ihn damit in einen verbitterteren Mann zu verwandeln. „Ich glaube, ich werde ihn stattdessen um Hilfe bitten."

„Er wird dich foltern, Siena", sagte Landon. „Und er wird dich umbringen. Er ist jetzt nett zu dir, weil du mit ihm schläfst, aber sobald er erkennt, dass du ihn hintergehst, wird er ausrasten. Das meine ich ernst."

„Er hat recht", sagte Bones. „Ich verstehe, was du vorhast, aber es wird nicht funktionieren. Selbst wenn er dich lieben würde, würde er dich dennoch totschlagen und dir dann den Hals umdrehen. Er würde es dir nicht leichtmachen."

„Wenn du Vater retten willst, musst du dich an den Plan halten", sagte Landon. „Es gibt keinen anderen Weg. Aber wenn du denkst, dass du das nicht schaffst, kannst du immer noch deine Meinung ändern. Hör auf, dich mit ihm zu treffen, und lass all das hinter dir."

Ich wollte nicht aufhören, mich mit ihm zu treffen. Und ich wollte meinen Vater nicht im Stich lassen.

„Was wirst du tun?", sagte Landon nachdrücklich. „Uns läuft die Zeit davon, Siena. Ich bin überrascht, dass Damien dir einen ganzen Monat gegeben hat, um eine Lösung zu finden."

„Ich kann Cato Marino nicht binnen eines Tages hintergehen, okay?", sagte ich gereizt. „Er bringt selbst dann fünfzig bewaffnete Männer mit, wenn er zu meinem Haus kommt. Er ist nie allein. Dafür ist er zu clever."

„Dann musst du ihn irgendwie alleine erwischen", sagte Landon. „Sag ihm, dass du ihn mit zum Grab deiner Mutter nehmen willst – aber dass du keine bewaffneten Männer dabeihaben möchtest."

Ich sah ihn angewidert an. „Das ist furchtbar. Das kann ich nicht tun."

„Ihr Todestag steht kurz bevor. Es wäre der perfekte Deckmantel, besonders, wenn er es überprüfen will." Landon hielt sich an seinem Glas fest, trank jedoch nichts.

Bones schwieg, sein Blick wanderte zwischen uns hin und her.

Ich fühlte mich bereits schlecht, weil ich Cato hinterging, doch ich würde mich noch schlechter fühlen, wenn ich den Tod meiner Mutter dafür benutzen würde. Das war nicht die Art von Mensch, die ich sein wollte. Obgleich das Leben meines Vaters auf dem Spiel stand, fühlte ich mich dennoch nicht wie ein böser Mensch.

„Siena“, sagte Landon nachdrücklich. „Was hast du vor?“

Ich hatte nur noch einen Elternteil übrig, weil der andere umgebracht worden war. Ich wollte meinen Vater nicht auf die gleiche Weise verlieren. Familie war mir das Wichtigste und ich wusste, dass Cato das Gleiche tun würde, wenn die Situation umgekehrt wäre. „Ich werde es tun …“

ALS ICH HEIMKAM, rief ich Damien an.

„Hallo, Süße.“ Seine widerliche Stimme dröhnte durchs Telefon. „Ich habe dich vermisst.“

Ich ignorierte alles, was er sagte. „Komm nicht mehr zu meinem Haus. Cato kommt und geht zu unterschiedlichen Zeiten und er bringt seine ganze Armee mit.“

„Ja, das ist mir schon aufgefallen. Du musst verdammt gut sein im Bett.“

Cato war der Talentierte von uns beiden.

„Er wurde seither mit keiner anderen Frau gesehen. Das ist sehr beeindruckend.“

Mir wurde vor lauter Schuldgefühlen wieder schlecht, doch dieses Mal kam es mir so vor, als müsste ich mich übergeben.

„Doch es ist nicht beeindruckend, wie lange es gedauert hat, bis du dich am Riemen gerissen hast. Wir haben dir mehr als einen Monat gegeben. Wir haben keine Lust mehr zu warten.“

Dies war ein Albtraum. Ich dachte, dass es mich vor Korruption und Gewalt beschützen würde, meiner Familie den Rücken zu kehren, doch ich würde dank meines Blutes immer eine Verbindung zur Unterwelt haben. „Ich habe eine Idee. Ich werde ihn bitten, nächste Woche das Grab meiner Mutter mit mir zu besuchen – alleine. Dann werden wir es tun."

Damien hielt lange Zeit inne. „Das ist eine exzellente Idee, Siena. Micah wird sich freuen. Du bringst ihn allein dort hin und wir kümmern uns um den Rest."

„Und mein Vater?" Ich hielt meine Stimme davon ab, zu zittern, doch meine Gefühle überwältigten mich. Ich hasste es, darüber nachzudenken, wie er in diesem Drecksloch behandelt wurde.

„Wir werden ihn mitbringen. Denk du nur darüber nach, wie du Cato dort hinbringst." Klick.

Sobald er aufgelegt hatte, rannte ich zur Toilette – und schaffte es kaum bis zur Kloschüssel, bevor ich mich übergab.

„Was denkst du?" Ich hatte die Gemälde auf den Tisch gelegt, damit er sie sich alle ganz genau ansehen konnte.

Cato stand neben mir, doch sein Blick hing an mir – nicht an den Kunstwerken, die ich für ihn ausgewählt hatte. „Wunderschön."

Ich unterdrückte ein Lächeln, doch ein Grinsen ließ sich nicht zurückhalten. „Ich meinte die Bilder. Ich glaube, dass sie sich gut im Wohnzimmer im ersten Stock machen würden."

Er zuckte mit den Schultern. „Die Bilder sind mir scheißegal." Er stellte sich vor mich, mit dem Rücken zu den wunderschönen Stücken, und legte seine Finger unter mein Kinn, damit er meine Lippen an seine heben konnte. „Du bist mir nicht scheißegal."

„Nun, willst du sie oder nicht?"

„Ja." Er lehnte sich herunter und küsste mich sanft auf den Mund. „Ich vertraue auf deinen Geschmack, Baby."

„Es ist dein Zuhause. Du solltest nur deinem eigenen Geschmack vertrauen."

Sein Daumen glitt über meine Unterlippe, bevor er seine Finger um meinen Hals legte. „Folgendes ist nach meinem Geschmack. Aktgemälde von dir, überall im Haus. In jedem Zimmer. Sollen wir meinen oder deinen Weg wählen?"

„Nun, so viele Aktgemälde von mir könntest du dir gar nicht leisten – weil ich nicht verkäuflich bin."

Er kam näher zu mir, während er die Augen zusammenkniff. Nun waren die Gefühle, die einst mysteriös gewesen waren, einfach zu deuten. Sein Blick war voller Besessenheit, eine Leidenschaft, die so heiß brannte, dass sie die Luft um uns herum in Flammen aufgehen ließ. „Vielleicht will ich dich deshalb so sehr – weil ich dich nicht kaufen kann." Er kam zu mir und küsste mich erneut, seine Hand glitt in mein Haar. Wir hatten keine fünfzehn Minuten über die Arbeit gesprochen, bevor sich die Situation auf diese Weise verändert hatte … und von unserer unaufhaltsamen Anziehung gesteuert wurde.

Bates kündigte seine Anwesenheit an, als er sich räusperte. „Ich hoffe, ich störe nicht."

Aus Trotz, beendete Cato erst den Kuss, bevor er langsam zurückwich. „Du müsstest wichtig sein, um stören zu können. Und du bist nicht wichtig."

Bates trug einen schwarzen Anzug und war ebenso gefährlich und gut aussehend, wie sein Bruder. Er hatte die gleichen Augen und die gleiche Kälte – aber er war definitiv noch eisiger. Seine Hände steckten in seinen Taschen und er sah mich mit offensichtlicher Abneigung an. „Mr. Wong ist an der Strippe. Ich dachte, du willst ein paar Worte sagen."

Cato wich zurück. „Du kannst die Bilder aufhängen, Siena." Er ging zur Tür hinaus.

Leider folgte Bates ihm nicht. Er trat an meine Seite und betrachtete die Bilder, die ich ausgewählt hatte. „Die sind toll."

„Danke." Ich verschränkte meine Arme vor der Brust. „Ich glaube, dass sie sich oben im Wohnzimmer sehr gut machen werden."

„Ja. Ein schönes Zimmer, das niemand je benutzt."

Ich hatte mich in Bates Gegenwart von Anfang an unwohl gefühlt, aber nicht, weil er sich wie ein Raubtier verhielt. Er war einfach sehr viel argwöhnischer als sein Bruder, sehr viel paranoider. Er mochte mich nicht und das war offensichtlich. Ich hatte Angst, dass er mich durchschauen würde. Ich hoffte nur, dass ich es schaffen würde, meinen Vater rechtzeitig zu retten.

„Cato ist nicht nur mein Bruder. Er ist mein bester Freund. Er ist mein Geschäftspartner. Ich vertraue niemandem auf der Welt so sehr wie ihm – und das geht uns beiden so." Er drehte seinen Kopf leicht in meiner Richtung. „Ich verstehe seine Faszination mit deiner Muschi nicht und es gefällt mir auch nicht. Mein Bruder mag deine Lügen nicht durchschauen, aber ich schon. Wenn du denkst, dass du ihn hintergehen kannst, hast du dich geschnitten – weil ich das niemals zulassen werde. Ich werde dir dein Herz aus dem Hintern schneiden und in deine niedliche kleine Muschi stecken."

Bevor ich antworten konnte, betrat Cato den Raum wieder. Er musste die Feindseligkeit in der Luft bemerkt haben, da sein Blick zwischen uns hin und her wanderte, als hätte es ein Erdbeben gegeben, dessen Nachbeben er noch immer spüren konnte. „Ist alles okay?"

„Ich habe Siena gerade gesagt, wie schön die Gemälde sind, dass ich jedoch nicht glaube, dass viele Menschen sie sehen werden." Als hätte er mich nicht gerade auf die seltsamste Weise bedroht, log er und die Worte drangen ohne Probleme über seine Lippen.

Catos Augen wanderten zu mir, als glaube er seinem eigenen Bruder nicht. „Baby?"

Ich nahm an, dass Cato mir glauben würde, wenn ich ihm die Wahrheit sagte, doch ich wollte ihn nicht gegen seinen eigenen Bruder aufbringen. Bates mochte ein Arschloch sein, aber er wollte nur seinen Bruder beschützen. Er war loyal – und er hatte recht. Es war egal, wie sehr Bates mich beleidigte, ich respektierte ihn dennoch. „Dein Bruder hat keine Ahnung von Kunst. Mehr sage ich nicht." Ich lächelte Cato an und hoffte, dass er mir glauben würde.

Cato glaubte mir. „Das hätte ich dir sagen können." Seine Hand wanderte zu meinem Rücken, während er mir näherkam. „Lass uns diese Gemälde aufhängen. Ich bin sicher, dass Giovanni dir gerne helfen wird."

„Oh mein Gott. Dein Bett ist so gemütlich." Ich drehte mich dreimal um und kam zur Bettkante. Dann rollte ich mich wieder zu ihm.

„Du warst schon in meinem Bett." Er lag auf den Rücken und sein Kopf ruhte auf dem Kissen. Sein definierter Körper wurde durch seine markanten Muskeln geprägt. Trotz seiner kriminellen Lebensweise war sein Körper nicht mit Narben bedeckt. Er hatte auch keine Schusswunde in seiner Schulter, wie es bei mir der Fall war.

„Aber ich war zu sehr damit beschäftigt, gefickt zu werden, um es zu genießen."

Ich kuschelte mich an seine Seite und ließ meine Beine zwischen seine gleiten. „Wie kannst du morgens aufstehen?"

„Das ist einfach. Ich denke an dich." Er ließ seine Finger durch mein Haar gleiten und grinste.

Ich schlug ihn verspielt. „Perversling."

„Ich bin ein Perversling?", fragte er. „Ich bin nicht diejenige, die das Sperma eines Mannes wegwischt, das mein Bein hinunterläuft und es dann ableckt."

„Das macht mich nicht zu einem Perversling. Ich wollte nur nicht, dass es schlecht wird."

„Es freut mich, dass du mein Sperma für so wertvoll hältst." Er legte seine Hand auf meinen Hinterkopf, während er sich auf die Seite drehte. Er sah mich an, drückte seine Stirn gegen meine und seine Brust gegen meine Brüste.

„Es ist Sperma ersten Grades."

Er zog meine Beine zu seiner Taille und hielt mich fest, näher, als es je zuvor der Fall gewesen war. Seine Hand glitt mein Bein langsam zu meiner Hüfte hinauf, bevor sie wieder hinab wanderte. Wir hatten vor Stunden zu Abend gegessen und waren seitdem im Bett gewesen. Der Sex wurde erst unterbrochen, als wir die dritte Runde beendeten.

Nun lagen wir nur nebeneinander.

„Wenn mein Bruder sich wie ein Arschloch verhalten hat, tut mir das leid." Seine Finger glitten durch mein Haar und dann meinen Nacken hinab. Er streichelte mich sanft und liebkoste jeden Zentimeter meines Körpers, als hätte er ihn nie zuvor erforscht.

„Hat er nicht."

„Du deckst ihn. Dadurch mag ich dich nur noch mehr."

„Warum sollte ich ihn decken?" Schuldgefühle stiegen erneut in mir auf. Ich hatte Damien den Plan bereits bestätigt, doch ich lag in Catos Bett, als wäre das nie geschehen.

„Weil wir einander nahestehen. Du willst dich nicht zwischen uns drängen."

Vielleicht war Cato aufmerksamer, als ich dachte. Ich hoffte nur, dass er nicht zu aufmerksam war.

„Mein Geld ist dir egal. Meine Macht ist dir egal. Wenn es anders wäre, würdest du mich gegen meinen Bruder aufbringen, damit ich jedem seiner Worte misstraue. Dann wäre es einfacher für dich, dein Ziel zu erreichen. Stattdessen willst du unsere Beziehung aufrechterhalten – weil ich dir wichtig bin. Ich kenne dich, Baby. Wenn dich jemand hintergeht, zögerst du nicht, ihn auch zu hintergehen. Und ich kenne meinen Bruder – er ist ein verdammtes Arschloch. Aber du hältst es aus."

Ich hatte Bates gedeckt, weil er nur seinen Bruder beschützen wollte. Ich hatte nicht angenommen, dass meine Handlungen dafür sorgen würden, dass Cato mir mehr vertrauen würde – besonders, da ich eine Lügnerin war. Nichts war echt. Alles war auf Lügen aufgebaut. Bates konnte das sehen, Cato nicht.

Ich hasste mich.

Warum gab es keinen besseren Weg?

Selbst wenn ich Cato die Wahrheit sagte und er es gut aufnahm, würde Bates mich umbringen.

Dessen war ich mir sicher.

Ich drückte mein Gesicht gegen seine Brust, damit ich seinem Blick nicht mehr begegnen müsste. Tief in meinem Herzen wusste ich, dass dieser Mann nur so tat, als wäre er ein Arschloch, um sich selbst zu schützen. Er war zu jedem um sich herum eiskalt, weil er wusste, dass sie ihn benutzen würden, sobald er ihnen die Möglichkeit dazu gab. Er war der stärkste Mann der Welt, damit er die anderen starken Männer in Schach halten konnte. Doch für mich ließ er all diese Feindseligkeiten fallen … weil er mir vertraute.

Gott, mir wurde erneut schlecht.

17

CATO

Ich hatte ein Meeting in einem meiner Büros in Florenz. Es befand sich in dem Gebäude gegenüber dem Café, in dem ich zum ersten Mal mit Siena gesprochen hatte. Sie hatte ein Buch gelesen und mich wie ein Stalker verfolgt. Ich hatte immer gewusst, dass sie harmlos war, weil sie es alleine tat.

Ich war nur bei Meetings anwesend, wenn es um viel Geld ging. Diese Männer aus Frankreich suchten jemanden, der in ihre unterirdischen Bordelle, eine unterirdische Welt des Sexes, investieren wollte. Im Gegensatz zum Menschenhandel handelte es sich hier um reine Prostitution. Ich hatte in meinem Leben viel für Sex bezahlt, also verurteilte ich sie nicht.

Bates kam unerwartet in den Raum. Er klopfte nicht einmal an. „Cato, ich muss mit dir reden." Die Ader in seiner Stirn pochte gefährlich, was mir sagte, dass er vor Wut gleich explodieren würde. Was auch immer der Grund war, es hatte ihn wirklich sauer gemacht.

„Kann es noch fünfzehn Minuten warten?" Ich saß den Franzosen gegenüber, die Verträge lagen auf dem Tisch.

„Nein.“ Er warf einen Blick auf unsere Kunden und dann wieder auf mich. „Es tut mir leid, das kann es nicht.“

Ich wusste, dass Bates mich nicht unterbrechen würde, wenn es nicht wichtig wäre, also kooperierte ich. „Bitte entschuldigen Sie mich, Herr Beaumont, Herr Champlain, würde es Ihnen etwas ausmachen, wenn wir zwanzig Minuten Pause machen würden?“

Herr Beaumont nickte. „Natürlich nicht.“

Ich war dabei ihnen einen Haufen Geld zu leihen, also sollten sie besser damit einverstanden sein. Ich ging mit Bates hinaus und schloss die Tür. „Was zum Teufel?“

Bates ging in einen leeren Konferenzraum und schloss die Tür hinter uns.

„Hast du eine Ahnung wie wichtig –“

„Siena ist eine lügende Hure.“ Er schlug mit der Faust auf den Tisch und ließ das ganze Ding unter der Kraft seiner Hand erzittern.

Ich blieb auf die Beleidigung hin ruhig und rastete nicht aus. Mein Bruder war dafür zu wütend. Er muss diese Anschuldigung aus einem triftigen Grund machen. „Was redest du da?“

„Ich wusste, dass sie nur Scheiße erzählt.“ Er richtete seine Hand auf meine Brust. „Verfickte Hure.“

Ich hielt meine Wut im Zaum, obwohl ich ihm ins Gesicht schlagen wollte. „Was hat sie getan?“

„Ihr Vater wird seit einem Monat vermisst.“

Stefano Russo führte ein Zigarrenimperium. Es war respektabel, aber klein. Jeden Tag wurden Leute vermisst, daher war es nicht verwunderlich, dass ich nicht auf sie aufmerksam wurde. Aber es war besorgniserregend, dass er genau dann verschwunden war, als Siena und ich unsere Beziehung aufnahmen.

„Ich recherchierte und fand heraus, dass Micah und Damien sein Lagerhaus überfallen, alle getötet und Stefan gefangen genommen haben. Sienas Bruder ist entkommen und seitdem hat ihn niemand mehr gesehen."

Meine Hände steckten in meinen Taschen und ich verzog keine Miene, aber mein Herz begann in meiner Brust wild zu schlagen. Meine Wut nahm langsam zu, aber ich versteckte sie unter meinem eisigen Äußeren.

„Siena hörte auf, mit ihrem Vater zu reden, als ihre Mutter starb. Ich schätze, sie gab ihm die Schuld für ihren Tod und wollte nichts mehr mit dem Familienunternehmen zu tun haben. Aber Damien drohte, ihren Vater zu töten, wenn sie dich nicht ausliefert."

Jetzt wurde es schwieriger für mich, meinen Gesichtsausdruck zu bewahren, so zu tun, als ob mir dies nichts bedeutete. Es fühlte sich an, als würde mir ein Messer in den Bauch gestochen, aber ich konnte trotzdem nicht darauf reagieren. Diese Frau war in meinem Bett gewesen und ich hatte sie gefickt, als hätte sie mir etwas bedeutet, aber sie hatte mich die ganze Zeit benutzt.

Verdammt. Ich war ein Idiot.

„Ihr Plan ist es, dich von deinen Männern zu trennen, damit Damien dich schnappen kann. Dann machen sie den Austausch." Mein Bruder war wütend, sichtlich wütend, wenn man seiner pochenden Ader, die auf seiner Stirn pulsierte, Beachtung schenkte. Er hatte nicht die Kraft, so ruhig zu bleiben wie ich. Wenn ihm das passiert wäre, wäre er wahrscheinlich ruhiger geblieben. Aber da jemand mich, seinen Bruder, verarschte, konnte er nicht mehr klar denken.

Ich war der furchterregendste Mann in diesem Land, aber durch diese Muschi war mein Urteilsvermögen getrübt worden. Sie war anders als die anderen Frauen, mit denen ich mich traf, und das faszinierte mich. Aber jetzt wusste ich, dass sie anders war, weil sie nie ernsthaft an mir interessiert gewesen war. Ich war nur Vieh, das sie vor dem Schlachten gemästet hatte.

Bates starrte mich an und wartete darauf, dass ich etwas sagte.

Ich hatte aber nichts zu sagen. Ich wandte mich ab und ging zum Fenster. Meine Hände glitten in meine Taschen.

„Du solltest sie besser töten."

Ich starrte auf das gegenüberliegende Café und erinnerte mich an Siena, wie sie an einem der Tische gesessen hatte. Vielleicht war sie mir wegen des Jobs gefolgt. Vielleicht war sie mir gefolgt, weil sie die ganze Zeit versuchte, mein Vertrauen zu erschleichen. „Wie glaubwürdig ist deine Quelle?"

„Sehr."

Alles ergab einen Sinn, egal wie sehr ich es nicht glauben wollte.

Bates trat an meine Seite und starrte mit mir aus dem Fenster. „Ich habe es dir gesagt, Arschloch. Ich habe es dir verdammt nochmal gesagt."

„Ja … das hast du." Ich war wütend, aber vor allem war ich gedemütigt. Ich konnte nicht glauben, dass ich jemandem erlaubt hatte, so nah an mich heranzukommen, dass jemand mich so irreführen konnte. Ich fiel auf ihre Lügen herein wie ein verliebter Dummkopf.

Er drehte sich zu mir um, sein Kiefer war vor Wut angespannt. „Wenn du es nicht machen willst, werde ich diese kleine Schlampe töten. Das mache ich gerne."

Ihre Haustür einzutreten und ihr zwischen die Augen zu schießen, klang nicht nach genug Rache. „Nein."

„Dann wirst du es tun?"

„Ja, zu gegebener Zeit. Aber ich habe eine bessere Idee."

„Ihren Vater retten, damit wir ihn vor ihr hinrichten können?", fragte er, seine Augen strahlten vor grober Gewalt.

„Nein. Ich lasse sie denken, dass sie mich reingelegt hat. Und gerade wenn sie denkt, dass sie damit durchgekommen ist, werde ich derjenige sein, der sie reinlegt."

„Ich mag diese Idee. Erteile dieser Schlampe eine Lehre."

Ich verspürte keinen Drang mehr, ihre Ehre zu verteidigen. „Und dann werde ich sie töten."

18

SIENA

Die Übelkeit wurde schlimmer, weil die Schuld mich zu erdrücken begann.

Ich konnte nicht glauben, dass ich das wirklich tun würde.

Cato hatte es nicht verdient.

Ich musste mich drei Tage lang jeden Morgen übergeben, weil die Angst mich umbrachte. Ich musste mich zwischen meinem Vater und Cato entscheiden und die Wahl schien offensichtlich. Aber das gab mir kein besseres Gefühl für meine Entscheidung.

Es ging mir nur noch schlechter.

Ich hatte gerade das Abendessen in der Küche fertiggemacht, als sich die Haustür öffnete. Jetzt wusste ich, dass es nicht Damien war. Die einzige Person, die in mein Haus eindringen konnte, war Cato. Seine schweren Schritte waren unverkennbar.

„Ich bin in der Küche." Ich schaltete den Herd aus und teilte das Essen auf zwei Teller auf.

Er bog um die Ecke und kam mit Jeans und T-Shirt auf mich zu. Seine Anzüge sahen an ihm makellos aus, aber die dünne Baumwolle seines T-Shirts war viel besser. Es zeigte seine gemeißelten Unterarme. Als er mich entdeckte, blieb er stehen, legte den Kopf leicht zur Seite und kniff die Augen zusammen. Es war der gleiche Blick, den er mir immer gab. Er schien nur ein wenig intensiver als üblich.

Der Blick war schon fast unangenehm, weil er so sehr einem Raubtier ähnelte. Ich fühlte mich wie eine in die Enge getriebene Gazelle und er war der Leopard, der mich in Stücke reißen wollte. Er begrüßte mich nicht mit einem Kuss oder einem erregten Blick. Er starrte mich nur an wie eine Statue, als wäre er nicht wirklich real.

Ich versuchte, die Spannung zu entschärfen. „Hast du Hunger?“ Ich hielt die beiden Teller hoch.

Er hielt seine Augen auf meine gerichtet. Keine Antwort.

„In Ordnung …“ Ich ging an ihm vorbei und stellte die Teller auf den Esstisch. „Nun, wenn du etwas willst, dann bediene dich.“ Ich ging hinter ihn und holte eine Flasche Wein und zwei Gläser. Sein kühles Verhalten war ungewöhnlich, aber ich wollte ihn nicht danach fragen. Wenn ich in dieses Wespennest stechen würde, wüsste ich nicht, was passieren würde.

Ich goss Wein in sein Glas und Wasser in meines.

Einen Moment später kam er zu mir, seine Augen waren auf meine gerichtet, als er zu essen begann.

„Langer Tag?“

„Das könnte man so sagen.“

Ich aß weiter, als wäre alles normal, aber tief in meinem Inneren tobte ein Sturm von Emotionen. Die Schuldgefühle fraßen mich auf und vertrieben meinen Appetit. Und nachdem ich das Essen runter bekommen hatte, musste ich mich übergeben.

Er trank von seinem Wein und aß weiter. „Heute keine Pistole?“

„Ich hatte angenommen, dass du es bist.“

„Vorher hast du das nicht angenommen. Was hat sich geändert?"

Ich zuckte mit den Achseln. „Ich glaube, ich habe mich gerade erst daran gewöhnt."

Er kaute langsam, seine blauen Augen fixierten sich auf meine, als wären es Ziele.

War er immer so angespannt? Oder lag es nur an dem warmen Abend? Ich nahm mein Wasser und nahm einen Schluck.

„Kein Wein?"

„Ich versuche, etwas kürzerzutreten. Mein Magen ist in letzter Zeit etwas durcheinander."

„Gestresst?" Er trank wieder von seinem Wein.

„Nein. Ich bin mir nicht sicher."

„Es ist natürlich, dass der Körper unter Stress abschaltet."

Ich war in der stressigsten Situation meines Lebens. „Eine dreistöckige Villa zu dekorieren, ist nicht so einfach, wie es klingt."

„Neben anderen Dingen ..."

Ich aß nicht einmal die Hälfte meines Essens, weil mein Magen damit nicht fertig wurde. Die Krämpfe verschlimmerten sich, sobald er das Haus betrat.

„Alles in Ordnung, Siena?" Er aß jeden einzelnen Bissen auf seinem Teller, ohne auf sein Besteck zu schauen.

„Ja. Warum fragst du?" War ich so nervös?

„Du hast gesagt, dein Magen tut weh. Du bist still. Du zielst nicht mit einer Waffe auf mich. Du bist nicht gerade du selbst heute Abend."

Er auch nicht. „Der Jahrestag meiner Mutter ist in ein paar Tagen ..." Ich konnte nicht glauben, dass ich das tat. Nun wurde der Plan in die Tat umgesetzt. Es war an der Zeit, sich darauf einzulassen. „Der Jahrestag ihres Todes. Es ist fünf Jahre her."

Er legte beide Ellbogen auf den Tisch, als er mich anstarrte und seine Hände vor sich zusammenfaltete. „Es tut mir leid, das zu hören. Solche Jahrestage sind hart."

„Geburtstage auch. Aber die erinnern mich an sie, als sie noch lebte. Die Jahrestage lassen mich nur an den Tag denken, an dem sie gegangen war."

Er massierte leicht seine Knöchel, während er mich anstarrte. Während dem gesamten Abendessen hatte er nur ein paar Mal geblinzelt. „Es ist hart."

„Sie liegt auf einem Friedhof außerhalb von Florenz. Ich wollte sie besuchen gehen." Ich wartete darauf, dass er mir anbot, mich zu begleiten. Das würde es weniger offensichtlich machen, als wenn ich ihn direkt frage. „Ich werde ihr ein paar Blumen oder so etwas mitbringen."

„Das klingt nett."

Vielleicht würde er auch nicht anbieten, mit mir zu kommen. „Wenn du nicht beschäftigt bist, würde es mir sehr gefallen, wenn du mit mir kommst. Alleine zu gehen ist immer schwer ..."

Seine Augen verengten sich augenblicklich, als ob die Frage ihm mehr bedeutete, als sie sollte. Er nahm die Arme vom Tisch und lehnte sich mit seinen breiten Schultern, die so breit wie eine Plakatwand waren, gegen den Stuhl. „Du willst, dass ich mit dir komme?"

„Das musst du nicht, wenn du nicht willst ..." Wenn ich ihn nicht allein hätte, dann würde der Plan nie funktionieren. Ich müsste mich nicht schuldig fühlen, weil ich meinen Vater nicht gerettet habe, da ich es ja versucht hatte. Wenn Cato also nicht kooperieren würde, wäre es nicht das Ende der Welt. Er würde die Entscheidung für mich treffen.

„Doch." Er beugte sich über den Tisch und seine strahlend blauen Augen richteten sich auf meine. „Das würde ich gerne."

Mein Herz zerbrach sofort. Ich hasste mich mehr als je

zuvor. Ich hasste Damien dafür, dass er mich in diese Lage gebracht hatte. Ich hasste es, dass Cato so konsequent war, dass ich ihn nicht einfach um seine Hilfe bitten konnte. Egal welche Entscheidung ich traf, es war eine schlechte. „Danke …“ Ich räusperte mich, um die Emotionen aus meiner Stimme herauszuhalten, aber es nutzte nichts. Ich fühlte mich wie Dreck – schlimmer als Dreck.

Er griff nach meiner Hand auf dem Tisch und hielt sie fest. „Baby.“

Oh Gott. Seine Hand war so warm, als sie meine hielt. Ich schloss für einen kurzen Moment die Augen, schätzte seine Zuneigung und kämpfte gleichzeitig gegen die Schuld. Ich wusste nicht, was er als Nächstes sagen würde, aber ich vermutete, dass mein Herz dahinschmelzen würde.

„Alles, was du über mich gesagt hast, war richtig. Ich bin unerfüllt. Ich bin leer. Ich habe alles, aber auch nichts … bis du kamst. Ich lebe in einer Welt, in der Frauen mich nur für Sex oder Geld wollen. Dann traf ich dich und all das änderte sich. Bei dir muss ich mir nicht über die Schulter schauen. Bei dir muss ich mich nicht fragen, was deine Motive sind.“ Er hielt meinen Blick, als sein Daumen über meine Knöchel streichelte. „Weil ich dir vertraue.“

CATO SCHIEN sich nicht mehr für die Missionarsstellung zu interessieren. Alles, was er wollte, war, mich von hinten zu ficken und mein Gesicht in die Laken zu drücken, während er in mich eindrang. Es war immer harter Sex, was im Widerspruch zu den sanften Worten stand, die er zu mir sagte.

Er fickte mich, als würde er mich hassen.

Mir gefiel es, aber ich vermisste auch die alten Zeiten.

Er blieb über Nacht und ging dann am nächsten

Morgen, immer noch still und grüblerisch. Trotz der süßen Dinge, die er beim Abendessen sagte, wirkte seine Stimmung immer noch seltsam. Er war nicht ganz er selbst und starrte mich mit einem leichten Ausdruck von konzentrierter Wut an.

Vielleicht hatte ich es mir auch nur eingebildet.

In der Nacht, bevor wir den Friedhof besuchen sollten, rief mich Damien an. „Und, alles noch bereit?"

„Ja."

„Wann werdet ihr ankommen?"

„Um zwei Uhr." Es war mitten am Tag, wenn alle bei der Arbeit waren. Es war ruhig draußen auf dem Lande und hoffentlich würde niemand dort sein, um einen geliebten Menschen zu besuchen. Ich wollte, dass es sauber und einfach ablief. Auch, wenn mein Magen keines dieser beiden Dinge war.

„Wir werden hinter den Toren warten. Ich werde alle meine Männer bei mir haben – also zieh nichts ab."

„Was könnte ich schon machen?" Ich brachte den meistgesuchten Mann direkt zu ihnen. „Mein Vater sollte besser da sein, Damien."

„Schätzchen, ich bin ein Mann, der zu seinem Wort steht. Sorg einfach dafür, dass er allein kommt. Wenn nicht, schieße ich deinem Vater in den Bauch und beobachte, wie er langsam ausblutet und stirbt."

Es war ein Bild, das ich mir nicht vorstellen wollte. „Fick dich, Damien." Ich legte auf und warf mein Handy zur Seite, bevor ich mich auf die Couch setzte. Genau, wie schon an diesem Morgen machte mir die Übelkeit zu schaffen. Es war so regelmäßig, dass ich mich fragte, ob ich krank wurde. Schuldgefühle könnten Menschen seltsame Dinge antun, aber konnten sie mich auch so körperlich krank machen? Das schien sehr unwahrscheinlich.

Ich schlief in dieser Nacht kaum, weil ich nur an den

nächsten Tag denken konnte. Ich starrte aus dem Fenster und beobachtete, wie die Sonne langsam die Vorhänge durchdrang und den Raum mit Licht durchflutete. Die Nacht war vergangen – und ich hatte kaum ein Auge zugemacht.

Ich machte mich bereit für den Tag und tat mein Bestes, um die Ringe unter meinen Augen zu kaschieren. Ich sah blasser aus als sonst, als wäre alles Blut aus meinem Gesicht und meinem Hals geflossen und hätte mir ein vampirhaftes Aussehen verliehen. Ich trug ein schwarzes Kleid mit weißen Perlen um meinen Hals, eine Halskette, die mir meine Mutter gegeben hatte.

Der Schmerz, den ich normalerweise empfand, weil ich meine Mutter verloren hatte, war nicht vorhanden, weil ich so viele andere Schmerzen hatte. Cato war gut zu mir und ich wollte ihn den Wölfen zum Fraß vorwerfen. Er sagte mir, dass ich einer der wenigen Menschen auf dieser Welt sei, denen er vertrauen könne … und ich war dabei, ihm in den Rücken zu fallen.

Aber auch meinen Vater zu retten.

Ich war bereits unten, als Cato durch die Tür kam.

Diesmal hatte ich sie nicht verschlossen, damit er das Schloss nicht knacken musste.

„Das ging schneller als sonst." Er trug schwarze Jeans und ein schwarzes Hemd. Es war viel zu heiß für einen schwarzen Anzug oder einen Blazer, sodass seine lässige Kleidung angemessen war. Wenn die Hitze dich nicht erwischen würde, würde die Luftfeuchte es tun.

„Würdest du es vorziehen, dass ich abschließe?"

„Ich mag es, mich zu testen. Eine Herausforderung." Er beugte sich vor und gab mir einen sanften Kuss auf den Mundwinkel. „Du siehst bezaubernd aus."

„Danke …" Ich vermied die Aufrichtigkeit in seinen Augen, weil es sich falsch anfühlte, sie zu genießen. Ich nahm den Blumenstrauß, den ich in meinem Garten gepflückt hatte, und trug ihn nach draußen.

Cato folgte mir und legte seinen Arm um meine Taille. „Mein Fahrer kann uns hinbringen."

„Äh, ich würde lieber fahren, wenn das in Ordnung ist. Ich möchte meine Mutter nicht mit Fremden auf dem Vordersitz besuchen."

Cato stritt deswegen nicht und führte mich zu meinem alten Auto in der Einfahrt. Es war fast acht Jahre alt und klein. Sogar auf dem Vordersitz würden Catos Beine kaum Platz haben. Ohne sich zu beschweren, setzte er sich auf den Beifahrersitz.

Ich startete das Auto. „Deine fünfzig Männer werden uns nicht folgen, oder?"

Er sah aus dem Fenster. „Sie begleiten mich immer."

„Ich weiß, aber ich bin mir nicht sicher, ob das angemessen ist. Wir gehen auf einen Friedhof …" Als ich mich selbst reden hörte, hasste ich mich noch mehr. War es für ihn genauso offensichtlich wie für mich?

Cato schien überhaupt nicht misstrauisch. „In Ordnung." Er holte sein Handy aus der Tasche und machte den Anruf. „Wartet hier auf mich. Ich bin in dreißig Minuten zurück." Er steckte das Handy wieder in die Tasche und starrte mein Haus an. „Erledigt."

Ich hätte nicht erwartet, dass das so einfach werden würde. Ich erwartete ein weiteres Argument, zumindest ein paar Fragen.

Aber Cato vertraute mir bedingungslos.

NACH EINER KURZEN Fahrt waren wir ungefähr drei Kilometer vom Friedhof entfernt. Das Radio war ausgeschaltet und wir saßen in angenehmer Stille, während meine

Blumen auf dem Rücksitz lagen. Meine Hände packten das Lenkrad, bis meine Knöchel weiß wurden und die Luft nicht kühl genug schien, um den Schweiß zu bekämpfen, der sich in meinem Nacken bildete.

Cato war still und schaute aus dem Fenster, ohne sich zu unterhalten. Seine Beine waren leicht gespreizt und seine Hände ruhten auf seinen Schenkeln. Mein Auto war viel zu klein für einen Mann seiner Größe, aber er hat meine alte Karre nie schlecht gemacht.

Mein Herz schlug mir so laut bis zum Hals, dass ich es tatsächlich hören konnte.

Ich fragte mich, ob er es auch hören konnte.

Je näher ich den Toren kam, desto schlimmer fühlte ich mich. Mein Bauch sagte mir, dass dies falsch war – und mein Herz stimmte zu. Ich wollte meinen Vater retten, aber ich wollte nicht, dass jemand anderes seinen Platz einnahm.

Besonders nicht Cato.

Cato war gut zu mir gewesen, auch wenn er sich wie ein Arschloch benommen hatte. Er respektierte mich, behandelte mich gut und hatte auch ein gutes Herz. Manchmal ging seine wahre Selbstlosigkeit in seiner Arbeit verloren, aber ich wusste, dass er sein Herz auf der Zunge trug. Er kümmerte sich um seine Mutter, wenn andere Männer zu gierig waren, um ihr Vermögen zu teilen. Er würde sich eine Kugel für seinen Bruder einfangen. Und manchmal fragte ich mich, ob er sich auch eine Kugel für mich einfangen würde.

Ich wusste, dass er mich nicht liebte. Aber er kümmerte sich um mich.

Und ich kümmerte mich um ihn.

Es tut mir leid, Vater. Ich bremste das Auto ab, bis es mitten auf der Straße zum Stehen kam. Um uns herum gab es Felder und in der Ferne standen Häuser. Der Himmel war zu schön, um heute eine Tragödie zu erleiden. Meine beiden Hände waren immer noch am Steuer, als der Selbsthass mich traf. Ich hasste es, meinem Vater den Rücken zu kehren, aber es war seine Schuld, dass er dort war. Ich hatte ihm gesagt, er solle dieses Geschäft aufgeben – aber er hörte nicht auf mich.

„Was ist los?“ Seine Stimme war besonders kalt, ein direkter Kontrast zur Sommerhitze.

Ich drehte das Lenkrad und wendete das Auto. „Cato, es gibt da etwas, das ich dir sagen muss.“

Von links kam ein Geschwader schwarzer Autos und an der Spitze fuhr ein Panzer. Ein echter Panzer. Sie bogen um die Ecke in der Straße, versteckt vor meiner Sicht, als ich in die entgegengesetzte Richtung fuhr. „Oh mein Gott.“ Ich trat auf die Bremse und meine Augen wanderten zum Rückspiegel. Eine Brigade verließ den Friedhof und kam hierher, eine Reihe von gleich gepanzerten Autos.

Wir waren mitten in einem Krieg.

Cato drehte sich zu mir und sah mich so kalt an, dass Eissplitter in seinem Blick waren. Sein Kiefer war mit der gleichen Spannung wie seine Fäuste zusammengedrückt und er sah so wütend aus, als wüsste er nicht, was er mit sich selbst anfangen sollte. Er konnte sich nicht entscheiden, wie er mich töten wollte – ob er mich erwürgen oder erschießen wollte. „Du bist nicht so klug, wie du denkst.“ Er stieg aus dem Auto.

Der Puls in meinem Nacken beschleunigte sich zu einer rasenden Panik. Meine Brust konnte mit meinem Luftbedarf nicht mithalten und das Adrenalin war so stark, dass ich dachte, ich würde ohnmächtig werden. Cato wusste die ganze Zeit davon. Ich dachte, ich hätte ihn ausgespielt – aber er hat mich ausgespielt.

Er öffnete meine Tür und löste meinen Sicherheitsgurt. „Raus.“

„Cato –“

Er packte mich an den Haaren und zog mich aus dem Auto.

Ich schrie, als mir die Haare aus der Kopfhaut gerissen wurden und ich wie ein Tier aus dem Auto gezogen wurde. Mein Körper traf den heißen Asphalt und meine Knie scheuerten über die raue Oberfläche.

Er packte mich am Nacken und zog mich auf die Beine, bevor er mich an der Miliz vorbei zu seinem Privatwagen führte. Die Hintertür war bereits offen. Er schob mich hinein und ließ mich über die Ledersitze fallen, als er die Tür hinter mir zuschlug.

„Scheiße."

Als er die Tür auf der anderen Seite öffnete, gingen die Schüsse los.

Der Krieg hatte begonnen.

Sobald er eingestiegen war, fuhr das Auto in die entgegengesetzte Richtung davon und entfernte uns von der Schlacht, die dort tobte, wo wir gerade noch gestanden hatten.

Als wäre gar nichts passiert, schaute Cato aus dem Fenster. Weder schrie, noch brüllte er. Er schlug mir nicht mit der Faust ins Gesicht. Er war unnatürlich ruhig und still und das machte ihn weitaus erschreckender.

„Cato, es ist nicht so, wie es aussieht –"

Blitzschnell schlug er mir ins Gesicht und ließ meinen Kopf gegen das Fenster schlagen. „Sei still, Schlampe." Sein arktischer Blick traf meinen und jetzt war er das Arschloch, das ich vor einem Monat getroffen hatte – nur noch schlimmer. Jetzt war er ein Monster, ein Dämon. Jetzt war er der Cato Marino, vor dem mich alle gewarnt hatten.

„Bitte hör mich an."

Er wollte mich wieder schlagen.

Ich blockierte seinen Schlag und schob ihn zurück. „Ich

habe meine Meinung geändert. Ich bin umgedreht. Ich konnte es nicht durchziehen."

Er legte seine Finger um meinen Hals und drückte so fest zu, dass ich nicht mehr atmen konnte. „Es ist mir scheißegal, ob du deine Meinung geändert hast. Wenn wir auf meinem Anwesen ankommen, werde ich dich auf die Knie zwingen und dich hinrichten wie die Verräter vor dir. Dein Blut wird in den Boden sickern und meinem Garten neues Leben einhauchen. Dein Körper wird auf die Mülldeponie geworfen, wo ich meine Feinde hinbringe – und du wirst verrotten wie der Müll, der du bist."

Ich versuchte, seine Hand wegzudrücken, aber der Sauerstoffmangel machte mich schwach. Ich konnte mich nicht mit ihm messen – selbst wenn ich darauf vorbereitet gewesen wäre.

Gerade als ich ohnmächtig werden wollte, ließ er mich los.

„Ich habe es getan, um meinen Vater zu retten. Und wenn ich mich geweigert hätte, hätten sie mich vergewaltigt und getötet."

Er blickte nach vorne, gleichgültig gegenüber meiner Aussage. „Dein Vater ist bereits tot. Wenn du vielleicht klüger wärst, hättest du das selbst herausgefunden."

„Was …?"

Er schaute nicht auf die Emotionen in meinem Gesicht. Er kümmerte sich überhaupt nicht mehr um mich. „Sie haben ihn sofort getötet, als sie ihn hatten. Du hast das alles umsonst gemacht. Du hättest mich jederzeit um Hilfe bitten können. Stattdessen hast du dich gegen mich verschworen und geglaubt, du hättest eine Chance, das Unmögliche zu erreichen."

„Ich wollte um Hilfe bitten, aber ich hatte Angst, dass du mich töten würdest."

Er sah aus dem Fenster und legte die Hände auf die Schenkel.

„Du hättest mich getötet, Cato. Ich hatte keine andere Wahl. Ich musste meinen Vater retten ... aber am Ende änderte ich meine Meinung. Ich konnte dir das nicht antun. Du hast es nicht verdient ... und ich konnte es nicht durchziehen."

„Vielleicht bist du umgedreht, weil du wusstest, dass ich dir auf der Spur war."

„Das wusste ich nicht."

„Wir werden es nie erfahren", sagte er kalt. „Und es ist mir auch egal. Du hast deine Wahl getroffen, und ich habe meine getroffen. Genieße deine letzten paar Minuten des Lebens – aber scheiß nicht in mein Auto."

DAS AUTO FUHR bis zum Kreisverkehr, wo der Brunnen stand, genau dort, wo er vor wenigen Wochen einen russischen Verräter hingerichtet hatte. Seine Männer waren dort mit ihren Waffen an den Hüften und Bates stand in der Mitte und sah noch wütender aus als Cato. Mit den Armen über der Brust starrte er auf mein Fenster, als könnte er mich durch die Tönung sehen.

Ich wusste, dass Cato keine leeren Drohungen machte. Er würde mich aus diesem Auto herausziehen und mich wie eine Kriegsgefangene auf die Knie zwingen. Ich hatte es getan, um meinen Vater zu retten, aber jetzt wurde mir klar, dass ich, egal, welche Entscheidung ich getroffen hätte, sowieso tot enden musste.

Als Cato aus dem Auto stieg, öffneten die Männer meine Tür und zogen mich heraus.

Bates war sofort bei mir. „Was habe ich dir gesagt?" Er packte mich am Hals und schlug mir hart ins Gesicht.

Ich fiel sofort zu Boden. Ich war noch nie in meinem Leben so geschlagen worden. Meine Lippe blutete und mir wurde schwindelig. Der Schmerz hatte mich nicht von meinen Füßen gerissen. Es war der Schwung, der in dem Schlag steckte.

Cato tat nichts.

„Ich habe dir gesagt, du sollst dich nicht mit meinem Bruder anlegen.“ Er riss meine Hand von meinem Gesicht und schlug mich erneut. „Du verdammte Hure.“

Mein Kopf flog beim Aufprall seiner Faust zurück. Jetzt setzte der Schmerz ein – und es war unerträglich.

Cato nahm einen Revolver von einem seiner Männer. „Stopp.“

Bates schlug mich erneut und ließ meine Nase bluten.

„Genug.“ Diesmal packte Cato ihn am Arm und zog ihn weg.

„Du solltest derjenige sein, der das tut.“ Bates riss seinen Arm frei. „Lass diese Schlampe leiden.“

„Kein Interesse. Das ist meine Zeit nicht wert.“ Er spannte den Revolver und ging auf mich zu, die Waffe an seiner Seite. Er hatte kein Mitleid mit der Art, wie sein Bruder mich geschlagen hatte. Sobald Cato seine Augen auf mich richtete, überkam ihn die gleiche Wut. Er hob den Revolver, richtete ihn auf mich und zielte auf meinen Kopf.

Ich lag wie ein Tier auf dem Boden und war wehrlos. Alles, was ich tun konnte, war auf den Lauf zu sehen, der mir die Befreiung des Todes geben würde. Ich hatte mein Leben furchtlos gelebt, aber in diesem Moment fühlte ich nur Angst. Es gab keine Worte, um zu beschreiben, wie es sich anfühlte, wenn eine Waffe so auf mich gerichtet war und die Hand des Mannes überhaupt nicht zitterte. „Ich habe es getan, um meinen Vater zu retten ... was hätte ich sonst tun sollen?“ Ich weigerte mich, zu weinen oder zu zittern. Meine letzten Momente auf Erden wären voller

Würde ... zumindest so viel Würde, wie man an den Tag legen konnte, wenn einem Blut das Gesicht heruntertropfte.

„Ist mir egal."

„Du hättest das Gleiche getan."

„Und ich hätte den Preis dafür bezahlt – und nicht um mein Leben gebettelt." Cato war der eiskalte Mörder, von dem man sagte, dass er es sei. Er hatte mich gefickt und beim Abendessen private Momente mit mir geteilt, aber nichts davon war jetzt noch wichtig.

Jetzt, da ich nichts mehr zu sagen hatte, sagte ich das Einzige, was wichtig sein könnte. Ich war mir nicht ganz sicher, ob es die Wahrheit war, aber aufgrund all meiner Symptome konnte ich keine andere logischere Erklärung finden. „Ich bin schwanger."

Der Revolver zitterte, als er die Augen verengte.

„Lügnerin", schnauzte Bates. „Und selbst wenn du es bist, denkst du, dass es uns einen Scheiß interessiert? Zwei Fliegen mit einer Klappe."

Der Revolver zitterte weiter in Catos Hand. „Ich habe mehr von dir erwartet."

„Ich lüge nicht, Cato. Du weißt, dass ich seit über einer Woche krank bin."

„Von den Schuldgefühlen, die damit einhergehen, eine lügende Schlampe zu sein."

Ich legte meine Hand über meinen Bauch, als ob das einen Unterschied machen würde.

Er drückte noch immer nicht ab.

Bates starrte seinen Bruder an, die Arme vor der Brust. „Cato, töte sie."

Cato hielt die Waffe weiter in der Hand, aber seine Entschlossenheit ließ nach.

„Sie lügt", sagte Bates. „Und selbst wenn sie es nicht tut, wen interessiert das schon? Töte sie oder ich werde es tun."

Die Wut blieb in Catos Augen, als er die Waffe zu Boden senkte.

„Du willst mich wohl verarschen.“ Bates trat dazwischen und nahm ihm den Revolver aus der Hand. Er zielte auf mich und feuerte.

Cato schaffte es, den Revolver in letzter Sekunde wegzudrücken. „Was zum Teufel machst du da?“ Er schnappte sich den Revolver.

„Du bist ein zu großer Schlappschwanz, um sie zu töten. Also werde ich es tun.“

Cato leerte die Kugeln aus der Trommel. „Wir können das nicht tun.“

Bates starrte seinen Bruder wütend an, sein Kiefer angespannt und sein Kopf leicht zitternd. „Wen kümmert das schon, Cato? Selbst, wenn sie schwanger ist und selbst wenn es dein Kind ist, spielt es keine Rolle. Töte sie beide und mach damit Schluss.“

Cato senkte seine Stimme, damit die Männer seine Worte nicht hörten. „Vater hat uns verlassen. Er hat uns den Rücken gekehrt, weil er ein Feigling war. Ich bin kein Feigling. Ich bin nicht wie er.“

Bates wurde still und seine Augen bewegten sich hin und her, als er seinen Bruder ansah. „Das ist nicht das Gleiche –“

„Es ist das Gleiche. Wenn sie die Wahrheit sagt, ist das mein Blut. Meine Familie. Man kehrt der Familie nicht den Rücken zu.“

Bates seufzte laut, wütend über die Wendung der Ereignisse.

Cato nickte einem seiner Männer zu. „Besorg ihr einen Schwangerschaftstest.“

Jetzt hoffte ich wirklich, dass ich schwanger war. Wenn ich es nicht war ... war ich tot.

Bates drehte sich zu mir um und grinste angewidert.

Cato näherte sich mir und ging in die Hocke, sodass unsere Gesichter näher beieinander waren. „Mach den Test. Aber wenn er negativ ist, werde ich dich foltern, bevor ich dich töte. Wenn du also lügst, solltest du es dir vielleicht noch einmal überlegen."

Ich könnte entweder jetzt einen schnellen Tod erleiden – oder später einen schmerzhaften. „Ich mache den Test."

Er trat zurück und half mir nicht auf die Beine. Einer der Männer eskortierte mich hinein, legte die Schachtel in meine Hand und blieb dann vor der Tür stehen, während ich meine Geschäfte erledigte. Mit Gewehren bewaffnet, würden mir die Männer den Kopf wegballern, sobald ich eine falsche Bewegung machen würde.

„Lieber Gott … bitte lass es positiv sein." Ich pinkelte auf den Streifen und wartete dann zwei Minuten. Ich hatte immer gewusst, dass ich eine Familie wollte, aber ich hatte nicht erwartet, dass diese Zeit so schnell kommen würde. Ich hatte mir vorgestellt, ich würde mit einem Mann verheiratet sein, den ich jahrelang geliebt hatte, bevor es passierte. Ich hätte nie gedacht, dass mir eine Schwangerschaft mein Leben retten könnte.

Als die zwei Minuten abgelaufen waren, sah ich mir das Ergebnis an.

Schwanger.

Verdammt, Gott sei Dank.

Ich hielt den Test in meiner Hand und spürte die Tränen in meinen Augen. Ich verhütete seit Jahren, aber irgendwie war es passiert – ein kleines Wunder. Mein Baby war dabei, mir mein Leben zu retten. Mit dem Test in der Hand ging ich hinaus und wurde von den bewaffneten Wachen nach vorne begleitet.

Cato riss mir den Test aus der Hand und las das Ergebnis. Er reagierte nicht.

Bates trat an seine Seite und las es auch. „Verdammt." Er drehte sich zu mir. „Sie hat es mit Absicht getan."

„Das habe ich nicht." Ich sprach mit einer schwachen Stimme, weil meine Worte keine Rolle zu spielen schienen. Es war nicht absichtlich, aber natürlich sah ich schuldig aus. Ich konnte es keinem von ihnen verübeln, dass sie das annahmen. „Ich weiß, dass du mir nicht glaubst, aber ich habe es nicht mit Absicht getan."

Cato starrte wieder auf den Schwangerschaftstest, als ob er ihn noch einmal überprüfen müsste.

Bates sah aus, als wolle er mich erwürgen. „Überprüfe, ob es von dir ist."

„Das werde ich. Aber ich weiß bereits, dass es das ist." Cato steckte den Test in seine Tasche.

Bates schüttelte den Kopf und ging davon.

Cato starrte mich mit unleserlichem Gesichtsausdruck an. Er ließ mich immer seine Seele lesen und die Emotionen entschlüsseln, an denen er so hart gearbeitet hatte, um sie vor der Welt zu verstecken. Aber jetzt behandelte er mich wie einen Feind. „Du wirst hier bei mir wohnen, bis das Baby kommt. Es ist nicht sicher für dich, allein zu leben. Sobald man es herausfindet, wirst du ein Ziel sein. Ich werde für dich sorgen und dich beschützen."

Da war der Mann, den ich kannte. Der mitfühlende und fürsorgliche Mann. „Okay." Ich wollte nicht ständig bei ihm wohnen, aber ich war so dankbar, dass ich nicht sterben würde, dass ich es nicht wagte, mich zu streiten.

„Aber sobald das Baby da ist, werde ich das hier beenden." Er hob die entladene Waffe, damit ich sie sehen konnte. „Genieße die letzten neun Monate deines Lebens. Sie werden schnell vorbeigehen."

„Was …?" Er wollte sich mein Kind nehmen und mich dann töten? „Das kann nicht dein Ernst sein –"

„Ich meine es todernst." Er trat näher an mich heran,

sein Gesicht berührte fast meins. „Mein Sohn oder meine Tochter lebt in dir. Dieses Baby ist das Einzige, was mir wichtig ist. Du wirst das Kind nur austragen und wenn deine Aufgabe erfüllt ist, wirst du deine Strafe bekommen."

„Cato, es muss eine Mutter haben ..."

„Halt den Mund."

Es war das einzige Mal in meinem Leben, dass ich gehorchte.

„Ich bin mit einem alleinerziehenden Elternteil aufgewachsen und es ging mir gut. Wir brauchen dich nicht."

Tränen sammelten sich in meinen Augenwinkeln und liefen mir über die Wangen. Die Migräne hinter meinen Augen hatte keinen Einfluss auf meine Tränen. Der Schmerz, der durch das Herumschleudern im Auto und auf den Beton verursacht worden war, hatte auch nichts damit zu tun. Aber die Vorstellung, mein Baby nie kennenzulernen, neun Monate damit zu verbringen, es in mir zu tragen, nur um es dann weggenommen zu bekommen ... war unerträglich. „Bitte ... Cato. Nein. Tu mir das nicht an. Das kannst du nicht ... bitte. Erbarmen."

Er behielt seinen kalten Gesichtsausdruck bei, immun gegen meine emotionale Bitte. „Ich lasse dich das Baby einmal halten. Das ist das einzige Erbarmen, das du von mir bekommst."

DIE GESCHICHTE GEHT WEITER IN...

Der einzige Grund, warum ich noch am Leben bin, ist das Baby, das in mir wächst.

Mein Baby hat mir das Leben gerettet.

Jetzt bin ich eine Gefangene in Catos Festung. Er ist wütend auf mich, jedes Mal, wenn er mich ansieht. Er weigert sich, mit mir zu schlafen, weil ich jetzt der Feind bin.

Aber ich vermisse ihn ... und er vermisst mich.

Ich habe nur mit Cato geschlafen, um meinen Vater zu retten, aber jetzt bedeutet er mir etwas. Ich sorge mich um ihn und ich weiß, dass er sich um mich sorgt.

Kann ich mir seine Vergebung verdienen? Kann ich mir sein Vertrauen verdienen?

Aber selbst wenn ich es tue, wird er mich trotzdem erschießen?

Printed in Poland
by Amazon Fulfillment
Poland Sp. z o.o., Wrocław

62596605R00179